반바지 당나귀

L'Âne Culotte

세계문학전집 327

반바지 당나귀

L'Âne Culotte

앙리 보스코

정영란 옮김

민음사

L'ÂNE CULOTTE

by Henri Bosco

에디 르그랑에게

일러두기

작품 속에 등장하는 프랑스어 고유 명사는 국립국어원 외래어표기법을 참고하되 몇몇 단어, 특히 지명은 프로방스 느낌을 살리기 위해 현지 발음에 가깝게 표기하였다.

차례

콩스탕탱 글로리오
이야기

매년 우리는 개학 때에 맞춰서 뻬이루레에 돌아오곤 했다. 들판은 그때까지도 붉은빛을 띤 포도나무들로 덮여 있었다. 그러나 10월 15일쯤이면 비가 고지대로부터 내몰려 왔고 첫 찬바람이 불어닥치자 나뭇잎들은 한꺼번에 떨어져 내렸다. 소나기와 돌풍이 엇갈리며 이어졌고 그 후 긴긴 넉 달 동안 이 고장에는 궂은 날씨가 이어졌다. 그나마 어쩌다 날씨가 좋은 때가 있긴 해도 이미 지평선으로 다가가기 시작한 가을 태양의 열기가 식어 드는 것을 종내 느끼지 않을 수 없었고 이윽고 가을은 더없이 아름다웠던 하늘을 삭풍에 양보하고야 마는 것이었다. 12월이 시작되면서부터는 겨울이 산 위에 자리 잡았다. 북쪽으로 향한 조그만 학교의 창문으로 첫 눈발이 산등성이를 스치는 것이 보이곤 했다. 이미 난로엔 불이 지펴졌고 교실에는 양모와 축축한 가죽 냄새가 떠돌았다. 산 저 높은 곳에서는 야생동물들이 더 따뜻한 땅굴을 찾아 분명 자리를 옮겼을 터였다. 굴뚝들마다 연기를 마을 위로 피워 올렸고 빵 가게 문 앞으로는 떠들썩하니 짐수레로 여러 차례 땔감용 포도나무 가지를 부리고들 있었다. 오래전부터 벌써 성당은 썰렁해졌고, 미사 시간이 아니어도 지나가는 길에 잠시 들러 자기들이 특히 좋아하는 성인에게 남몰래 얼른 짧은 기도문을 바치기 좋아하는 저 은밀한 신자들도 일요일 외에는 거의 볼 수 없었다.

하지만 성 암브로시오[1] 축일과 성 오노라[2] 축일 사이에, 그 고장의 몇몇 집안이 앞장서서 지내는 한 각별한 축제 날에는 꽤 많은 사람들이 그곳 성당으로 모여들곤 했다. 각 집 막내둥이 소년이 손에 예쁜 은화 한 개를 쥐고 첫눈 미사를 제 이름으로 올려 주십사고 여쭈러 마을 신부님 댁으로 보내지곤 했다. 지금 돌이켜 보면, 성탄절을 조금 앞둔 어느 날 아침 11시경 올리던, 성모님을 송축하는 기념 미사였다. 구름처럼 피어오르는 제향(祭香) 속에서, 제단은 수많은 멋진 밀랍 초로 밝혀진 채 빛났다. 그리고 나이 많은 사제, 곧 쉬샹브르 신부님은 구수한 강론을 술술 들려주시곤 했다. 공증인의 부인이 오르간을 울리고 성체를 받아 모시는 여인네들은 코를 허공으로 치켜든 채 입을 크게 벌리고서 하느님을 향해 찬미가를 올려 드렸고, 하얀 옷을 차려입은 어린 소녀 하나가 성당 문 앞

1) 4대 교부 중 한 사람이자 교회학자로 12월 7일이 축일.
2) 아를(Arles)의 대주교를 거친 성인으로 축일은 1월 16일.

에서 자그마하니 따뜻한 빵을 나눠 돌렸다.

무슨 이유로 이런 의식을 베푸는 것일까 하고 난 종종 생각하곤 했는데, 주님의 강림일이 있는 겨울을 그 강생일 며칠 앞서 미리 축하하고, 또 다감한 마음을 베풀어 가혹한 날씨가 연이어지는 이 계절을 잘 맞이해 보려는 뜻에서였으리라는 게 지금의 내 짐작이다.

쉬샹브르 신부님은 아름다운 저음의 목소리를 크게 울리며 노래하셨다.

성모님이시여 우리를 보호하소서,
이 혹독한 계절에
저희들이 각자 집 앞에서
눈 속에 묻힌 샘들을 발견할 수 있도록…….

그리고 성탄 대축일이 멀지 않았으므로 모두 합창으로 그 노래를 이었다.

별들마다 성탄이!
늑대들은 산에 있고, 바람은 바다에 부네…….
네 어둠 자락 너머로, 오, 폭풍이여,
우리는 큰 별 하나[3]를 겨울의 이마 위에 걸리라.

---

3) 동방박사들을 아기 예수께 인도한 큰 별.

그 진솔한 쉬샹브르 신부님이시라니……! 그분에겐 유별난 능력이 하나 있었는데, 그건 바로 '천국'을 보신다는 것이었다. 그분은 정말 천국을 보셨다, 그렇다, 그분은 천국을 보셨다. 마치 여러분들과 나, 우리가 바로 지금 바르자벨 씨의 양 떼가 공동 세탁장 아래 큰길을 건너는 것이나 편자공네 큰 대문 앞에 멈춰 선 마르탱고의 수노새를 보는 것처럼 말이다.

다만, 그분의 천국은 대성당의 천국이 아니라 자그마한 본당을 위한 천국이었다. 인간적이며 따뜻하고 잘 건사된 예쁜 천국, 우물 곁에는 세 그루 사이프러스가 둘러서 있는 그런 시골의 천국들 중 하나였다. 그분은 자애롭게 우리들에게 그것을, 저기, 플라타너스 나무들이 모여 서 있는 뒤로 열 채가량의 집이 있고 땅딸막한 종탑이 서 있는 그런 모습으로 보여 주셨는데, 사람들이 살기 좋은 고장일 거라고들 말하는 바로 그런 곳이었다. 과실나무들이 들어서 있는 1헥타르 정도의 땅 한가운데 자리한 겸손한 천국, 남쪽으로 향한, 따스함을 향한 천국이었다. 야생 무화과나무들이 면류관처럼 둘러쳐진 높은 벼랑 발치, 비와 바람을 피할 수 있게 들어앉은 땅에 다소곳하게 자리 잡은 천국, 서양지치나 샐비어, 아르니카 같은 약용 식물들로 향기 가득한 천국, 흰 수염을 달고 약간은 조는 듯이 보이는 나이 든 성자, 문 앞에 짚방석 의자를 내놓고 나와 앉아 있는 늙은 성사가 그 뒤를 시켜 주는 천국, 매년 '성지주일'[4]의 신새서

4) 聖枝主日. 예수가 수난에 앞서 당나귀를 타고 예루살렘 성으로 입성할 때 길가에 늘어선 사람들이 종려나무 가지를 흔들며 반가이 맞았던 날을 기념하는 날로서 가톨릭 교회력상 성주간이 시작되는 날.

홀로 그의 당나귀 등 위에 앉으셔서 찾아오시는 그런 천국 말이다. 신께서는 여기 오셔서 날씨며 과수원의 수확물, 그리고 지난번 거둬들인 포도로 빚은 포도주에 대해 그분을 뵈러 온 마을 사람들과 친근하게 이야기를 나누시기도 하는 것이다. 그러는 동안 놓여나 자유로워진 그분의 당나귀는 길 가장자리에서 파란 용담이나 감미 나는 산꽈리[5] 줄기를 뜯고…….

당연하지만 우리들은 그것을, 바로 이 천국을 찬양했다.

밤이 이슥하도록 이런 얘기도 들었다. 즉 필경 한층 더 격이 높은 하늘나라 다른 구역에서는 바람결에 두 뺨을 부풀리며 오보에를 불거나 트롱프 마린[6]을 연주하는 천사 음악가들이 베푸는 꿈결 같은 음악회에도 참석할 수 있다고. 그러나 (차마 말하긴 끔찍하지만) 아무도 그 음악회엔 아랑곳하지 않았다. 그리고 언젠가 저 하늘 높은 곳에서, 그들이 연주하는 가락이야 멋지다지만 어쨌든 이름도 모르는 그들을 만날 수 있다는 희망보다는, 우리들은 한결같이 거기에서 이를테면 어떤 낯익은 구석자리, 예컨대 아름다운 녹색 떡갈나무가 그림자를 드리워서 사람들이 즐겨 찾아와 그 아래에서 쇠공치기 놀이를 하곤 하는, 석공 프누이에네의 옛 우물터라거나, 문 위에는 푸른 색칠을 한 해시계가 걸려 있는, 언덕 옆구리 쪽으로 난, 니콜라 펭타스트르네의 너무나 예쁜 조그만 양 우리 같은 것을 다시 찾아볼 기쁨을 더 사랑했던 것이다.

---

5) 열매를 약재로 쓰는 가지과에 속하는 여러해살이풀. '좁은잎배풍등'이라고도 한다.

6) 길쭉하고 좁은 공명통에 현이 한 줄 혹은 두 줄 있는 유럽 옛 악기.

그런데 이 모든 것은 쉬샹브르 신부님 탓이었다. 왜냐하면 그분은, 그렇다, 쉬샹브르 신부님은 너무 기막히게 얘기를 잘 하셨기 때문이다. 그분은 마음에서 우러나는 열변을 구사하셨다. 그런데 그 달변은 갑자기 그분을 너무 멀리까지 데려가는 나머지, 그분께서 사람들을 향한 교인다운 자비심뿐만 아니라 덧붙여 (이 점은 시골에선 드문 일이지만) 짐승들에게도 호의를 좀 베풀라고 권하고 격려하시지 않고는 강론을 끝맺지 않으셨던 것이다.

"얘들아." 하고 그분은 우리들에게 말씀하셨다.

"너희들은 물론 아시시의 프란치스코 성인께서 피리새나 할미새들에게 말씀하시곤 한 일이 단순히 심심풀이가 아니라는 건 잘 알겠지. '천국'이 하나의 정원인 게 사실이라면 거기엔 나무들이 자라고 있지 않겠니. 그리고 나무들이 있다면 어찌 새들이 모여들지 않겠니? 이제 그럼 그 나무 위에서 천사의 수염을 단 굴뚝새의 집을 털고 있는 네놈들의 모습을 볼 수 있겠지? 그 얼마나 몹쓸 소행이냐! 베드로 성인이라면 너희 녀석들을 머리는 아래로 발은 공중으로 해서[7] 연옥 제일 컴컴한 구렁 속으로 진작 집어던져 버릴 게다. 자, 그렇다면, 하늘나라에선 끔찍한 일로 보일 이런 범죄가 너희들이 여기 뻬이루레에서, 플라타너스 아래 살고 있다는 구실로 겨우 손가락 긁기만 할 죄가 되어야 한다는 게냐?"

이런 교묘한 질문에 대꾸할 말이 있을 리 만무했다. 바로 그

7) 베드로 자신이 십자가에 거꾸로 매달려 순교하였다 한다.

런 틈을 타 신부님은 곧이어 힘찬 음성으로 결론을 지으시곤 했다.

"이제 이처럼 말해 두었으니 난 앞으로 앙투안 토클레가 바스티돈에 있는 느릅나무의 종달새 알로 오믈렛을 만든다거나, 클로디우스 소리베르가 비에이유시테른 가로변에 있는 칼부티에 부인 댁 창문 아래로 지나갈 때마다 방울새를 골탕 먹이는 짓 따위는 더 이상 없길 바란다."

신부님은 입을 다무셨다.

그러나 우리들은 꼼짝도 하지 않았다. 왜냐하면 우리들은 또 다른 말씀을 곧 들으리란 걸 알고 있었기 때문이다.

숨을 다시 가다듬으신 신부님은 바둑무늬 커다란 손수건을 꺼내 코를 킁킁대고 후후 부시곤 하다가 천천히 갠 다음 잠시 곰곰이 생각하신 후 마침내 이렇게 말씀하고야 마셨다.

"아니, 왜들 그러고 있느냐? 왜 다들 귀는 나발통처럼 해선 뭘 기다리는 게냐? 내가 말했지? 나에겐 말이다, 마치……. 자, 자, 참! ……자 어서 문 열고 나가거라……!"

그래도 아무도 꼼짝하지 않자 그분은 우리들을 잠시 쳐다보시곤 고개를 끄덕이시더니 드디어 은밀한 어조로 한 말씀 덧붙이셨다.

"자, 그렇담 말이다. 요컨대 너희들을 무척 사랑하는 이 할아버지 신부를 좀 기쁘게 해 주려거든 '반바지 당나귀'를 잘 대해 주렴."

아, 그 좋으신 쉬샹브르 신부님, 행여 사람들이 이 당나귀에게 깍듯이 아니 할까 염려하는 신부님의 걱정은 정말이지 이유 있는 일이었다. 왜냐하면 이 당나귀는 우리 마을 빼이루레에서 언덕들로 오르는 오솔길에서 마주칠 수 있는, 정말이지 최고로 기이한 당나귀였기 때문이다. 봄이나 여름 동안은 그래도 괜찮았다! 쉬샹브르 신부님이 우리에게 자애심을 가르치시는 이 아름다운 마을 둘레 사방 20리 근방에서, 커다란 노란 이빨 아래로 엉겅퀴를 뽀드득거리는 다른 당나귀들과 이 당나귀는 겉보기엔 다른 점이 없었다. 처음 보면 많은 당나귀들과 같은 한 당나귀, 중키 당나귀, 기운이 넘치는 당나귀도 아니요, 아직도 어미 암탕나귀의 젖 내음을 풍기는 채, 언덕 위에서 깡충거리거나 수레에 실려 가며 뒷발질을 하거나, 다른 당나귀가 풍기는 취하게 하는 냄새를 맡자마자 — 정말이지 그 냄새는 얼마나 지독한지! — 엉덩이를 들어 올리며 열두 개의 트럼펫처럼 울어 대는 당나귀들 중 하나도 아니었다. 게다가 언제 한번 뒷발로 찰까, 이빨질을 할까, 훌쩍 멈춰 설까, 질풍처럼 내달을까를 곰곰 생각하며 앞으로 내민 두꺼운 아랫입술에 침을 흘리는 채, 콧등을 다리 사이에 박고 걷는, 음험하고 꾀바르며 신경질적인 늙고 고집 센 당나귀, 푸른 생가지 채찍을 따갑게 맞으면서 짐짓 참고는 있지만, 진흙투성이 늪 앞으로 지나기만 한다면 등에 짐을 진 채 그대로 뛰어들어 뒹굴 기회를 노리는 그런 당나귀는 더더욱 아니었다.

아니고말고!

그는 반대로, 신중하고 아마 좀 나이가 들어 가는, 잘 다듬어진 회색 털 당나귀였다. 시름없는 귀에 겸손한 눈 당나귀,

걸음걸이가 절도 있는 당나귀, 건방지지도 천박하지도 않은 당나귀, 자기가 당나귀임을 잘 알고 있으며 그런 사실에 조금도 부끄러워하지 않고 오히려 그런 자신에 더 깊이 충실한 당나귀, 걷고, 멈추고, 다시 떠나고, 돌고, 물 마시고, 풀 뜯고, 바라보고, 듣고 순종할 줄 아는, 이 모든 것을 당나귀답게 할 줄 아는 당나귀, 분명 명상하기를 좋아하는 당나귀, 많은 것을 보았고 많은 것을 배웠으며 많은 것을 용서하기도 한 당나귀, 다른 당나귀들에겐 얌전하고 사람들을 대할 땐 비굴하지 않게 공손한 당나귀, 잡화상이며 음식점 문 앞에서, 혹은 큰 군 청사 앞에서 다른 당나귀들처럼 가끔 크게 울거나 버릇없는 짓거리로 소란을 피우는 일 없이 그 모든 곳에 나타날 수 있는 그런 당나귀였다. 한 마디로, 성당 앞뜰뿐만 아니라 제 외양간에서도 자기 자리를 발견하는 당나귀, 약한 자에겐 선하고 자기 신들을 공경하는, 영혼을 부여받은 당나귀, 정직했기 때문에 어느 곳에 가든지 머리를 곧게 세우고 걸을 수 있는 당나귀, 당나귀네 세계에서도 공정한 판별이 있다면 제 종족의 영예가 될 그런 당나귀였다.

아! 하지만 말이다. 온 마을로 하여금 그에게 각별한 눈길을 보내게 했던 이 모든 칭찬할 만한 자질들은 매년 겨울이 시작될 무렵 자칫 망각 속으로 떨어질 뻔하곤 했다. 분명 홀로, 당나귀 내심 기쁨으로 삼았을, 그에게 표명된 이 각별함은 선달 첫추위가 닥치자마자 사라질 위협을 받곤 했다. 왜냐하면 나무랄 데 없는 이 완벽한 당나귀는 그때부턴 바지를 걸치게 되었기 때문이다. 그 바지는 실상 그의 두 앞다리나 고작 감싸 줄 뿐이었다. 골 무늬가 있고 윤이 나는 갈색 우단 천으로 된 멋진 바지였는데 윤을 잘 낸 가죽 멜빵으로 가슴팍과 목에 매어져 있었다. 나귀의 등마루와 엉덩이는 양털 덮개로 감싸이고 정성스레 매어진 길마는 이 멋들어진 의장을 잘 고정해 주고 있었다.

그가 유별난 주목을 받고 있다는 것 자체가 불행이었다. 지혜로운 왕 솔로몬이 단언했듯이 주의를 기울이는 게 벌써 사랑인 경우도 있겠지만 대부분의 경우, 우리들 생각으로는 이 주목이라는 건 악의의 어머니에 지나지 않는 것으로 보인다.

그 증거로는, 처음 이 '반바지'를 만났을 때 나는 웃음이 터져 나오는 것을 참을 수 없었는데 그 정도로 난 그를 우스꽝스럽다고 생각했던 게다.

그를 앞서거니 뒤서거니 하면서 너댓 악동들이 목이 쉬어라 그에게 조롱을 던지는 가운데 그는 엄숙하게 라씨쏠이라는 길로 접어들고 있었다. 그는 그 아름다운 바지를 입고 있었다. 걷는 데 전혀 불편 없이 그는 뾰족뾰족한 자갈길 위로 얌전하게 조그만 편자를 또닥거리며 작은 발걸음으로 나아가고 있었다.

"기저귈 잃어버릴라, '반바지'야!" 말썽꾸러기 녀석들이 외쳐 댔다.

그리고 떠들썩하니 노래를 이어 불렀다.

> 불을 지펴요, 눈이 내리려 해요.
> 신부님은 홍당무를 들여 놓으시고,
> 겨울이 왔어요, 아주머닌 뜨개질,

배달부는 코 싸개 목도리를 둘렀어요,
그리고 어수룩한 당나귄 반바지를 입었지요,
빵 가게에 가려고요!
불을 지펴요, 눈이 내리려 해요…….

이 노래는, 시골 마을 사람들 가운데에서 재주꾼으로 자처하는, 안경을 걸친 젊은 도시 출신 우체국장의 작품이었다.

고통스러워하면서도 (그걸 난 나중에야 알았다.) 조금도 내색을 않고 있었던 '반바지'는 빵 가게 앞에 멈춰 섰다. 그는 큰 광주리 둘을 등에 지고 있었다. 빵집 주인은 커다란 갈색 빵 세 덩어리와 밀기울 한 자루를 오른쪽 광주리에 넣은 다음 당나귀에게 밀 한 줌을 주었는데 당나귄 그걸 주인의 손 안에 둔 채 얌전하게 먹었다. 그러고선 '반바지'는 큰 시계 광장을 가로질러 식품이며 여러 가지 잡화를 파는 가게 진열장 앞에 한 번 멈춰 섰다. 그는 이 가게 주인에게서 설탕 네 통과 비누 대여섯 덩어리를 받았다. 거기에서도 그는 친절한 대접을 받았다. 가게 주인은 그에게 사각거리는 맛있는 양배추 몇 잎을 주었던 것이다.

여전히 행렬을 거느린 채 다시 걷기 시작한 그는 수예·잡화상을 돌아 묘목상 코카르도의 암 노새를, 그쪽으로 눈길 한번 던지지 않은 채 얌전히 마주쳐 지난 후 삐스타쉬에 골목길로 접어들었다. 그는 조심스레 큰길을 건너고 예쁜 십자가 분수대에서 물을 두어 모금 마신 뒤 마지막 인가들을 지나 들로 나섰다.

기이하게도 꼬마 일당은 거기서 멈춰 섰다. 그들 중 아무도 들판을 가로질러 당나귀를 따라가지 않았는데 더욱 이상한 일은 그를 입으론 놀려 대긴 했어도 아무도 행동으로는 전혀 그러하지 않았다는 사실이다. 돌팔매질도 하지 않았고, 살짝 건드려 보는 막대질도 없었다. 물론 고약한 짓을 여러 번 저지른, 집 울타리 뛰어넘기를 누워 떡먹기로 하는 이 악동들이 그런 욕망을 느끼지 않았을 리 없다. 거기엔 왕골 바구니를 수선하는 집시의 아들로, 곱슬머리에 이는 늑대 같고 눈매는 고약스러운, 키는 작지만 딱 바라진, 하느님도 마귀도 두려워하지 않는 쉬코 같은 어린 악당도 있었다. 그러나 모두들, 쉬코마저도 심한 농이나 던질 뿐 그 이상은 없었다. 욕도 거의 하지 않았다! 기실 욕을 하기는 너무나도 쉬운 일이었겠지만! 무언가 모를 강하고도 부드러운 그 어떤 것이 당나귀를 지켜 주고 있는 것 같았다. 그가 어디를 가건 이런 비밀스러운 호의가 그를 따랐던 것이다.

그가 라샤뻴의 포도밭 뒤, 오래된 담벼락 한 모퉁이로 사라졌을 때, 다른 애들처럼 나도 멈춰 섰다. 그러나 다른 애들은 왁자하니 마을로 곧 되돌아갔지만, 이처럼 들판을 온통 가로질러 혼자 돌아가는 그 기이한 당나귀가 과연 어디로 향해 가는지 지켜보고 싶은 생각 때문에 나는 발걸음이 떨어지지 않았다. 나는 저 멀리 가시울 타리 너머로 그를 바라보았다. 곧 그는 옆길로 새더니 성 안나 경당 앞에 나타났다가 마침내는 사람들이 '예지의 영토'라 부르는 올리브 숲 속으로 들어가는 것을 끝으로 내 시야에서 사라졌다.

난 꽤 늦어서야 집에 돌아왔다. 나는 오리보 가로변에 있는 작은 농가, 사튀르냉 할아버지와 사튀르닌 할머니, 즉 내 조부모님 댁에서 살고 있었다.

마치 족장같이 검박하게, 요새 세상에선 참 섭섭하게도 찾아볼 수 없게 된 충직한 하인 두 명이 우리와 함께 살았는데 앙셀므라 하는 양치기와 라 페기노트라고도 부르는 클로디아였다.

그 둘 어느 쪽도 한창나이는 아니었다.

매일 아침 조심스러운 걸음으로, 개밀이나 백리향을 먹이러 언덕 경사지로 삼사십 마리 양들을 몰고 가는 앙셀므는 칠십 성상은 족히 세었을 터였다. 그는 양 우리에서 기거했는데 매일 저녁 어스름이 내리면 곧 그곳으로 사라지곤 했다. 해거름 때와는 달리 아침에는 겨울이건 여름이건 동틀 녘이면 벌써 그가 마당에 나와 개를 부르는 소리를 들을 수 있었다. 그는 크림을 틀에 넣어 버터를 만들어 내거나 회향풀[8]을 얹은 채반 위로 신선한 치즈도 곧잘 떠내었고 양털을 깎는 데 능했으며 오른쪽 귀엔 금 고리를 하나 달고 있었다. 난 그를 우러러보았다.

아마도 예순에 가까운 나이에도 붉은 혈색과 작달막하니 단단한 체구에 회색 머릿결이 말갈기처럼 뻣뻣한 라 페기노트는 거친 집안일을 손아귀에 넣고 자유로이 주물렀다. 그녀는 돌바닥을 씻고, 장작을 패고, 불을 지피고, 양잿물로 빨랫

8) 미나리과에 속하는 향기 짙은 두해살이풀.

거리를 헹구고, 올리브 열매를 부수거나 햄을 절이고, 돼지 기름살로 장작 숯불 연기를 쏘인 훈제를 만들거나, 빨래를 다리고, 갖가지 잼을 졸이고, 개들에게 먹이도 주고, 암 노새 털을 빗기거나, 채소밭을 갈았다. 뿐이랴, 7월의 타는 듯한 타작마당에서 밀을 털 때면 일손 빌려 주기를 결코 마다하지 않았다. 이렇게 해서 그녀는 뭐든 죄다, 특히 그녀 귀에 거슬렸을 것에 대해 읊어 댈 권리를 얻었다. 대개 끙끙 불평이었다. 아무것도 그녀를 만족시키지 못했다. 그녀에겐 완벽이라는 높은 감각이 있었다. 바로 그랬기 때문에 그녀는 돼지를 꾸짖고 염소를 야단쳤으며 닭들에게 훈계를 늘어놓고 개에게도 질책을 퍼부었다. 때로는 '보이지 않는 그 어떤 것'을 거칠게 책망하기까지 하면서 자기 맘대로 불어 주지 않는 바람을 욕하기도 했다.

귀가 아주 많이 멀어 버린 선량하신 사튀르냉 할아버지는 그 점에 대해 나무랄 그 어떤 것도 찾지 못했다. 사튀르닌 할머니로 말하자면 내가 지금 생각건데 라 페기노트의 말을 듣는 걸 내심 즐기시지 않았나 한다. 왜냐하면 라 페기노트는 꼭꼭 격언이나 속담 혹은 멋진 시구를 따다가 보통 할 말을 대신했기 때문이다. 그녀는 각 계절들을 나로선 딱히 모를 항간 예지의 정원에서 따온 짧은 표현법으로 이처럼 그려 보였다.

성지주일 날 날씨가 맑으면
해묵은 술통에 꼭지를 달아라

라고 부활 축일을 조금 앞둔 즈음이면 그녀는 충고하곤 했다.

매 작물마다 그녀는 좋은 의견을 내놓을 줄 알았다.

바실리사 성녀 축일[9]에는
농장을 한번 둘러보러 가렴,
거기에 귀리가 잘 자라고 있으면
그건 네가 착한 신자이기 때문.

나쁜 날씨를 향해서도 그녀는 해 줄 말이 있었다. 그녀는 말했다.

파리가 집 안에 머물러 있는 건
소나기가 지평선에 걸려 있는 탓.

마침내 늦가을, 철새들이 벌써 우중충해진 하늘을 가로지를 적에 그녀가 읊조리는 걸 듣고 있노라면 모두들 깊이 우수를 느끼곤 했다.

공중 높이 나는 물오리들,
겨울눈을 예고하네.

당연한 일이지만 집으로 돌아왔을 때 내가 곧바로 맞닥뜨린 게 바로 그녀였다. 당장 그녀는 호통을 쳤다.

---

9) 5월 20일.

"길바닥 쓸개 도련님이 집엘 다 돌아오시네 ! 아침부터 저녁까지 밖에 쏘다니다가! 대관절 누구하고더냐? 마을의 온갖 망나니들이랑! 창피하기도 해라! 바지엔 분명 또 구멍을 냈겠지. 정말 끝이 없구나! 나는 꿰매고 도련님은 구멍 내고! 도련님이야 위에, 아래에, 무릎에, 허벅지에, 엉덩이에 마음대로 구멍을 내지! 사튀르닌 마님, 전 울고 싶다고요……!"

할머닌 이런 식의 호소엔 너무나 익숙하셔서 별 동요를 보이지 않으셨다. 할머닌 물으셨다.

"수프는 준비됐겠지?"

"네, 어르신. 하지만 이 불한당 때문에 우리 모두 저녁 먹을 시간이 늦어지는 바람에 스무 번도 더 탈 뻔했어요! 자, 어서 와 손 씻어, 이 구두닮개야!"

구두닮개는 손을 씻으러 갔다.

저녁을 먹는 내내 나는 오로지 '반바지 당나귀' 생각뿐이었다. 생각에 잠긴 내 태도를 라 페기노트가 놓칠 리 없었다. 그녀의 얼굴은 조바심으로 뒤덮였다.

"너, 뭔가 우리에게 숨기고 있지?" 하고 그녀는 속삭였다.

"바른대로 말해, 오늘 오후엔 대체 어디에 갔더냐?"

난 고개를 숙였다. 사튀르닌 할머니 앞에서 내 엉뚱한 행위를 얘기하길 좋아하지 않았기 때문이다. 사튀르닌 할머니가 야단을 치는 법은 거의 없었지만 대신 그분 입가에 살짝 나쁜 미소가 내비칠 때는 있었다. 오래 머무르는 미소도 아니었건만 바로 그 한순간의 미소는 땅 밑으로 꺼져 버리고 싶어질 정도로 사람들을 부끄럽게 만드는 것이다.

바로 그렇기 때문에 나는 입을 다물고 있었다. 식사가 끝났을 때 난 부엌으로 라 페기노트를 찾아갔다.

그녀가 기다리는 것을 알고 있었다. 언제고 그녀는 나의 속내 이야기 상대가 되어 주었다. 수다스러운 만큼 호기심 많고 불평꾼인 만큼 다사로운 그녀처럼 그토록 생생하게 공감하며 또 그처럼 훌륭한 말솜씨로 주석을 달아 가며 내 작은 비밀들을 들어 주는 사람은 세상에 둘도 없었다.

"자." 하고 그녀는 말했다.

"이 말썽꾸러기, 무슨 일이더냐?"

"당나귀를 보았어요."

"당나귀? 무슨 당나귀 말이냐?"

"바지를 입고 있는 당나귀였어요."

그녀의 얼굴은 심각하니 침울해졌다.

"그다음엔?"

"그다음엔 그 당나귈 따라갔어요."

"당나귀를 따라갔다고?"

쉬던 숨마저 딱 멈춘 채 그녀는 접시 헹구던 손길을 멈췄다.

"어디까지 따라갔더냐?"

"라샤뻴의 포도밭까지요."

그녀는 다시 숨을 돌렸다.

"그래, 너 혼자였니?"

"아뇨, 쉬코도 있었고요, 토클로, 클로디우스, 이노상, 라퀴그……."

손을 닦고 나서 그녀는 몸을 돌려 준엄한 얼굴로 앉았다.

"콩스탕탱." 하고 그녀는 내게 말했다.(왜냐하면 내 이름이 바로 콩스탕탱이었다.)

"하느님 앞에서 내게 맹세해라, 맹세해……. 다시 그 당나귀를 만나면……."

"그런다면요?"

"그가 제 길을 가도록 내버려 두어야 한다. 그를 바라보지도, 따라가지도, 말을 건네지도 말고."

"아니! 페기노트, 당나귀에게 말을 건네다니요! 왜요, 뭘 어쩌려고요, 말 좀 해 보세요!"

"왜라니, 아이쿠, 천사들의 어머님! 마치 교인처럼 반바지 입고 있는 당나귀란……! 그런데도 몰라서 왜요 하고 넌 묻는 거냐?"

"하지만 페기노트, 신부님은 교리 시간이 끝난 후 우리에게 그 당나귀를 아주 존중해야 된다고 꼭꼭 당부하시는 걸요."

"본당 신부님은 너무 호인이셔서 탈이야. 게다가 신부님은 모르셔. 그분이 만약 아신다면……."

"그분이 뭘 아신다면 말씀이세요?"

라 페기노트는 고개를 숙이고 투박한 붉은 두 손을 내려다보며 말했다.

"그 '반바지 당나귀'가 어디서 오는 건지를 아신다면 말이나……."

"아니, 그가 어디서 오는데요? 알아요, 아줌만? 말해 주세요, 네?"

그녀는 몸을 일으켜서 접시 한 더미를 들어 올리며 중얼거렸다.

“입 다물어, 넌 나한테 다 불게 하고 말 듯한 기세구나. 물론 난 알지. 하지만 다행스럽게도 난 입을 다물 줄도 알지. 왜냐하면 말이다. 이런 말도 있잖니?

> 분별없이 지껄이는 자는
> 악마를 집으로 끌어들인다.

자, 이젠 충분하지, 가서 자거라!”

그녀의 습관에 비추어 볼 때, 그녀가 나를 잠자리로 내모는 것처럼 하면서 실은 내가 다른 질문들을 더 던지도록 유도하는 것이라고 짐작했다. 하지만 이번에는 아무리 질문을 던져 봐도 소용이 없었다. 그녀는 도무지 들으려고 하지 않았다.

“이제 그만해.” 하고 그녀는 웅얼거렸다.

“나도 그만 입 좀 다물어야지. 잘 자라, 이 악동아.”

그리고 그녀는 자기 거처로 물러갔다.

그다음 날도, 또 그다음 날도 난 그녀로부터 한 마디도 더 얻어 낼 수 없었다. 고집스럽게 입을 다물고 있는 그녀를 보면 알아내려는 내 욕망은 더욱더 부풀었다. 그렇지만 도대체 누구에게 물어봐야 한단 말인가?

앙셀므가 나에게 적잖은 것을 가르쳐 줄 수 있으리란 생각이야 물론 있었다. 왜냐하면 벌써 오십여 년이나 산을 탄 앙셀므는 산의 하찮은 조약돌 하나까지도 다 알고 있었기 때문이다. 하지만 언짢은 관계라고까진 할 수 없지만 그는 언제나 내게 약간 두려운 마음을 불러일으켰다. 흰 수염, 과묵한 태도, 짐승들과 함께 멀찍이 떨어져 살려는 그의 의향 등은 그 곁에 접근해 보고 싶은 열의까지는 별로 불러일으키지 않았다.

학교에 가 봐도 내겐, 우스꽝스럽게 보일 수도 있고 야유나 받기 십상인 이런 호기심 어린 비밀을 나눌 만큼 확실한 우정으로 맺어진 친구도 없었다. 개학은 제대로 세수도 하지 않은 마흔여 명의 사내애들 속에, 또 내가 조금도 좋아할 수 없었던 낡은 흑판 앞에 나를 데려다 놓았다. 이 흑판 아래 우리 선생님이신 샤마로트 씨가 있었다. 그 위로는 아흔 개의 도를 몇 가지 색으로 칠한 프랑스 전도가 벽 위로 펼쳐져 있었다. 입체적인 기복 표시가 없는 한심한 지도였는데 진보라색과 연보라색이 지배적이었다. 굵은 빨강 선으로 철도가 표시되어 있긴 했지만 여행하고 싶은 마음을 불러일으켜 주진 못했다.

샤마로트 선생님은 어리석거나 고약한 분이 아니었다. 하지만 그분 상대가 한패거리 개구쟁이들인 걸 어쩌랴. 그들은 그분을 하도 난처한 처지로 잘 몰고 가서 선생님의 수업 내용은 그 영향을 받게 마련이었다. 그래서 선생님은 우리에게 천천히 또 정확하게 꼭 유용한 것들만 가르쳐 주셨는데, 그런 것들만이 합당한 가르침이라는 것이 그분의 주장이셨다. 그러므로 그분께 그 이상의 것을 물어볼 수 없었다. 해서 여러분이 잘 짐작하시겠지만 난 그분께 '반바지 당나귀'에 대해 여쭤 보리란 생각을 해 본 적은 한 순간도 없었다.

만약 여쭤 보았대도 샤마로트 선생님은 분명 당나귀 같은 건 좋아하지 않는다고 대답하셨을 것이다.

그렇담 도대체 누구에게 이 얘길 해 보나? 어떻게 알아본담?

쉬샹브르 신부님? 하지만 어떤 수를 내어 그분을 찾아뵙지? 그만큼 그분은 내겐 너무나 신비스럽게 보이셨다! 그러니 아무리 잘 생각해 봐도 아무도 없었다. 우연에나 맡겨 볼까? 그럼 직하지 않은가. 일은 잘 풀렸다. 바로 우연이 날 도와주었다.

어느 날 오후, 방과 후, 클로디우스 소리베르가 가이욜 다리 근처에 있는 작은 숲 근처로 덫을 놓으러 가지 않겠느냐고 제의해 왔다. 이 행차는 큰 건이었다. 왜냐하면 산 바로 아래까지 가야만 했기 때문이다. 날씨는 매우 추워져서 눈발이 이미 산등성을 스쳤고 날카로운 북풍이 피부를 물어뜯었다.

"사냥하기 좋은 날씬데!"

클로디우스가 헤죽거렸다.

우리는 덫을 여섯 개 정도 놓고 나서 몸을 숨길 덤불을 찾아냈다. 우리가 그곳으로 다가가자 마른 나뭇가지를 주워 모으던 어떤 노파 한 사람이 갑자기 불쑥 튀어 나왔다. 우리를 눈여겨보고 있었던 것이다. 나를 알아본 노인네는 소리쳤다.

"부끄럽지도 않니! 하늘의 새들을 죽이다니! 클로디우스한테는 괜찮을지 몰라도, 그건 너, 콩스탕탱에겐 당치 않은 일이야! 돌아가는 길에 네 할머니께 다 이를 테다."

그렇게 말하고서 노인네는 나뭇단을 지고 알아들을 수 없는 말을 웅얼거리며 마을로 향했다.

클로디우스는 날 놀려 댔다. 다음 날이면 난 온 교실의 웃음거리가 될 터였다.

그래서 난 짐짓 허세를 부리며 클로디우스에게 나 같은 사나이에겐 노파의 위협쯤이야 아무것도 아니라고 큰소리쳤다. 난 할머니께 보고나 변명할 바가 없고 그와 함께 숲에 어둠이 내릴 때까지 남아 있겠노라고 했다.

그는 날 믿는 척했고 난 용감한 척 굴었지만 실은 시커먼 불안이 날 집어삼키고 있었다.

우리는 참새 한 마리와 불쌍한 할미새 한 마리를 잡았는데 클로디우스는 완벽한 무감동으로 당장 그 새의 목을 눌러 버렸다. 속내로는 그런 짓이 끔찍하게 느껴졌지만 난 한 마디도 할 수 없었다. 클로디우스는 새들을 제 호주머니에 쑤셔 넣고는 부모님 몰래 한바탕 잘 먹어 치우겠노라고 선언했다.

그런 말을 듣고 있자니 나는 가장 몹쓸 방식으로 나 자신을 더럽힌 것 같은 느낌이 들면서 맘 깊이 무척 불행하게 생각되었는데, 집에 가까워질수록 내 근심도 더 커져 갔다. 내 느낌은 적중했다.

난 거기서 돌처럼 굳은 얼굴을 보았던 것이다. 라 페기노트는 날 쳐다보지도 않았다. 한편 보통 때엔 그리도 관대하신 사튀르닌 할머니는 내가 견디지 못할 정도로 엄격한 눈으로 날 뚫어지게 쳐다보셨다. 이 냉랭한 마중은 숨 한번 옳게 못 쉬고 들어야만 했던 설교로 이어졌다. 나는 울 뻔했지만 몹쓸 교만심이 눈물을 가로막았다.

클로디우스와 그 일당과의 상종이 금지되었다.

"널 여기 가둬 놓고 싶은 생각은 없다."라고 사튀르닌 할머니는 말씀하셨다.

"그러나 그 따위로 쏘다니는 것도 원칠 않아, 특히 그 산기슭으로 가면 안 돼. 지금부터 넌 가이욜 다리를 넘어서면 안 된다. 내 말 알아들었으면 가서 자거라."

나는 자리에 들긴 했지만 잠을 거의 이룰 수 없었다. 이유인즉 그 순간부터 나에겐 한 욕망, 한 터무니없는 욕망, 불경하기까지 한 욕망뿐이었으니, 바로 가이욜 다리를 넘어가 본다는 것이었다.

그것이 바로 금지 조치가 가져온 첫 파급 효과였다. 클로디우스, 쉬코, 라퓌그 같으면 명을 거역한다는 건 그저 한 가지 놀이에 불과했으리라. 하지만 내겐 그 애들과 같은 재주가 아예 없었는데 그런 재주를 정말이지 가지게 될 수 있으리라고 느껴지지도 않았다.

그래서 난 매일 가이욜 다리에서 몽상에 잠기는 것으로 만족했다. 그건 요컨대 폭이 스무 보폭 정도에 지나지 않는 작은 물길을 그럭저럭 가로지르는, 가운데가 반원형으로 둥글게 한 번 솟은 오래된 돌다리에 불과했다. 근처엔 인가도 한 채 없었다. 아주 멀리서도 보이는 커다란 포플러나무 두 그루가 풀밭 뒤로 그 장소를 강조해 주었다.

여기까진 특이한 게 아무것도 없다. 그리고 그곳은 굳이 찾아가 봄 직한 장소도 못된다. 그러나 개울 바로 너머가 단연코 흥미로운 장소였다.

왼쪽으로 푸른 떡갈나무 숲과 길이 하나 있었다. 이 울퉁불퉁하고 꼬불꼬불한 검은 길은 급격히 높아져 바위들과 얽혀 있는 나무뿌리들 사이로 구부러져 든다. 그 길은 어디로 향하는 걸까? 그 길은 나무들이 검게 자라고 있는 거대한 축대를 기어 올라가서는 사라진다. 분명한 점은 산으로 이르는 길 중 하나라는 사실이다.

산! ……바로 그 산의 거대한 발톱이 다리께까지 뻗어 와서 다리를 낚아채는 듯 보였다. 다리 이쪽 편으로는 몇 그루 나무 주위로 모여 있는 집들과 목초지와 포도밭이, 그리고 그 가운데로, 겨울 저녁 5시쯤이면 여기저기 작은 램프들이 켜지는, 충직한 네모진 경작지로 이루어진 포근한 농토가 부드럽게 시작되고 있었다. 그런데 난 이 농경지들을 예전부터 전혀 사랑하지 않았을 뿐만 아니라 이제 증오하기에 이르렀다. 그만큼 저 신비한 길의 매혹이 내 영혼을 강하게 사로잡았던 것이다. 그래서 감히 그 길로 접어들어 보려는 시도는 못 해도 혼자 몰래 개울까지 달려가 보는 일은 가끔 있었다. 거기서, 오래된 다리의 난간에 한 시간이고 두 시간이고 하염없이 앉아 숲과 협곡, 그리고 지중해의 북풍이 괴롭히는 고원으로 향하는 그 고적한 길을 바라보곤 했다.

그곳은 정말 인적이 없는 곳이었다. 바로 그런 사실이 내 주의를 끌었고 내 자유의 한계점을 이루는 다리의 신비하고도 매혹적인 저 너머에 더 한층 큰 매력을 부여하였다.

하지만 어느 저녁, 겨울 기운이 이미 누그러지고 대지로부터 마치 식물들이 발효하듯 스멀거리며 올라오는 것을 느낄 수 있던 즈음, 가이욜의 난간 위에 버릇대로 앉아 있던 나는 금단의 길 위로 조약돌들이 구르는 소리를 들었다. 그리고 머리를 들면서 나는 떡갈나무 사이로 당나귀가, 그에 대해 여태 아무것도 알지 못하는 바로 예의 그 당나귀가 나오는 것을 보았다. 필경 대기의 느닷없는 따사로움 때문이겠는데 그는 겨울 바지를 입고 있지 않았다. 조약돌의 냄새를 맡으려는 듯 머리를 숙인 채, 조심스레 발굽을 딛으며 가파른 길을 내려오고 있었다. 원인 모를 두려움에 사로잡힌 나는 풀밭으로 피했다. 그는 당나귀 특유의 가벼운 발굽을 다리에 깔린 포석 위에서 또닥거리며 건너오고 있었다. 그의 등 위에서 양쪽으로 흔들리는 광주리들은 꽃 핀 아르즐라스[10] 가지들로 넘치도록 가득 채워져 있었다. 2월에 피는 이 식물은 가시가 있는 금작화의 일종이다. 당나귀가 지고 있는 그 짐에 나는 깜짝 놀랐다. 멀찌막이 나는 그를 따라갔다.

그는 곧바로 신부님 댁으로 향했다. 거기에선 나귀를 기다리고 있었음이 분명했다. 왜냐하면 쉬샹브르 신부님이 사제관에서 금방 나오시더니 아르즐라스 꽃다발을 성당으로 옮겨 가셨기 때문이다. 그러신 후 그분은 반바지 당나귀에게 몇 마디 다정한 말을 건네시곤 그의 엉덩이를 한 번 쳐 주셨다. 당나귀는 몸을 돌려 산을 향해 다시 떠났다.

나는 다시 그의 뒤를 밟았다. 그러나 다리에 이르자 더 이상 따라갈 엄두를 낼 수 없었다. 게다가 밤이 떨어지고 있었다. 개울 너머로 양 떼 방울 소리가 달랑이며 푸른 떡갈나무 숲 사이로 들려왔다. 몇 마리 암양이 나타났고 그 뒤로 우리 집 양

10) 가시양골담초(ajonc)의 프로방스 속칭.

치기, 앙셀므의 커다란 실루엣이 보였다.

그는 날 알아보고 불렀다. 이같은 금지된 장소에서 들키게 된 바람에 나는 좀 당황했다. 그렇지만 앙셀므는 나에게 궂은 내색을 하지 않았다. 아마도 그는 금지령을 모르는 모양이었다. 그는 말했다.

"나랑 함께 돌아갈래?"

"암요, 앙셀므."

"당나귀가 지나가는 걸 보았겠지?"

"보았어요, 신부님 댁에서 나오더군요."

"그래, 아까 내려갈 때 아르즐라스 두 광주릴 지고 있더구나."

우리는 양 떼와 개를 앞세우고 걸음을 옮겼다.

"내일은……." 하고 앙셀므가 내게 말했다. "사순[11] 첫주일이구나. 부활 축일 사십이 일 전 말이야."

난 혼신의 용기를 내었다.

"근데 앙셀므, 그는 어디서 오는 거죠? 야생 금작화 바구니를 진 그 당나귀는?"

앙셀므는 놀란 빛으로 날 바라보았다.

"그가 어디서 오느냐고? ……그야 저 위에서지, 아무렴! 시프리앵 씨 댁에서부터 말이야."

내 눈은 활짝 커졌다.

---

11) 부활절을 합당하게 맞이하기 위하여 통회와 보속과 희생으로 재(齋)를 지키는 사십여 일간의 기간으로 재(灰)의 수요일로부터 시작된다.

"넌 시프리앵 씨를 모르니?"

나는 모른다는 몸짓을 했다.

"그럼 넌 벨뛸[12] 농가가 어디 있는지도 모른단 말이지?"

양 떼는 우리 발 근처에 멈춰 섰다. 저 멀리로 산봉우리들이 아득한 유두 돌기들처럼 보였다. 어둠은 아직 오뜨떼르[13]까지 내려 닿지 않았다.

앙셀므는 푸른 연기 한 줄기가 가늘게 솟고 있는 소나무 숲을 가리켰다.

"벨뛸은 저기에 있단다."라고 그는 내게 말했다.

"여기서 그 집이 보이나요?"라고 난 물었다.

"아니, 솔밭까지 가야 해. 거기에 가야지만 그 '살림집'을 볼 수 있지……. 물도 있고 겨울에는 푸근한 휴식처도 되고, 햇볕은 가득하고 바람은 잘 막아진 멋진 장소지……."

양 떼들은 다시 걸음을 옮기기 시작했다. 우리들은 첫 별들이 떠오를 때쯤 집에 도착했다. 그다음 날, 쉬샹브르 신부님은 예의 그 겨울나기 식물로 활짝 꽃 핀 제단 앞에서 미사를 올렸다. 성당은 산의 향기를 풍겼다. 미사 드리는 내내, 어떤 신비한 손이 톡 쏘는 듯한 향기를 지닌 이 가지들을 어제 그 등에 실어 보내 준, '반바지 당나귀'를 나는 생각하고 있었다. 그러면서 성수반 곁에 선 채 높은 목소리로, 쉬샹브르 신부님이 읊조리시는 전례문에 라틴어 교회통상문으로 화답송을 바치는

12) 아름다운 기와 지붕이라는 뜻.

13) 높은 곳, 고지라는 뜻.

양치기 앙셀므를 간간이 건너다보았다. 명랑한 겨울 햇살이 채색 창을 넘어와 성당 안으로 밀려들고 있었고, 바깥 하늘은 눈발을 실은 바람의 향기를 아직 지니고는 있었지만 어쨌든 이제 좋은 계절로 접어들고 있음이 느껴질 즈음이었다.

산언덕들을 향한 아름다운 꿈들로 가득한 하루였다.

당나귀는 두 주 동안이나 보이지 않았다.

마침내 내가 그를 만나게 된 것은 어느 날, 수업이 끝난 길이었다.

"헤! 반바지야!" 클로디우스가 외쳤다. 반바지는 엄숙하고도 무념한 자태를 보이며 지나갔다. 날씨는 끔찍했다. 3월의 소나기가 하늘을 쓸고 있었고 빗줄기는 폭우 속으로 사라져 가는 가여운 당나귀를 내갈기고 있었다.

"당나귀에게 자-알 지내라고 인사했지, 되올라가는 길이신데."라고 라퓌그가 외쳤다.

"뒤따라 가 볼까나?" 하고 클로디우스가 빈정거렸다.

그러나 날씨가 하도 사나워서 우리는 학교로 되돌아가야만 했다. 소나기가 멎길 기다리면서 삼삼오오 짝을 지어 아직 꽤 따스한 난로를 끼고 둘러앉았다.

"난 말이야." 쉬코가 입을 열었다.

"지난날에 서 위에 한번 올라가 봤어."

"멀던?" 누군가 물었다.

"그래, 멀어, 그렇지만 멋있어."

나는 두근거리며 듣고 있었다.

"그래 거기서 뭘 보았니?"

"커다란 개 한 마리랑 짐승들을 많이 많이 보았지. 비둘기, 닭, 오리, 산토끼 들이 우글우글하던데!"

그는 커다랗게 몸짓을 해 보였다.

"노아의 방주 속처럼 말이지?" 클로디우스가 히죽거리며 말했다. "거기 올라가서 덫으로 새들을 잡아 봐야지……!"

그런데 악동으로 통하던 쉬코는 정작 이렇게 반박했다.

"그래, 그래 봐……. 네가 입고 있는 반바지를 잃지 않으려면……. 난 내 반바지를 거기에다 두고 돌아와야 했는걸……."

"그래, 넌 그를, 시프리앵 영감을 저 위에서 봤니?"

"아니, 못 봤어. 아무도 그 사람을 볼 수 없어. 그가 이 고장에 와서 저 위에 자리 잡은 후 한 번도 콧등을 내보이지 않은걸."

비가 멎어서 우리들은 헤어졌다.

추위는 더 버티지 않았다. 겨울은 그 끝에 도달했고 나지막한 담들 너머로, 햇가지 울타리 너머로, 봄의 첫 기운이 일찍 피어나는 나무들을 벌써 깨우고 있었다.

내가 진정 유혹을 느낀 것은 그때쯤이었다. 봄이 점점 피어오르는 것과 보조를 같이하며 무언가 모를 조바심이 내 마음속에서 일어났다. 나는 제자리에 가만 있을 수 없었다. 식구들과 함께 살던 이곳, 따뜻해져 가는 바람결에 벌써 새순을 터뜨리고 있는 플라타너스와 이탈리아 포플러나무로 둘러싸인 이 작은 빼이루레 마을을 떠나고 싶다는 은밀한 욕망이 나를 사로잡았다. 너무나 빤히 아는 나무 울타리 경계 너머 더 멀리, 미지의 길들로, 이상하게도 몇 달 전부터 내 꿈이 온통 그곳으로 쏠리게 만든 가이욜 너머의 그 오솔길로, 다른 곳으로 가 보고 싶었다.

시프리앵 씨에 대해선 학교에서 또 집에서도 단편적으로 꽤 많은 것을 들을 수 있었다. 그가 어느 날 저녁, 합승마차에서 내려 우리 빼이루레 마을에 있는 여인숙에 단 하루 저녁도 머무르지 않고 곧장 벨뗄로 정착하러 올라갔다는 것을 알게 되었다. 이 별장식 농가는 공증인이 그의 이름으로 몇 달 앞서 매입했다고들 했다.

그 후, 시프리앵 씨는 저 산 위에 살았다. 처음엔 드문드문 초저녁 때쯤 동네 가게에 들르기도 했는데 그게 그가 마을에 나타난 유일한 걸음이었고 얼마 있지 않아 그 대신 '반바지' 당나귀가 비교적 규칙적으로 일용품을 받으러 오게 되었다.

대금 독촉장이 시프리앵 씨 앞으로 나간 적은 한 번도 없었다. 물건 값은 제때 잘 치러졌지만 사람은 볼 수가 없었다. 그에 관한 수많은 소문이 떠돈 건 당연한 일이다.

그가 아무하고도 벗하지 않은 채 마을에서 5~6킬로미터나 떨어져 혼자 살고 있다는 사실만으로도 수다쟁이들의 상상력을 불러일으키기에 충분했다. 하지만 그뿐이었나. 온갖 억측이 사람들 머릿속마다 피어나고 얘깃거리를 제공했지만 아무도 산길을 한 시간이나 실제로 걸어 올라가 그 기이한 노인이 그 위에서 비와 바람과 나무 들, 그리고 산짐승들에 어떻게 대

처해 나가고 있는지 제 눈으로 확인해 보려고 들지는 않았다.

제일 널리 퍼진 소문으로는 시프리앵 씨는 아주 먼 곳, 바다 건너에서, 다시 말하면 원숭이들이 사는 나라에서 왔다는 거였다. 사람들은 그를 노예 상인이나 해적 냄새를 풍기는 왕년의 뱃사람이라고 짐작하거나 바닐라나 카카오 혹은 계피를 재배하는 꿈의 섬에서 큰 부자가 되어 돌아온 경작인으로 보려고 들었다. 사람들은 그에게 분명 얼마간의 재력은 있을 것이라고 했는데 이유는 바로 그가 겉으로는 별 것 없이 살아가고 있지 않느냐는 것이었다. 그 점이 혹자들에게 존경심을 불러일으키기도 했다. 부유하다는 건 언제나 그런 법이니까. 그러나 한편 인간사에서 당연하게도 모든 고독한 사람들이, 특히 대다수 사람들 바로 머리 위로 족히 백오십 보 거리는 더 높은 곳에 사는 사람들이 그러하듯이 시프리앵 씨에게도 역시 적이 있었다. 고독한 은둔자들은 바로 그렇게 자기네들이 사는 방식으로써 아무도 필요 없다는 태도를 명명백백 드러내 보이는 것이며 바로 그네들의 그러한 점을 항간의 사람들은 용납할 수 없어 했다.

여인숙 주인은 말했다.

"그 빵 말이야, 그 사람이 자기 입으로 가져가는 그 빵이 도대체 어디서 오는 건지 알기라도 한단 말일까요? 이곳에 도착하던 날 저녁, 우리 집, 바로 이 '황금사자관'[14] 여인숙에 국 한

14) 플로베르의 유명한 소설 『보바리 부인』에 나온 동명 시골 여인숙 이름을 딴 것.

그릇이나마 마시러 잠시 멈출 수도 없었던 그런 인색한 사람을 어떻게 생각할 수 있겠어요? 그자는 양파 한 알에 샐러리 한 줄기나 먹고 돈 자루 위에서 자는 게 분명해. 수전노에 노랑이, 그 이상은 아니야……!"

라 페기노트는 그를 끔찍해 마지않았다.

"혼자서 그 위에서 살라지, 생쥐 우글거리는 누더기 굴에서."라고 그녀는 웅얼거렸다.

"얼마나 수치스러운 일이냐! 하느님은 이렇게 말씀하지 않으셨니.

> 자기 고장에 등 돌리고 멀찍이 사는 자,
> 천국에 들어갈 수 없으리라!

게다가, 그 당나귀라니! 길든 당나귀라니! 말만 하지 못할 뿐 사람이나 마찬가지인 당나귀라니! 바지를 입은 당나귀! 아, 하, 정말이지, 유황 냄새에 괴물 같은 염소 발굽 냄새를 지독히 풍긴다니까요……!"

바로 이 염소를 들먹여 라 페기노트는 조심스러운 예의상 차마 대놓고 말하지 못하는 그 '괴짜'에 대해 은근히 말하려는 의도였다.

할머니는 이 모든 소리를 웃어넘기셨고 할아버지는 들으려 하지 않았다. 앙셀므 노인으로 말하면 어깨만 으쓱해 보일 뿐이었다. 나는 그가 벨뤼에 가서 그 위험한 은둔자와 몇 마디 건네 본 게 틀림없다고 믿어 의심치 않았다.

그러나 난 그에게 차마 질문을 해 볼 순 없었는데, 그래도 물어보고 싶어 죽을 지경이었다.

계속 입을 다문 채 감추고 있자니 욕망은 견디기 힘들 만큼 강한 힘으로 부풀어 올랐고 하루하루 가이욜의 다리는 나를 점점 더 끌어당김으로써 그것은 내 고독한 서성거림을 가로막는 점점 더 무력한 경계선이 되어 갔다. 나는 그 다리에 하루에 적어도 두 번은 머물렀다. 아침에 집에서 빠져나올 수 있게 되자마자 나는 눈 녹은 물로 부풀어 오르기 시작한 개울 가장자리에 달려가 앉곤 했다. 그리고 저녁나절 해가 지기 전에도 나는 거기에서 미적거리곤 했다. 왜냐하면 그때쯤이면 그림자 골이 패기도 하고 아름다운 햇살 자락이 반짝이기도 하는 산은 그 어느 순간보다 더 신비스러워졌기 때문이다. 거기로부터 말할 수 없는 매혹적인 힘이 발산하여 한번 그 깊이를 엿본 사람이면 쉽사리 거기에서 떨어질 수 없을 정도였다.

때때로 나는 다리 중간 지점을 넘어 물결 저쪽, 금단의 땅으로 뛰어들기도 했다. 그쪽의 풀이나 나무 들은 더욱 생기를 발하며 범상치 않은 모습을 보이는 듯했고 알 수 없는 냄새를 전해 주는 것이었다. 이윽고 그곳을 떠나 조부모님 댁으로 되돌아올 때면 신선하고도 좋은 냄새를 풍기던 그 땅의 추억을 거느린 채였고 그 추억은 밤에 가장 곤히 잠든 중에도 나를 따라붙곤 했다. 나는 그곳 꿈을 꾸었다. 그건 바로 비등(沸騰)해 오르는 열정 그 자체였다. 그 열정은 내 영혼의 가장 기민한 부분을 점령하여 내 감각을 흔들어 놓았고 내 시선의 행방을 지휘하였다.

저 멀리 벨뙬의 지붕에서 이따금 올라오던 연기는 봄이 되자 한결 잦아졌다. 푸른빛을 띤 채 풀려나듯 솟아오르는 투명하고 가는 연기 줄기는, 벌써 따뜻해지기 시작한 바다로부터 불어오는 첫 미풍을 싣고 와서 식물들을 부풀리고 사람들과 짐승들 마음을 흔들어 놓는 대기 속에서 한층 더 가벼이 위로 솟구쳐 오르곤 했다.

외양간 속 양들은 높은 산의 목초지를 향해 매에 울었다.

라 페기노트는 속담들을 늘어놓았다. 그건 냇물만큼이나 유창했다.

> 봄에는 참소리쟁이[15]로 수프를 끓이지 마오,
> 피를 탁하게 하지!
> 살사[16] 즙을 마시거나
> 개밀 탕차를 마시게나!

그녀는 몸을 흔들다가 그만 접시를 한 장 깨뜨리고는 간절한 어투로 성녀 마르타[17]를 부르곤 하거나, 갑자기 이유도 없이 토끼장 앞에서나 혹은 과수원 저 안쪽을 향긋하게 해 주는 꽃 핀 네 그루 버찌나무들을 보고서 마음이 찡하니 누그러지곤 하였다.

---

15) 승아, 수영이라고도 불리는, 미나리풀 과에 속하는 여러해살이풀. 어린 잎과 줄기는 먹을 수 있다.
16) 피를 맑게 하는 성분을 지닌 뿌리를 가진 나리과의 식물.
17) 집안일의 수호성녀 격.

할머니는 나직이 노래하셨다. 그토록 고운 노래를 할머니는 알고 계셨던 것이다……!

새벽에 딴 금작화,
그것은 사육제 월요일의 기쁨.
옷깃을 활짝 편 백합화,
고백보다 더 큰 사랑이라오…….

할아버지는 미소를 지으셨다. 그분은 그저 미소 지을 줄 밖에 모르셨지만 바로 그 미소가 너무나 멋있었기 때문에 할머니는 황홀해하며 그분을 쳐다보셨다.

"그분은 천사들을 보고 계시는 게야."라고 할머니는 낮게 말씀해 주셨다.

보통 때는 과묵하기만 한 앙셀므도 이젠 가끔 저녁나절이면 양 우리 뒤에서 바람을 쐬며 온기를 띤 바람이 올라오는 쪽으로 몸을 돌리곤 했고 구멍을 뚫은 갈대 대롱으로 5음계 가락을 끌어내기도 했다.

학교에서는 샤마로트 선생님께서 우리에게 어떻게 해서라도 정사각형이니 삼각형, '꿰매다' 동사 변화, 그리고 알리에도(道) 군청 소재지들과 10리터가 얼마만 한 양인지, 건전지 등을 가르치려 애쓰시는 가운데 무언가 스멀거림이 번졌다. 바로 풍뎅이들이 필통 속에서 자연스럽게 태어나는 계절, 누에가 책상 어두컴컴한 곳에서 고치를 치는 계절, 그리고 몽롱하게 가라앉은 교실을 가로지르며 엉뚱한 뒝벌이나 불길 같은 날개를 지닌 누에나방이 갑작스레 날아드는 계절이었던 것이다.

어떤 전류 같은 것이 잉크로 얼룩진 교실 의자들을 스쳐 지나갔다. 아이들은 서로 재빨리 소근거리는 말들을 주고받았고, 교정에 그늘을 드리우는 커다란 뽕나무로부터 꿀벌 한 마리가 멍청하니 교실 창문으로 들어오면 코들은 모두 허공으로 향한 채, 취한 듯한 마흔 쌍의 눈들은 꿀을 실은 이 위협적인 황금빛 점을 쳐다보는 것이었다. 꿀벌이 교실 공중으로 윙윙대는 동안은 샤마로트 선생님이 화까지 내셔도 그 누구도 비례산[18]이니 페펭 르 브레프[19]의 통치에 관심을 갖지 않았던 것이다. 변덕이 치민 꿀벌은 때로 교단 위의 샤마로트 선생님, 바로 그분을 향해 달려들기도 했다. 그러면 그분은 깃털 비를 크게 흔들며 꿀벌을 내쫓으려 애쓰시는 것이었다. 온 교실은 동요했다. 여기저기서 웃음보가 터졌다. 교단으로부터 교실 온 사방 끝까지 무서운 벌이 떨어졌다.

"쉬코, 넌 윤작에 관해 배운 걸 세 번 써서 내라. 그리고 한 시간 동안 벌을 서는 거다."

꿀벌은 찬연히 빛나는 창을 넘어 공중으로 사라졌다.

샤마로트 선생님은 다시 앉으셨고 잠시 침묵이 흘렀다.

말발굽에 박는 편자를 만드는 사람이 모루 위로 망치 내려치는 소리, 그리고 신부님 댁 산비둘기들이 구구거리는 소리

18) 수학의 3율법.
19) 프랑스 샤를마뉴 대제의 부왕(714~768).

가 들려왔다.

'반바지 당나귀'는 더 이상 만날 수 없었다. 필경 그 나귀는 저 높은 고원의 금작화들 사이에서 깡충거리며 시간을 보내고 있겠지. 그러나 내가 어찌 그를 잊을 수 있었으랴, 그가 금단의 땅에서 풀을 뜯고 있는 동안 가이욜 이쪽 편을 헤매곤 했던 내가 아니었던가?

"요컨대……." 하고 나는 혼자 말했다.

"왜 그 땅은 금지되어 있단 말인가? '반바지' 때문일까? 그렇지만 그 당나귀보다 더 착한 놈은 없다는 걸 난 잘 아는데. 당나귄 너무나도 선량한 눈길로 쳐다보는 걸! 오른쪽 귀는 앞으로, 왼쪽 귀는 뒤쪽으로 내려뜨리는 그 모습이란……. 필경 선량한 사람의 당나귀임에 틀림없어……."

생각이 많은 만큼 빗나가기 마련. 어떤 법을 따져 보는 순간 벌써 그 법이 감추고 있는 신비의 영역을 침범하기 마련. 따지지 말고 그저 윗분 명에 따라야 하리라, 어느 날 문득, 자가 자신, 달리 말해 적잖이 호기심의 마(魔)에 끌려가 버린 자기 자신 외에 달리 기댈 곳 없이 홀로 저 무서운 자유의 땅에서 길 잃은 자신을 발견치 않으려면 말이다. 왜냐하면 다리 위를 자꾸 서성거리노라면 알 수 없는 '금단'에 덧붙어 있는 종교적 두려움이 문득 사라지는 어느 순간, 그것을 운명적으로 건너게 되어 있기 때문이다.

왼쪽 기슭에서 오른쪽 기슭으로 건너가며 물론 허세도 부리고 노래도 불러 대곤 하는데 그건 기실 용기를 스스로 불러일으키기 위함이겠지만 실제로는 용기가 전혀 없다는 것을 드러낼 뿐, 마음속은 온통 격랑인 것이다.

성지주일, 그 아름다운 일요일, 내가 바로 그랬다. 아침 7시 미사를 막 마치고서였는데 머리는 아직도 성당의 제향으로 가득한 채였고 가슴은 쉬샹브르 신부님이 우리들에게 내리신 친근한 훈화로 온통 감격한 채였다.

"자, 자, 얘들아." 감실(龕室) 앞에 서서 그분은 우리를 향해 외치셨다.

"사방 온 들판으로 흩어져서 올리브나무 가지를 꺾어다 성당 현관 입구에도 걸어 두고 또 성당 안도 장식하렴! 11시 미사 전에 내가 그 가지들을 축성하지. 그럼 집으로 돌아가선 침대 머리맡, 너희들이 자는 동안 하느님의 천사가 밤마다 자리 잡으시는 그쪽에 그 가지를 매달아 놓아야 한다. 정말이지 오늘은 '나무들의 날'이요 '종려주일'이지 않겠니. 여기 빼이루레에는 너희들도 알다시피 종려는 없단다. 그렇지만 우리에겐 이 고장에서 제일 멋진 올리브나무들이 있고, 올리브나무로 말하자면, 얘들아, 기름의 아버지이자 또한 천주의 모친, 성모님의 나무이기도 하단다. 그 나무는 '거룩한 지혜'로 창조된 거야. 자, 들판으로 흩어지거라! 그리고 너희들이 가지를 수확해서 돌아오면 우리 함께 '당나귀 송가'를 부르자꾸나. 왜냐하면, 너희들은 잊어선 안 된다, 우리 주님께선 이런 암나귀 등에 앉으신 채 예루살렘으로 입성했다는 사실을. 그리고 그때 수많은 군중이 길 위로 옷을 펼쳐 깔았고 다른 이들은 나뭇가지를 잘라 그분이 지나시는 길 위로 깔았지. 호산나, 오 다

윗의 자손이여! 주님의 이름으로 오시는 분께 영광! 너, 쉬코야, 이 끔찍한 악동아, 큰 물뿌리개 가득 성수를 좀 갖다 주렴, 성수반 하나 가득 채울 만큼 필요하겠다. 그리고 너 라퓌그, 찌르레기 알을 터는 데 명수(名手)지, 제일 큰 종 줄을 잡고 날아 올라 조상님들이 물려주신 이 고향 땅 위로 한껏 들리게 종을 울리렴! 처음으로 우리 고장을 찾아오는 제비들에게 기쁨이 될 게다. 그리고 너희들 나머지 녀석들은 여기서 얼쩡거리지 마라. 물러가, 썩 하니! 성당은 이 분 내에 비워야 한다! 하늘도 푸르구나. 북쪽에서 오는 이 미풍이 좋은 징조처럼 보이는데. '그리스도께 찬미!'[20] 날씨가 화창할 거야……."

이 말씀의 바람을 탄 채 나는 마을 아래쪽으로 내려갔다. 친구들도 재빨리 들판으로 흩어졌다. 여기저기 우리 마을의 올리브나무들이 늘어서 있는, 작은 석축 테라스 위를 기어 올라서 가지를 타고서 잎을 흔들고 있는 그들이 보였다.

나는 홀로 떨어져서 걸었다. 큰 걸음으로 가슴 깊이, 한 해 중 유별난 이 대기, 순결하고 너무나 신선한 바로 이 성지주일 아침의 공기를 들이마시면서. 우리 마을을 감싼 대기는 새 봄의 물과 나무 들의 수액, 그리고 진흙의 향기를 띠고 있었다.

나는 가이욜을 향해 내려갔고, 그 사실을 알고 있었고 그 사실에 한층 행복했다. 나는 그곳에 곧바로 도착했다. 그리고 내 앞으로, 바위 투성이 비탈 위로 금단의 땅을 가리며 떡갈나무 숲이 우뚝 서 있는 것을 보자 피가 온통 목으로 치밀었다.

---

20) 원문은 당시 미사 전례에서 쓰이던 라틴어로 '라우스 티비, 크리스테!'

나는 멈췄다.

대기는 고요했다. 눈이 녹아 물이 불어난 개울 가로 야생 치커리와 부처꽃의 향기가 떠오르고 있었고 푸른 아침의 높은 창공으로는 따스한 기운이 스쳐 지나갔다.

더 멀리 갈 수 있을까? ……신선하게 갈아 놓은 넓은 들은 갸우듬하지만 다소곳하게 자리 잡고 있는 집들과, 광과 헛간에서 풍기는 익숙한 냄새들과 함께 나를 다리 앞에 멈춰 세웠다. 그 인간적이고도 신중한 들은 작은 개울 이쪽에서 끝이 났으며 그 들판 위에 서 있는 모든 것, 즉 잘 심어진 나무들, 네모진 채전들, 다정스레 모여 있는 지붕들, 자기가 안고 있는 종(鐘) 중에서 제일 큰 종이 좀 지나치게 크게 울려 나오는 땅딸막한 종각마저도 정말이지 예지에 넘친 충고를 해 주는 듯했다.

천주께 찬미![21]

그러나 미풍은 '저 건너편'에서부터 왔다. 야생 아르니카와 아르즐라스, 그리고 황야의 히솝[22]이 자라는 고원에서 불어오는 그 바람의 자락은 지나오면서 작은 계곡들에 숨어 있거나 석회질 바위에 난 더할 나위 없이 조그만 틈바구니 속에서 웅크리고 있던 모든 향기들을 온통 모아 품었던 것이다. 아가위나무, 디기탈리스, 수레국화, 나무딸기, 쥐똥나무, 스페인 금

21) '라우스 티비, 도미네!'

22) 박하과 식물.

작화, 꽃 갯길경이, 성녀 베로니카의 풀 등등의 향기를.

산은 향기를 풍겼다. 난 더 이상 참을 수 없었다. 나는 다리를 건너고 말았다…….

그러자 갑자기 전율이 느껴졌는데 왜냐하면 발 아래로 대지가 움직이는 것을 그 순간 처음 느꼈기 때문이다. 대지는 치밀어 오르고 있었다. 흙의 느닷없는 열정이 떡갈나무 숲까지 나를 데려다 놓았다. 이 야생의 땅은 그야말로 나를 위로 들어 올렸던 것이다. 다른 언덕들이나 다른 길들은 내 발걸음을 사로잡았다면 말이다. 어두운 숲은 오래된 낙엽에서 번져 나는 축축한 요오드 냄새를 풍기고 있었다. 평온함을 느끼게 해 주고 걸음을 가끔 멈추게 하는, 완만한 경사의 들판 목초지에서 나는 벗어나 있었다. 이젠 여기선 모든 게 급격하고 가팔랐다. 그러나 바로 이 땅의 움직임으로부터, 이 무너진 바위들로부터, 거대한 뿌리를 드러낸 울퉁불퉁한 떡갈나무로부터 나에게로 무언가 컴컴한, 땅 밑의 힘이 전해져 왔다. 드리운 그늘 속에서 신선한 나무껍질과, 쓴맛을 띤 나뭇잎을 통해 전해 오는 그 강한 느낌은 내 피를 한층 힘차게 뛰게 하였다. 그리하여 구불구불한 비탈길이 가파르고 오르기에 힘겨웠어도 나는 씩씩하게 야생화들과 나무들, 인적을 피해 달아나는 짐승들이 사는 그 땅에, 떡갈나무 사이로, 내 앞에서 환한 햇볕을 받으며 벌써 향기로 진동하는 저 거대한 지역에 접어 올라들고 있었다.

그 땅의 매력이 내 마음속에 지핀 매혹의 힘은 나를 떡갈나무 숲 아래로 이끌었다. 땅이 꺼져 팬 채 나무들로 뺑 둘러싸여 있는, 숲속에 나 있는 환한 공터 쪽으로 나왔다. 여기저기 침 돋힌 호랑가시나무 수풀이 그 넓은 땅을 점거하고 있었다. 날아오르는 것도, 아무 소리도 없었다. 이곳은, 비옥한 땅에 붙어사는 사람들이 거하고 있는 마을에서 멀리 떨어진 곳, 피안의 세계였다. 따뜻한 빵과 잉걸불, 그리고 신선한 비누 냄새를 풍기는 조그만 민가들에서 100리는 멀리 떨어진 곳이었다. 무섭기도 했지만 큰 기쁨이 내 속 깊이 파고들었다. 산의 한 모퉁이를 차지하는 따스하니 데워진 이 땅의 평화를 흐트러뜨릴 엄두도 내지 못한 채 나는 거기 멈춰 있었다.

문득 발자국 소리, 나뭇가지들이 부스럭거리는 소리를 들었다. 나는 '반바지 당나귀'를 알아보았다.

바로 그였다. 그는 호랑가시나무 덤불에서 나오는 참인 듯 보였다. 분명, 내가 도착하기 전 그는 이미 거기에 있었을 것이다.

처음에 그는 날 쳐다보지 않았다. 그는 계속 풀만 뜯어 먹고 있었다. 땅은 온통 꽃과 풀로 덮여 있었다.

그 기이한 당나귀는 앵초와 금어초, 꼬리솔나무, 야생 산토끼꽃, 수레국화, 그리고 잠두 들이 융단처럼 펼쳐진 곳으로 나아갔다.

윤이 나고 신선하게 빗긴 털에, 향기 머금은 이슬에 덮인 그는 너무나 멋있어 비현실적으로까지 보였다. 그는 땅에 붙어사는 당나귀, 마을에서 볼 수 있는 그런 당나귀가 아니었다. 그와 반대로 그는 한 전형으로서의 당나귀, 순수한 당나귀, 당나귀의 이상(理想) 그 자체였다. 그 고상한 거동을 주목해 본 적은 예전엔 한 번도 없었다. 걸음은 조용했고 목은 침착하게 움직였으며 두 귀가 무심히 달린 모습은 얼마나 너그러워 보였는지. 이처럼 대자연 속에서 자유롭게, 길마도 바지도 걸치지 않은 채, 산에서 피는 기다란 수선화들 속에 가슴팍까지 잠긴 채 서 있는 그는 어떤 신비경에서 나온 듯 보였다. 그는 매혹적인 당나귀, 경이의 당나귀였다. 그에겐 나이도 없었다. 온 세상 당나귀들의 모든 전설을 한 몸에 실은 채, 그러면서도 그 모든 전설을 뛰어넘으며 당나귀들의 역사 저 깊은 곳에서 이제 막 나온 것이다. 그는 종려주일의 당나귀, '성지주일'의 당나귀였다.

그는 머리를 들어 나를 보았다. 난 결코, 여태껏 날 향해 들린 짐승의 눈길 중에서 가장 깊었던, 그 사려 깊은 눈길을 잊지 못할 것이다. 체념도 어두운 인내심도, 수천년 이래의 그 오랜 노예 상태에서 오는 우울도 아닌, 그러나 일종의 동물로서의 긍지, 겸허한 정신과 원한 없는 선함 바로 그것이었다. 굴종적인 짐승의 시선이 아니라 자유로운 짐승, 인간의 동반자로 선택된 짐승의 시선이었다. 그리고 그 커다란 청록색 눈망울 뒤로는 또 다른 어떤 힘들이 어려 있었다. 보잘것없는 외양간에서 잠든, 여느 당나귀들의 꿈속에 나타나는 초장(草場)의 부드러운 식탁인 개자리속, 토끼풀, 누에콩풀 들일랑 그저 한갓 추억인 양 얼핏 그 눈망울을 스쳐 갈 뿐이었다. 이 당나귀의 눈길 속엔 그것들보다 더 강한 색깔이 하나하나 지나가고 있었다. 이제 막 피어나는 샐비어와 봄철을 맞은 백리향[23]의 은근한 보랏빛, 물어뜯긴 뿌리의 선 붉은 빛, 그리고 젊은

---

23) 음식에 곧잘 넣는 대표적인 프로방스 향초.

꿀벌들이 맹렬하게 실어 나르는 꿀의 단맛 나는 줄기를 가진 스페인 금작화의 그 황금 빛깔들이 말이다.

당나귀는 내 가까이에 있었다. 그는 나를 바라보았다.

'반바지 당나귀…….'

바로 내 곁에, 닿을 듯이.

내 손 위로 그의 축축한 숨결이, 부드러운 그 커다란 콧구멍이, 그리고 동물 특유의 그 좋은 따스함이 느껴졌다.

어치 한 마리가 내 오른편 나무딸기 가지에서 날아 올랐다. 당나귀는 여전히 나를 바라보고 있었다. 그는 내게 말했다.

"내 등에 오르렴. 벨뙬까지 데려다 줄게. 겁내지 마. 그대로, 안장 없이 탈 수 있어. 널 가시덤불에 내팽개칠 생각은 전혀 없어. 네게 산을 보여 주고 싶단다…… 난 네가 나처럼, 네가 알지 못하는 내 주인 시프리앵 씨처럼 산을 좋아한다는 걸 알거든. 종종 너를 봤어, 가이욜 건너편, 다리 근처에 멈춰 서 있는 널 말이야. 몇 시간이고 이 떡갈나무 숲을 넘어다보는 그 모습에서 난 네가 언젠가는 개울 이쪽으로 건너오고 말리란 걸 짐작했지. 넌 이제 여기 왔어. 자, 보렴. 이곳은 그 어느 곳보다 아름답지, 야생목과 향초, 그리고 다정한 짐승들로 가득한 이곳은 말이야. 자, 어서! 오뜨떼르로 함께 떠나자꾸나.

우리가 점점 높이 오를수록 공기는 더 달콤하고 더 신선해질 거야. 넌 세상에서 가장 아름다운 곤충들, 자빌레나빙이나 박각시나방, 풍뎅이 들을 만날 테고, 어쩜, 운이 좋으면 들쥐나 안경동면쥐가 길을 가로지르는 걸 보기도 할 테고! 네 머리 위 저 높이 하늘을 떠받치는 황조롱이나 새매가 떠돌고 있는 것도 볼 수 있을 거야…… 난 널 기다렸어. 콩스탕탱, 자, 우리 어서 가자……!"

이리하여 우리는 떠났다. 내가 어떻게 '반바지 당나귀' 등 위에 올랐는지 모르겠다. 어쨌든 난 거기에 올랐고, 그는 걸음을 옮겼다.

그는 머리를 높이 세우고 발을 치켜들며 걸었다. 그는 오솔길로 접어들었는데 길은 소나무 숲 근처로 이르렀다. 우리는 소나무들 아래로 들어갔다. 오솔길은 가팔라졌다. 당나귀가 가풀막을 오를 때나, 서두르지 않고 섬세하고도 확실한 발굽으로 움푹 파인 땅을 내딛곤 할 때, 그의 잔등은 너무나 부드럽게 움직여 난 아무런 무서움도 느끼지 않았다. 꿋꿋이, 그리고 경이에 차서 나는 내 주위를 돌아보았다. 정녕 난 당나귀와 일체를 이루었던 것이다. 그의 온기가 내 엉덩이를 지나 허리로 전해졌고 그의 근육의 가장 조그만 움직임도 내 근육에 민감히 느껴졌다. 걷는 건 더 이상 그가 아니었다. 바로 나 자신이 걸었고, 우리는 소나무와 떡갈나무 아래로 호박 빛 송화 가루와 송진 냄새가 피어나는 가운데 여행길의 행복에 도취한 네발짐승 인간이 된 듯, 봄기운에 취한 따뜻하고 커다란 하나의 존재인 양 일체가 되어 있었다.

오래잖아 푸르스름한 암괴 둘 사이로 언덕 하나를 넘고는 작은 계곡을 몇 개 지나 물이 마른 어떤 개울 바닥을 향해 내려갔다. 이렇게 내려가는 동안 나는 하늘과 저 영원한 새매 한 마리만을 보았다.

간혹 우리가 지나가는 소리에 노간주나무 열매를 잔뜩 따먹은 개똥지빠귀가 무겁게 날아가기도 했다.

우리를 본 티티새 한 마리가 짐짓 놀라서 소리를 질렀고 공작나비 한 마리가 하느작거리며 날아가는 것을 두 눈으로 뒤따르기도 했다.

다시 올라가는 차례였다. 도대체 얼마 동안이나 이 마법에 걸린 듯한 오르기가 계속되었을까? 도대체 대답하지 못하리라. 내 속에서 시간이며 거리 따위는 다 사라져 버렸다. 오로지 즐거움이 온 내면을 차지하고 있었다. 난 더 이상 내가 아니었다. 난 그때까지 내 주위 사람들의 말을 덩달아 믿고 그렇다고 여겨 왔던 콩스탕탱 글로리오가 더 이상 아니라, 이제 산이요 하늘이었다…….

당나귀는 멈춰 섰다. 매우 부드럽게 멈췄다. 그가 몸체 아래로 네 다리를 부동 자세로 모으자 어떤 전율이 그의 등을 타고 흘렀으며 두 귀는 힘차게 들어올려졌다.

그리고 그는 기다렸다.

난 어디에 와 있는 걸까? 당나귀가 멈춰 서는 바람에 정신을 차렸다. 내 앞에는 석회암 벽을 깎아 만든 새하얀 마당이 펼쳐져 있었다.

산사나무 울타리 너머 작은 별장식 농가 한 채가 보였다. 나직한 진흙 지붕이 땅 위로 겨우 솟아나온 모양새였다. 창 둘레 페인트칠을 한 문 하나, 그리고 기와 위로는 나무보다 조금 더 위쪽으로 저 하늘의 원초적인 고요함 속으로 사라져 가는 푸르스름한 연기 기둥이 보였다……. 해시계가 지키는 건물 정면에는 거대한 소나무 두 그루가 그림자를 드리우고 있었다. 오른쪽으로 포도나무 정자 아래 우물이 하나 있었고 그 뒤로는 암벽에 다섯 그루 사이프러스가 심어져 있었다.

집 앞에 한 사람이 있었다. 그는 나에게 등을 돌린 채 무릎을 꿇고 곡괭이로 일을 하고 있었다. 그는 부식토에 작은 구멍들을 파고선 인동덩굴 묘목을 심고 나서 정성스럽게 흙으로 덮고 있었다. 나는 그의 얼굴은 볼 수 없었다. 그는 우리가 도착하는 소리를 듣지 못했다. 그는 곡괭이질을 하고선 구덩이에서 잘린 뿌리, 규석 냄새를 풍기는 피처럼 붉은 흙을 양 손으로 파내는 중이었다.

당나귀가 움직였다. 나귀는 몇 걸음 앞으로 가더니 울타리 문을 넘어 소리 없이 그 사람 뒤로 사오 미터 떨어진 곳에 멈췄다. 그 사람은 아직도 우리 소리를 듣지 못한 채 계속 곡괭이로 땅을 파고 있었다. 당나귀는 발굽 소리를 내지 않은 채 조용히 자리를 옮겼다. 그건 기적 같은 일이었다. 이토록 환한 빛 속에서 난 몸체를 지닌 당나귀에 의해서가 아니라 초자연적인 환영, 당나귀의 그림자에 의해서 미끄러지며 움직여지는 듯 느껴졌다. 그러나 내 허벅지 사이로 난 여전히 당나귀의 온기, 짐승의 그 온기를 느낄 수 있었다.

바람 한 점 없었다. 그 사람은 여전히 곡괭이질 중이었다. 갑자기 그가 하던 일을 멈추었다. 당나귀가 와 있는 것을 느끼기라도 한 것 같았다. 하지만 당나귄 꼼짝도 하지 않은 채 그 사람의 등을 바라보고 있었다.

좀 굽고 뼈마디가 드러난 어깨에 갈색 모직 셔츠를 걸친 노인의 등이었지만, 그래도 생기 있고 경험이 많은 예민한 등, 문득 당나귀와 나, 우리가 고요함을 조금도 헝클어 놓지 않으려고 주의하면서 자기 뒤에 와 서 있다는 것을 불현듯 알아차린 그런 등이었다.

그 사람이 몸을 돌렸다. 나는 그의 얼굴을 보았다.

나이 든, 벽돌 빛 붉은 색을 띤 매우 늙은 그 얼굴에는 좀 무서워 보이는 흔들림 없는 창백한 두 눈이 열려 있었다.

그 두 눈이 나를 바라보았다. 그 사람은 한마디 말도 하지 않았을 뿐만 아니라 시선 또한 조금도 움직이지 않았다. 그 시선은 대번에 내 얼굴 위에 멈춘 채 계속 머물렀다.

그 시선은 내 얼굴 윤곽을 뜯어보고 있는 게 아니었다. 그 시선은 내가 거북해하는 걸 곧 알아차렸고 그 어떤 적대감을 드러내지도 않았지만 그 어떤 호감으로 따뜻해지지도 않은 채 다만 바라볼 뿐이었다. 마치 초월적인 소명인 것처럼 말이다. 그는 보고 있었다. 그는 내 형상 너머를, 내가 겉으로 보일 수 있는 것 너머를, 내 조바심 너머를, 내가 그에게 하려는 말 너머를 바라보고 있었다. 그는 이 성지주일날, 내 살 속으로 신선하게 들어와, 천천히, 은밀히 움직이는 이 거대한 산이 내 속 깊이에서 어떻게 생동하고 있는지를 보고 있는 것 같았다.

마침내 그는 입을 열었다.

"여기서 뻬이루레까지는 멀지, 안 그러니, 아가야? 피곤하겠지. 당나귀에서 내리게 도와주마."

그가 내 곁에 다가왔고 나는 땅으로 뛰어내렸다.

그는 잠시 망설이더니 덧붙였다.

"흰 포도주를 조금 타서 물 한잔 마시렴, 말린 무화과도 있단다."

그는 집 앞에 있는 돌 탁자를 내게 가리켰다. 우리는 앉았다. 꿈결만 같았다.

"네 이름은 뭐지?"

약간의 불신감이 깃든 듯한 음성이었다.

"콩스탕탱 글로리오예요."라고 나는 대답했다…….

그러자 그는 미소를 지었다. 늙은 얼굴이 환해지며 딱딱함이 사라졌다. 입도 벙긋하면서 넉넉한 호의를 표현했고 눈가로는 주름이 접히면서 눈 빛깔은 먼 바다 군청색으로 짙어졌다. 나는 무화과 바구니를 내미는 온통 상처투성이인 건조하고 커다란 두 손을 보았다.

그는 내게 말했다.

"쉬샹브르 신부님이 네 이야길 하시더구나. 여기 와 줘서 반갑다."

난 그를 몰래 훔쳐보았다.

그는 행복한 듯 보였다. 마디가 진 손가락들은 아직도 붉은 흙이 묻은 채였고, 투박한 모직 반바지에 갈색 셔츠 차림을 하고 피부는 햇볕에 달궈진 그는 철분이 많은 진흙층에서 이제 막 솟아 나온 존재인 듯 보였다.

나는 무화과를 몇 개 먹으며 맑은 백포도주를 탄 물을 한 잔 들이켰다. 신선한 회향풀 열매를 담가 둔 포도주였다. 좀 시큼한 그 포도주는 조약돌과 건조한 나무, 그리고 향초 냄새를 띠고 있었다.

"잠시 집 안에 들어가도록 해 주마."라고 그 노인은 말했다. "하지만 그게 어디 가능할지 좀 보고."

그는 일어나 문이 열린 틈으로 머리를 디밀더니 내 쪽으로 다시 몸을 돌렸다.

"과수원이나 한 바퀴 돌자꾸나……."

'반바지 당나귀'는 사라지고 없었다.

과수원은 집 뒤 움푹한 땅에 자리해 있었다. 그 주위로는 바로 산이었다. 과수원은 칠팔 미터 높이 암벽이 둘러서 있는 작은 원곡(圓谷) 안에 터를 잡아서 삭풍이 들이치지 않아 무척 따뜻했다. 그래서 우리가 거기 들어갔을 때 아몬드나무마다 벌써 꽃이 피어 있었다. 나무 아래로 채소도 조금 자라고 있었다. 파슬리와 상추 위로 유도(油桃)와 앵두나무 잎이 부드럽게 펼쳐져 있었다. 산화 코발트 층이 섞여 든 석회암 벽을 따라선 포도밭을 내어 놓았고, 안쪽, 동굴 입구에는 정자 아래 벤치 하나와 나무 탁자가 하나 있었다.

과수원은 새들로 가득했다. 몇 마리는 우리가 다가가자 날아 올라갔지만 대부분은 그대로 남아 작은 길에서 모이를 쪼거나 자두나무나 사향 냄새를 풍기는 살구나무 가지들 위로 팔딱대며 뛰어다니고 있었다.

"동굴 앞에 앉을까. 움직이지 말고 지켜보렴. 짐승들이 모여들 게다. 조금만 기다리면 돼."

어디선가, 보이진 않지만 암탉들이 꼬꼬댁대는 소리가 들렸다. 내가 알지 못하는 어느 구석진 쪽에 분명 닭장이 있는 모양이었다.

우리는 기다렸다. 시간이 흘러갔다. 갑자기 노인이 내 팔을 잡았다. 나는 머리를 들어 올렸다.

도마뱀이다! ……푸르고 노란빛 반점이 있는, 아마 길이가 1미터는 됨 직한 거대한 놈이었다……. 나는 그 같은 도마뱀을 본 적이 한 번도 없었다. 한순간 흠칫 물러섰다. 노인은 침착하게 손을 뻗어 내 손목을 잡았다.

도마뱀은 동굴 옆 구멍에서 나왔다. 내가 있는 걸 보고 놀라서인 듯 멈춰선 채 우리를 바라보았다. 그의 눈은 날카롭고도 대담했다.

"'유리 장신구'[24]라고 한단다." 시프리앵 씨가 속삭였다.

우리가 움직이지 않자 안심한 그 짐승은 암벽 돌출부를 따라 기면서 우리를 향해 왔다. 그 끝에 닿자 도마뱀은 다시 멈추더니 실룩이는 목을 들어 보여 주었다. 목은 암벽을 치며 펄떡였다.

"착한 짐승이야." 시프리앵 씨는 선언하듯 말했다.

도마뱀은 이제 햇볕을 들이마시고 있었다. 비늘이 있는 등은 움직이지 않았지만 항상 예민하기 이를 데 없는 옆구리는, 마치 몸속 차가운 피가 자기 몸체 중 가장 민감한 그 부분으로 한꺼번에 몰려와 거기를 통해 이 과수원의 열기를 빨아들이려는 듯이 펄떡거렸다.

커다랗게 입 벌린 채 황홀한 듯 열정적으로 목을 햇볕에 내맡기고 있었고 황금빛 눈알은 태양을 응시한 채였는데 광물

---

24) 안상반점(眼狀斑點) 도마뱀에 대한 프로방스 지방의 속칭.

질로 이루어진 것 같은 이 괴물의 몸을 따라 생명의 기운이 빠른 물결로 전율치듯 흘러내렸다.

“다른 놈들은 수줍음이 심한 편이지.”라고 시프리앵 씨가 내게 가르쳐 주었다.

“하지만 곧 그놈들도 나타날 거야. 자, 저기 초록 도마뱀 한 마리랑 회색 도마뱀이 오는군. 저놈들보다 더 싹싹하고 사랑스러운 짐승도 없지…….”

정말이지 그곳은 천국이었다.

초록 도마뱀과 회색 도마뱀은 구멍에서 용감히 나와서 태양볕에 사로잡힌 듯 역시 희열에 빠져들었다. 태양은 이 왕국의 왕인 듯 보였다. 하늘의 저 높은 고요가 따스한 보를 펼치듯 과수원 위로 천천히 내려왔고, 매해 이 계절이면 남방에서 문득 형성되어 대기 아주 높이 자리 잡는 난류를 타고 섬세하고 아름다운 구름이 흘러왔다.

“구름은 야자수가 자라는 고장에서부터 오는 거란다.”라고 노인은 내게 구름을 가리키며 말했다.

“그 고장을, 야자수가 자라는 그 고장을 아세요, 시프리앵 씨?” 난 그에게 여쭈었다.

“그래, 안단다. 섬들을 가득 채우는 오렌지 밭 향기도 잘 알지.”

그는 입을 다물었다. 난 그를 바라보았다. 아! 그는 대륙과 대양을 두루 다닌 아주 나이 많은 노인이었던 것이다.

“그럼, 저 먼 곳도 배로 다니셨겠군요, 시프리앵 씨?”

그는 이제 더 이상 산에 자리 잡은 당신의 과수원에 있지 않았다. 이제 그의 음성은 아주 멀리서 울려왔다.

"물론이지, 얘야, 난 항해를 했단다. 돛대가 솟은 큰 배를 탔단다."

그는 천천히, 말하려는 것을 우선 잘 생각해 보려 문장마다 멈추면서, 그리고 가장 단순하고 제일 정확한 단어를 쓰면서 말했다.

어디로부터 온 분일까, 이 노인은?

"그런 큰 배는 말이야." 하고 그는 가르쳐 주었다. "남방에는 어디고 있지. 하지만 그중 가장 멋있는 배는 감귤류를 실어 나르지."

"감귤류가 뭔데요? 시프리앵 씨?"

"감귤류란, 아가야, 오렌지나 레몬 같은 것들을 다 일컫는단다! 큰 배 이쪽에서 저쪽으로 부는 바람이 돛폭 아래를 쓸고 난 후에 그 배 안을 거닐고 있자면 말이다, 감귤 향기가 대단하지. 마치 바다 위의 과수원이랄까……."

이제 과수원을 에워싼 따스해진 숲 속의 소나무, 떡갈나무, 노간주나무, 유럽산 떡갈나무 들은 강한 동물적 생명력으로 가득 차올랐다. 투사 같은 어치가 힘차게 싸워 대는 소리, 나무 꼭대기 위에서 까치가 수다스럽게 울어 대는 소리, 딱다구리가 고집스럽게 일하다가 가끔 흐드러지게 웃어 대며 해묵은 나무껍질을 부리로 쪼아 대는 소리가 들려왔고, 개미잡이, 동고비, 음색이 맑은 나무발바리, 어떤 협곡의 벽에 매달린 거미잡이새, 남국에서 온 오디새, 뻐꾸기, 때까치, 연작류, 굴뚝새, 할미새, 티티새, 이 모든 새의 지저귐을 들었는데, 온 사방

수백 리 멀리로부터 수천 마리씩 떼 지어 와 이 외진 과수원 근처에서, 이 야생 언덕에서, 이 바다의 노인을 위해 노래하는 듯 보이는 이런 지저귐을 바스떼르[25]의 인가 근처에선 한 번도 들어 본 적이 없었다…….

이제 노인은 내게 말했다. 그는 어느새 자기 산 위로 슬며시 돌아와 있었다.

그는 내게 말했다.

"짐승들은 말이야, 아가, 낮 동안엔 다 볼 수 없단다. 밤이 오길 기다리는 짐승도 많거든. 때가 되면 거처에서들 나오지. 햇볕이 한 점이라도 비치고 희미한 빛이라도 남아 있는 한, 그네들은 저 위, 등성이 아래 꼭꼭 숨어 자고 있단다. 그곳은 굴과 커다란 야생 새집 투성이란다."

"그곳에 가 보셨어요?"

"가 봤지."

"밤에요?"

그는 대답하지 않았다. 갑자기 그의 두 눈은 너무나 말개진 나머지 거의 흰빛이 되다시피 했고 그의 시선은 처음에 날 좀 무섭게 했던 그때처럼 움직일 줄 몰랐다.

"네가 앉아 있는 곳에서." 그는 중얼거렸다. "어둠이 아주 짙어지면 숲이 살아나는 소리가 들린단다."

"숲이 살아나나니요, 시프리앵 씨?"

"살아나지. 우선 나무들부터. 나무들은 항상 무언가를 말한

25) 낮은 곳이란 뜻의 고유명사. 마을을 가리킴.

단다. 때때로, 나무가 웅성거리는 걸 들을 수 있어. 흔히 큰 나무가 그렇지. 바람결이 스쳐 가는 나무 우듬지에서 그 웅성거림은 출발하지……. 껍질이 한 조각 부스럭 벗겨지고 솔방울 하나가 떨어지고 말이야.”

노인은 이제 아무것도 바라보지 않았다. 누구에게 말하고 있는 걸까? 그는 말을 이었다.

“하지만 밤에는, 특히 뿌리들이 작업을 하지. 귀를 땅에 바싹 대면 뿌리들이 사방에서 움직여 대는 걸 들을 수 있을 거야. 그것들은 땅이 벌어진 틈을 따라 파고들어 바위를 들어올리기도 하고, 진흙땅을 푹 꺼지게도 하고, 석회 암상(岩床)이나 산화 코발트 층을 파고들기도 하고, 그것들을 서로 섞기도 하고, 다지기도 하지. 뿌리들은 깊이깊이 내려가면서 방향을 틀고, 파들기도 하고, 부풀어 오르거나 더 깊은 곳으로 사라지기도 하면서 생명력을 추구한단다……. 그리고 이런 일은 사방에서, 과수원에서, 집 아래에서 온통 일어나고 있어……. 아마 무섭다고도 할 수 있겠지……. 생각을 않는 게 낫겠지…….”

그는 이 지하 세계가 불러일으키는 두려움을 떨쳐 버리려 잠시 입을 다물더니 다시 말을 이었다.

“10시까지는 사슴벌레나 하늘소밖에는 별다른 걸 못 볼 거야. 턱이 커다란 검은 놈들 말이야……. 난 별로 좋아하지 않지……. 정각 10시가 되면 부뜨랑그 쪽에서 작은 올빼미가 말씀을 시작할 게다……. 슬픔을 지닌 듯한 묘한 작은 올빼미……. 그가 처량히 우는 소리가 바로 신호라 해야겠지. 곧 이어 거기서 다섯 마장 정도 떨어진 루우브르 숲의 올빼미와 여기서 멀지 않은 소나무 숲에 사는 올빼미가 처량하게 울기 시작한단다. 그럼 새들은 더 이상 한 마리도 꼼짝하지 않아. 저쪽 바위 위에서 기다리던 올빼미와 부엉이 들이 갑자기 이 부름에 화답을 하지. 규칙적인 그들의 울음은 서로 점점 가까워지지. 그네들은 나무에서 나무로, 소리 없이 과수원에까지 내려오면 잠시 멈추었다가 더 낮게 내려와 앉지. 종내 그 울음소리는 바스떼르 쪽으로 사라져 간단다……. 바로 그때야 대지는 돌연 생기를 띠게 된단다, 땅 바닥도 덤불도 온통 네 주위에서 말이야. 먼저 나뭇가지가 부러지며 희미한 소리를 내고 이어 나뭇잎 두어 개가 움직인단다. 어딘가에서 무슨 짐승이 지나가는 게지. 볼 수는 없어. 검은 들쥐일 수도 있고 깊이 숨어 있는 데서 밤공기를 좀 들이마시러 콧등으로 신선한 진흙을 밀어 올리며 나오는 두더지일 수도 있고……. 움직이지 말고 들어 봐……. 덤불이 움직였지……. 오소리가 저기 있구나. 난 저놈을 잘 알아. 여기서 100미터쯤 높은 곳, 야생 올리브나무 근처에 그 굴이 있지. 땅딸막하고 잔인한 놈이지. 때로 헛간 근처로 저놈이 배회하는 걸 듣기도 한단다……. 조금 후엔 흰 담비가 나뭇잎 아래로 미끄러져 내리지. 그놈은 조심성이 많기 땜에 지나가는 걸 알아차리려면 귀가 밝아야 하지……. 자정 무렵이 되면, 어떤 발자국소리가, 무겁게 땅을 밟는 소리가 울려온단다. 큰 짐승이란 뜻이야. 긴다가 멈추고, 웅얼대고 긁고 킁킁대고 헐떡이고 하다가 코를 땅바닥에 들이박기도 하지. 때론 작은 무리가 그를 따르기도 하는데 그때면 덤불들이 술렁이고 가지들은 부서지고 다른 놈들은 달아나지. 보렴……. 멧돼지들이야, 열 마리, 어쩌면 열두 마리가 되겠네. 늙은 수놈이 떼를 거느리고 있지. 흙을 파헤치고 뿌리를 잘라 놓고 콧등으로 송로가 나는 떡갈나무 근처로 조약돌을 퉁겨 보내질 않나, 부수고, 깨고, 파고, 짓밟아 놓지. 느지막해서야 협곡 높은 쪽으로 사라진단다. 거기엔 그 누구도 아직 코를 못 디밀어 본 계곡이 있어. 멧돼지들이 떠나고 나면 언덕은 정적을 되찾지. 그러나 좀 더 기다려 봐. 참을성 있게, 달마저 질 때를 기다려. 왜냐하면 산에 사는 짐승 중 가장 신비한 짐승이 아직 제 모습을 드러내지 않았거든. 곧 모든 게, 바람마저도 잠든단다. 등성이께로 바짝 붙은 희미한 달빛만 남게 돼. 이윽고 그 빛도 사라지지. 그때 여우가 멀리서 울지. 하지만 어디서? 빼이루레 쪽인가, 아니면 보멜 협곡에서인가? 소리가 사방 곳곳에서 들려오는데 슬프고도 미망에서 깨어난 듯한 음색이야. 듣고 있노라면 온 몸이 떨리지. 그 동물은 돌아다닌단다. 한번은 바위 위에서 본 적이 있어, 한데 우연이었지, 온통 달빛을 받은 채 뾰족한 콧등은 별들을 향해 쳐들고 있었단다. 여기서 먼 곳이었어. 그 짐승이 우리가 있는 이 근처까지 감히 들어오려 한다고는 생각하지 않아…….”

그는 말을 멈추었다.

“총을 갖고 계신가요, 시프리앵 씨?”

“그래, 모두들처럼 말이야. 하지만 놈이 다가오지 않는 것은 내 총 때문이 아냐.”

놀란 나는 그에게 물었다.

“그렇담 도대체 뭐죠?”

대답은 없었다. 그는 입을 다물고 있었다.

난 그의 얼굴을 바라보았다. 무서웠다. 기이하게 굳어 얼굴 주름이 더 깊어 보였다. 뺨은 메마른 근육으로 패였고 코는 더 퉁겨진 듯 보였으며 입술은 얇게 말려 들어가 있었다. 나를 맞아들여 당신 과수원에 앉게 해 준 호노인의 모습을 거의 찾아볼 수 없었다. 인간적이라 할 수 없는 어떤 정기로 시선은 번득였다.

그는 중얼거렸다.

"여우도 놈이 두려운 거야……."

그는 불안한 듯 일어섰다.

이윽고 그의 얼굴이 이완되며, 피부 아래로 피가 몰려오면서 눈은 다시 푸른빛을 띠었다. 나에게 신뢰감을 주었던 저 현자답고 어진 표정이 이 늙은 얼굴의 가장 감동적인 두 점, 양 눈께로 다시 번지기 시작했다.

과수원 문 쪽, 꽃핀 아몬드나무 아래 반바지 당나귀가 우리를 기다리는 듯 보였다.

시프리앵 씨는 몸을 일으키더니 내게 말했다.

"이 무화과 바구니를 가져가렴, 그리고 이 아몬드나무 가지는 쉬샹브르 신부님께 드려라. 내려가면서 꽃잎들을 바람에다 날려 보내지 않도록 단단히 주의하려무나. 자칫하면 마치 눈발처럼 흩날려 떨어져 버린단다……."

우리는 집 쪽으로 향했다.

시프리앵 씨는 나보다 몇 발자국 앞서 걸었다. 나는 그가 그의 작은 집 안으로 들어가는 걸 보기만 했을 뿐 감히 그 뒤를 따라 들어가지 못했다. 하지만 밖에 서서 반 어스름 너머로 하얗게 석회 칠을 한 방 하나를 볼 수 있었다. 노란색 포석을 깐 바닥 위로 돗자리가 하나 있는 것도 보였다. 안쪽 벽에 기대어 나지막한 침대 같은 것이 있고 그 위로 벽감(壁龕)이 하나 있었다. 이 벽감은 붉은 줄무늬 커튼으로 가려 있었다. 그 위로는 가로로 총이 한 자루 걸려 있었다. 오른쪽으로는 선반이 하나 있어 담배통과 파이프 세우개가 얹혀 있었다. 왼쪽에는 서랍장 위로 작은 램프 하나와 책 몇 권이 있었다. 모두 다 잘 정리되어 있었고 깨끗했다.

집 뒤편에는 골방과 필경 부엌도 하나 있을 터였다. 침대 발치 쪽 선반 아래로는 바위를 깎아 만든 광으로 이를 듯한, 자물쇠를 채워 놓은 나지막한 문이 보였다.

시프리앵 씨가 보이지 않았다. 그는 도대체 어디로 간 걸까? 이 집은 나를 끌어당기기도 했지만 불안하게도 했다. 너그럽고도 신비한 주인이 사는, 그 역시 호인 같은 모습인 이 집, 마지막 인가에서도 10리 밖에 웅크리고 있는 이 집, 들에서 바라본다면 거의 시야에 들어오지도 않을 이 집은 나에겐 단순한 사람의 집을 뛰어넘는 무언가를 감추고 있는 듯이 보였다. 이 집은 비와 바람을 막는다는 필요성 외 어떤 것을 함축하고, 어떤 은밀한 계획에 화응하며, 아마 우리 마을의 지붕 아래에선 전혀 볼 수 없는 것들을 속에 지니고 있는 성싶었다. 이 집에서는 생강 혹은 계피 같은 향료의 냄새가 풍겨 나와, 난 그것을 취할 듯 들이마셨다.

하지만 내 관심을 특히 불러일으킨 것은 바로 벽감이었다. 가리개 뒤로 그 벽감은 도대체 무얼 감추고 있는 걸까?

뻣뻣한 천은 흔들리지 않았다. 그것보다 더 자연스러운 일이 있을까? 커튼 주름들은 똑바로 수직으로 잘 잡혀 있었고 천은 거칠었다. 그러나 다름 아닌 그 부동성이 어쩐지 심상치 않았다…….

바로 그 순간 시프리앵 씨가 다시 나타났다. 작은 손궤를 들고 있었는데 이렇게 말하며 거기에서 끈으로 묶은 꾸러미를 꺼내 내게 내밀었다.

"이걸, 미사 전에 반드시 쉬샹브르 신부님께 전해 다오. 제의실로 가서 말이다. 아무도 널 보아선 안 된다. 이건 제향인데 가게에서 파는 보통 제향이 아니란다. 인도 땅에서 온 제향, 힘 있는 향이지, 동방박사들의 고장, 솔로몬의 마지막 후계자의 땅에서 수확한 남성적인 향, 유향(乳香)이야. 그 속엔 산다라크 수지(樹脂)[26]나 송진은 한 점도 없단다."

난 미처 다 알아듣지도 못한 채 그의 말을 들었다. 그의 얼굴은 심각했다. 그는 계속 나를 바라보며, 내 위로 몸을 숙이고, 궤를 내 얼굴 가까이 든 채 말했는데 나는 바다의 소금기와 농사 일이 그의 거친 손가락에 남겨 놓은 커다란 상처 자국들을 보았다.

"겨우 미사 전까진 돌아갈 수 있겠구나."라고 그는 말했다.

그는 내가 당나귀 위에 올라타는 걸 도와주었다.

나는 과수원 울타리 문을 지났다. 집 앞마당 가운데 도착해서 뒤돌아보았다. 나를 친근히 배웅하고 있는 노인의 모습

---

26) 북아프리카 아틀라스 사이프러스의 독특한 냄새를 띤 수지, 진액.

이 보였다. 그런데 돌연, 그의 뒤에 있는 것이 눈에 들어왔는데 그 광경은 나를 순간 멍하게 했다. 집 안 벽감의 가리개가 떨어져 버렸다. 커다란 검은 구멍이 하나 보였다. 그 구멍 속에서 눈알 두 개가 번쩍였다. 한순간에 지나지 않는 일이었다. 모든 것이 꺼지듯 다시 사라졌다. 노인도 사라지고 없었다.

당나귀는 지름길을 내려갔고 집은 내 시야 밖으로 곧 사라졌다. 우린 귀갓길을 가고 있는 터였다. 그 길은 산으로 오르던 길보다는 짧게 느껴졌다. 가이욜 다리 위쪽, 떡갈나무 숲에 닿자 당나귀는 멈췄고 더 이상 움직이지 않았다. 더 이상 가지 않겠다는 뜻인 것을 알았다. 난 땅에 뛰어내렸다. '반바지'는 산 쪽으로 몸을 돌려 평화로이 벨뛜로 다시 떠났다.

나는 홀로 남았다.

난처했다. 이 커다란 아몬드나무 가지를 어떻게 감춘 채 마을을 가로지를 수 있단 말인가? 마을 사람들이 모두 날 보게 될 거고 아마 사튀르닌 할머니께 달려가 내가 이웃 과수원에 망나니처럼 들어가 제일 멋진 나무를 망쳐 놓았다고 고자질하겠지. 용서할 수 없는 범죄 아니던가! 왜냐하면 우리 마을에선 개화기의 아몬드나무에 손을 대는 사람은 아무도 없기 때문이다. 나무는 신성하게 여겨졌다. 그리고 성모 제단 앞에 꽃장식을 하는 일이라 하더라도(성주간(聖週間)[27]의 마지막 극기

27) 사순절을 마감하는 시기로 전례를 통해 예수 수난과 부활의 신비에 참여하는, 성지주일에서 부활주일까지의 한 주간.

(克己)와 테네브레,[28] 그리고 부활 전 죽음의 시간을 앞두고 그 제단이 그렇게 꽃으로 장식될 필요는 정말이지 너무나 컸다.) 성모님께서 물론 사랑하실 연하고도 향기 나는 아름다운 가지를 하나 꺾어다 자기가 다니는 성당에 바치려고 생각하는 여인네는, 확신하지만 우리 마을과 인근 마을을 통 털어 한 사람도 없을 것이다.

그동안 태양이 솟아오르고 시간은 자꾸 흘러가서, 나는 걸음을 떼어 놓지 않을 수 없었다. 뻬이루레로 가는 길 위에는 아무도 없었으므로 나는 숲에서 나왔다.

마을이 가까워 옴을 알리는 첫 인가들 근처에 다가갈 때까지는 다행히도 들판엔 아무도 없었다.

너무나 놀랍게도 마을마저도 사람이 살지 않는 듯이 보였다. 그 누구에게도 들키지 않고 제의실 문을 통해 성당으로 들어가기 위해 인적이 거의 없는 걸 알고 있는 골목길로 접어들었다. 제의실 문께까지는 모든 게 순조로웠다. 골목길은 거기에서 막다른 집인 말안장 장인 부르겔 씨의 집에서 끝나고 있었다. 누구에게도 들키지 않은 것이다. 그러나 문을 밀려는 순간 누가 웃는 소리가 들렸다. 두 눈을 들어 보았다. 부르겔네 처마 밑, 고미 다락방 창문에서 미처 누군지 알아보지 못한 한 얼굴이 화닥닥 물러섰다. 누군가 나를 보고 있었던 것이다. 나는 급히 제의실로 들어갔다.

---

28) 전례 개혁 이전, 성주간 중 성 목, 금, 토요일 날 그리스도를 상징하는 하나의 초만 감췄다가 드러내는 것 외에 14개의 다른 성촉들을 하나씩 꺼 가며 올리던 기도. 성삼일의 '암흑 상태'라는 뜻.

10시가 좀 지나 있었다. 쉬샹브르 신부님은 아직 도착하시지 않으셨다. 아몬드나무 가지는 수반 속에, 제향 꾸러미는 장궤틀 기도대 위에 놓았다. 그때 꾸러미를 싼 종이가 뚫린 것을 보았다. 마른 작은 향 덩어리가 너댓, 꾸러미에서 비죽이 나와 있었는데 나는 그것을 호주머니에 집어넣었다.

성당 안에서는 누가 말을 하고 있었고 쉬샹브르 신부님의 목소리를 알아들을 수 있었다.

나는 더 지체하지 않고 제의실에서 나왔고 부르겔네 고미다락방 창문을 바라보았다. 그러나 그곳에는 아무도 없었다.

부르겔에겐 딸이 하나 있었는데 나보다 두 살 위였고 안 마들렌이라고 했지만 그 애와 얘기해 본 적은 한 번도 없었다.

축일 나들이옷으로 갈아입으러 황망히 뛰어든 집에선 그때까지 아무도 나의 탈출 감행에 대해서 들은 바가 없는 듯이 보였다.

11시 십오 분 전, 모두들 성당을 향해 떠났다. 사튀르냉 할아버지와 사튀르닌 할머니는 근엄하게 나란히 걸으셨다. 그분들은 아름다우셨다. 나는 그분들을 앞서 걸었는데 그분들만큼이나 엄숙하였던바, 금박 단면이 아름다운 두 분 미사책을 내가 들고 갔던 것이다. 뒤로 라 페기노트가 그 어느 때보다 얼굴이 새빨개진 채, 목에 은 목걸이를 두르고 따라오고 있었고 그다음엔 커다란 모자를 쓴 앙셀므가, 그 뒤론 개와 끝으로 이 년 전 집에서 맞아들여 거둔 어린 고아 소녀 이아생트가 따랐다.

그 아이는 칠면조와 암탉을 돌보았고 라 페기노트가 집안일을 하는 걸 약간 돕기도 했다. 막대처럼 뻣뻣한 땋은 머리 한줌이 그 애 머리 뒤로 순박하게 쭈뼛하니 세워져 있었다. 그게 늘 거슬렸다. 난 이아생트를 좋아하지 않았다. 평화주의자인 나는 아마도 내 나이 또래 다른 소년들처럼, 머리꼬리를 이유로 괴롭히진 않았지만 그 애에게 냉담하게 굴었다. 내가 싫어한다는 것이 너무나 명백했으므로 꼬마 소녀는 내게 감히 한 번도 말을 건네지 않았다.

그날 아침은 더욱 우스꽝스럽게도 그 애는 막 풀을 해서 바삭거릴 정도로 빳빳한, 보랏빛 바둑무늬 옷을 입고 있었고, 윤 나는 구두에다가, 손목에는 자개 묵주를 둘둘 말아 차고, 성심(聖心) 무늬 천 조각을 가슴팍에 붙인 채 자랑스러운 듯, 그러나 적잖이 불안한 듯 좌우를 살피지 않고 기계적으로 걸음을 옮기고 있었다. 그런 그 애는 마치 나무 장난감 같았다.

그 당시 성당은 성주간 동안에는 그래도 한층 많은 신도들을 맞아들였다.

금실 장식 비단 제의를 입으신 거대한 쉬샹브르 신부님은 실은 친근함이 담뿍한 단호함으로, 또 열성적인 태도와 품위 있게 무릎 꿇어 흠숭하는 저 훌륭하신 자세로 미사를 집전하셨는데 그분의 이런 자세는 그분 뒤로[29] 머리들이 숙게 하고, 의지를 지배하고, 화답송을 요구하고, 기도들을 수렴하여 묵직한 꽃다발로 엮어, 별 듯이 켜진 두 줄 성촉들 사이로, '대입

29) 오늘날 사제가 신자들을 바라보는 방향으로 서서 미사를 집전하는 것과 달리 당시에는 신자들을 등 뒤로 두고 벽 제대를 향해 미사를 집전했다.

자가' 아래 그 기도 다발을 턱하니 내려놓으시는 것이었다.

그분께서 입당하시자마자 어떤 넘실거림이 무뚝뚝하면서도 태연한 시골 신자들의 머리를 흔들며 지나갔고, 신부님이 제단으로 오르며 성큼성큼 옮겨 놓는 발걸음에 당신의 제의 자락이 치켜들리면 그 누구의 뇌리에서도 잊히지 않을, 편평하고도 넓적한, 징 박힌 당신의 구두가 보였다. 그 구두는 대지를 위해 만들어진 것이었다. 미사는 절기별로 해 내야 하는 밭일을 계제마다 축복하기도 했는데 그럼으로써 로마 가톨릭 교회 시골 본당 전례에 각별한 향취를 부여하는 것이었다.

악당 같은 복사 쉬코를 앞세우며 쉬샹브르 신부님은 들어오셨다…….

갑자기 온 성당을 가르는 숨죽인 웅얼거림이 일었다. 왜냐하면 감실[30] 앞에 벌써 무릎을 꿇으신 신부님 뒤로, 쉬코만큼 악당인 클로디우스 소리베르가 팔에 내 아몬드나무 가지를 한 아름 안은 채 막 나타났기 때문이다.

"주의 제단으로 나아가리이다."[31]라고 신부님은 읊조리셨다.

수근거림은 사라졌다. 쉬샹브르 신부님은 몸을 일으켜 꽃 핀 가지를 집으시더니 환히 빛나는 십자고상(十字苦像) 아래 놓으셨고 큰 음성으로 말씀하셨다.

"내 청춘을 즐겁게 하는 천주께 나아가리이다……."[32]

---

30) 성체를 모시는 작은 궤.

31) 원문은 라틴어임.

32) 원문은 라틴어임.

쉬코가 향로를 흔들었다. 향로에선 짙은 향 연기가 물결처럼 밀려 나왔다. 연기는 먼저 신부님을 감싸더니 그다음은 제단, 그다음은 십자가를 휘감고 첨두홍예 쪽으로 퍼져 오르며 온 성당에 퍼졌다. 달콤하고도 오묘한 신비로운 향기가 번져 나왔다. 그 향은 이 시골 성당으로선 너무나 색달라서 모두들 성당 이 끝에서 저 끝까지 온통 놀람과 경이로 서로를 쳐다보았다.

삼왕(三王)[33]이 살았던 동방에서 온 남성적 향이며, 산다라크 수지나 송진은 한 방울도 들지 않은, 저 먼 나라에서, 솔로몬 마지막 후예의 정원에서 수확한 신성한 유향이었다.

미사는 그 향으로 온통 변모되었다.

미사를 마친 직후의 마을 또한 그러하였다. 미사 거행 중에는 입들이 할 수 없이 다물어져 있어야만 했다면 성당 문턱을 나서자마자 질문입네, 대답입네, 억측이며 암시, 온갖 촌평들이 난무했다. 골목과 길 들로 뱀처럼 파고드는 저 소문들! 어떤 것들은 잡화 상인의 가게로 파고들고 또 어떤 것들은 빵 가게 앞에 멈춰 섰다. 수예 재료 가게 여주인은 감동한 듯이 보였고, 여인숙 주인은 놀랐고, 공증인의 부인은 얼굴을 찌푸렸으며, 우유 가게 아낙은 애기를 늘어놓고, 담배 가게 여주인은 양철 싯발 산판 아래에서 손짓 발짓을 해 보였으며, 교수는 당연히 다는 듯 미사에 오지 않았기 때문에 정보에 귀를 기울였다. 한

33) 아기 예수께 경배하러 온 동방박사 세 사람.

편 새파란 우체국장 가브리엘 피쇼브르 씨는 창문을 열고 셔츠 소매 바람으로 2층에 나타났다. 그는 놀란 듯이 광장을 내려다보았다. 오로지 학교만이 닫혀 있을 뿐이었다. 길에서도 작은 주철 기둥들이 떠받히고 있는 지붕으로 덮인 텅 빈 운동장과 검은 색으로 칠해진 반문(半門)이 달린 화장실 네 개와, 교실 창 안쪽으로는 벽에 매달린 칠판들과, 밝은 밤색으로 채색된 10리터 모형과 1입방미터 모형이 줄지어 서 있는 것이 보였다. 그러나 샤마로트 선생님은 그 어디에도 보이지 않았다.

알고 싶고 얘기하고 싶은 조바심에 안달이 났지만 길바닥에서는 호기심을 감히 알알이 드러내지는 못하는 라 페기노트는 집에 돌아오자마자 본색을 드러냈다.

"꽃 핀 그 가지는 또 괜찮다 쳐요……!"라고 그녀는 부엌 안에서 외쳤다.

"하지만 말씀해 보세요, 한 그루 나무가 지닌 힘에서 그렇게 많은 과일을 우직스레 뽑아내다니! 그 짓을 한 건 클로디우스일 거예요! 딱 알아챘어요. 물오른 자연을 그렇게 찢어 놓다니, 망나니가 아니고선 못 하죠. 게다가 할머님, 보셨지요? 그 애가 어떤 태도로 그 가지를 들고 왔는지를? 코를 한껏 벌름거리며 무례하게 말이에요! 도대체 신부님이 그렇게 가세를 하시다니 놀랍기만 하군요.

바구니 속 썩은 사과 한 알,
다른 과일도 다 망친다."

"클로디아!" 화가 난 사튀르닌 할머니는 외쳤다.

그러나 그 무엇도 라 페기노트를 더 이상 멈추게 할 수는 없었다.

"아뇨! 마님, 아뇨! 도대체 참을 수가 없어요……! 그리고 그 향 냄새라니! 그 어느 가문에서도 한 번도 맡아 본 적 없는 냄새였어요. 신부님 왼쪽 향로에서 그 향이 퍼져 나오는 걸 보셨지요……! 신부님이 파멸의 기쁨을 느끼며 그 향을 들이마시지 않았다고는 말씀 못 하시겠지요……! 몹쓸 본당에 걸맞은 연기, 그래요, 바로 그거였어요. 그 연기 땜에 미사 내내 눈물이란 눈물을 다 흘렸고, 토쟈드 부인도 그랬고 내 옆에 있던 빵집 여주인도 그랬고, 그래요, 모두가 다! 그건 악마의 뿔이었어요! 네, 뿔이라니까요……! 그 물건을 잘못 볼 리는 없지요! 금방 알 수 있지요……!"

보통 때 같으면 이런 달변은 나를 무섭게 했을 것이다. 왜냐하면 난 라 페기노트의 혜안을 두려워했고, 그녀가 급기야 진짜 범인을 발견해 내지나 않을까 불안했을 터이기 때문이었다. 그러나 그날만큼은 내 속에서 반항의 기운만을 느꼈을 뿐이다. 라 페기노트의 외침과 분노는 내게 은밀한 환희를 불러일으켰고 나를 무섭게 하기는커녕 그 협박조는 나에게 대담한 시도를 하도록 오히려 부추기는 격이었다. 나는 조금 전부터 내 이 늙은 친구에 맞설 꾀를 궁리하고 있었다. 즉 그녀의 분노가 거세지면 거세질수록 그녀의 분통을 더더욱 터뜨리게 하고 싶은 생각이 나의 조바심을 긁었다. 그러나 아무 말도 하지 않았다. 나는 부엌 쪽을 살폈다. 그녀에게 들키지 않고 그곳에 잠입할 심산이었다. 그러나 그녀는 모든 것을 한눈에 보고 있었고 날 좌절시킬 만큼 신속한 몸짓으로 때로는 접시를 잔뜩 안고 때로는 손에 작은 프라이팬을 들고 또 때로는 쇠막대기로 화덕 불을 들쑤시면서 사방 모든 구석에서 동시에 나타났다.

"내 길을 가로막지 마! 이 누더기 도련님아!"라고 그녀는 내게 외쳤다.

"네가 입을 하 벌리고 거기 계속 서 있으면 뜨거운 물로 데쳐 버릴 거다. 송로 버섯을 기다리기라도 하는 거냐?"

이아생트는 겁에 질린 채 한쪽 구석에서 무와 당근 껍질을 깎고 있었다.

온 집에 양파와 포도주가 든 토끼 고기 스튜와 신선한 백리향과 토마토 소스 냄새가 풍겼다.

부엌은 일단 포기해야 했지만 내 계획을 포기하지는 않았다. 나는 기다렸다.

낮은 한결 덜 수선스러운 분위기에서 지나갔다. 라 페기노트는 여전히 웅얼거렸지만 평소 때보다 더 험한 정도는 아니었다. 사튀르닌 할머니는 화분에 한련 씨를 심었다. 사튀르냉 할아버지는 무화과나무 아래에 자리 잡고 앉으셔서 들판을 바라보았다. 그게 그분의 낙이었다. 앙셀므는 양들을 목초지로 몰고 갔다. 저녁이 왔고, 식사를 한 다음 다들 자러 갔다. 모든 소리가 멈추었다. 라 페기노트는 닦은 그릇을 정리하러 제일 늦게까지 아래층에 남아 있었는데 이아생트를 붙들어 놓고 야단을 좀 치더니 이윽고 자러 보냈다.

이아생트는 부엌 쪽을 향한 작은 방에서 잤다. 그 애는 자기 방을 매우 잘 건사했다. 창가에는 언제나 물이 가득 담긴 사암(砂岩) 단지가 있어 회양목 한 가지가 꽂혀 있기도 했고 꽃철이 되면 패랭이꽃 한줌이나 금작화도 한 대 꽂히곤 했다.

나는 여전히 기다렸다. 마침내 라 페기노트는 부엌을 떠나기로 마음을 내려놓았고, 곧이어 한숨을 쉬며 계단을 오르는 소리가 들려왔다. 그녀는 내 방문 앞을 지나며 웅얼거렸다.

“또 하루 순교자 같은 날이었지 뭐냐!”

그러곤 멈췄다. 그녀는 여느 때처럼 높은 목소리로 생각을 입 밖에 내어 말하는 것이었다.

“그런데 화덕 불은 잘 껐던가……?”

그녀는 자리에 누우러 가는 것을 망설이고 있었다.

매일 저녁마다 꼭꼭 무슨 집안일이 남아 있어서 2층으로 오르는 층계참에 그녀를 잠시 세워 놓곤 했다. 그녀는 거기에 서서 곰곰이 생각을 하기도 하고 앞으로의 계획까지도 세우곤 하였다. 때로는 신음 소리를 내며 찬방(饌房)으로 다시 내려가는 일도 있었다.

하지만 그날 저녁, 그녀는 자는 방에 들어가기에 이르렀고 큰소리를 내면서 방문에 빗장을 질렀는데 노골적으로 경계심을 표명하려는 의식이었다.

나는 여전히 기다렸다. 그러곤 그녀가 완전히 잠들었다고 판단되었을 때 맨발로 계단으로 빠져나와 거기에서 부엌까지 살금살금 접근했다.

부엌엔 불이 다 꺼져 있었지만 창으로 달빛이 흘러 들어오고 있었다. 나는 미지근할까 말까 해서 그 무엇을 올려놓더라도 타지는 않을 화덕으로 다가갔다. 거기에다 성당 제의실에서 슬쩍해 온 제향 덩어리 한 개를 살며시 얹어 놓았다. 이튿날, 불을 지피면서 라 페기노트는 왕중왕의 제향 세례를 코로 온통 받게 될 터였다. 나는 벌써 그녀가 당혹해하며 입심 좋은 항의를 쏟아 놓는 모습을 상상했다. 멋진 날을 약속하는 일이었다……. 나는 혼자 웃음을 지었다…….

갑자기 문이 가볍게 삐꺽거리는 소리에 몸을 돌렸다. 제 작은 방문 앞에 잠옷 바람으로, 깃털 이불은 등에 짊어지듯 걸친 채로 서 있는 고아 소녀 이아생트를 발견했다.

꼼짝 않고, 온통 얼어붙은 듯이, 창백한 달빛 아래, 그 애는 나를 바라보고 있었다.

나는 화가 치밀어서 두 주먹을 불끈 쥔 채 그 애 쪽으로 걸어갔는데 화를 낸 태도가 워낙 역력했기에 그 애는 제 방 안으로 한 걸음 물러섰다. 그러나 문은 닫지 않았다. 나는 그 방 문턱을 차마 넘어설 수는 없었다. 두려움은 아니었지만 일종의 수줍음이라 할 당혹감에 사로잡힌 것이었다.

뒷걸음치며 그 애는 계속 물러서서 침대까지 닿았다. 그 애는 여전히 움쭉하지 않는 두 눈으로 나를 계속 바라보았다. 그 애를 향해 듣기 싫은 소리를 내지르고 싶었지만 정작 아무 말도 생각나지 않았다.

먼저 말문을 연 것은 그 애였다. 그 애는 내게 말했다.

"네가 제의실에 들어갈 때 안 마들렌이 널 보았어. 가지를 갖고 온 건 바로 너야."

"너 입을 열 테냐?"

"아냐, 안 그럴거야."

"그럼 누가?"

"몰라. 아마 안 마들렌……."

"그럼 넌?"

"넌 내 작은 주인님이잖아. 난 입을 다물고 있을게."

그 애는 더 이상 움직이지 않았다. 질문이 하나쯤 더 있기를 기다리는 듯도 보였지만 나는 무어라 상대에게 할 말을 찾지 못했다.

그러자 갑자기 그 애는 울먹였다. 처음엔 우는 건지조차 알지 못했다. 차갑게 식은 돌바닥 위에 맨발로 그때까지 그토록 꼿꼿이 서 있던 그 애를 격한 딸꾹질이 덮쳐 마구 흔들었다. 껄떡거림을 참으려고 그 애는 오른손을 가슴팍 위로 가져갔다. 그러나 제 뜻과는 달리 더 강한 오열이 그 애를 흔들며 목구멍 깊은 데서부터 터져 나왔다. 그제서야 비로소 난 그 애가 울고 있음을 알았다.

나는 도망쳤다.

나는 내 방 안에 틀어박혀 곧 자리에 누웠다. 나는 기다렸다. 내 소견으로는 무언가가 일어나야만 했다.

새벽 1시경, 향 내음이 내 방문 밑으로 스며 들어왔다. 그 냄새는 신비스럽게 도달하였고 반기운 덕분에 더욱 강렬했다. 또 다른 냄새도 어둠과 집의 공모 덕분에 풀려나와, 풍겨 나오기 시작했다. 집의 해묵은 벽들이 빨아 당기기 때문에 신묘한 입자들로 해체되며 퍼져 나오는 듯한 이 향은 그런 과정

중에 자신이 지닌 짙은 정수(精髓)까지 뒤흔들린 듯 급기야 최고조에 이르도록 짙어져 갔다. 더 이상 성당의 제향이 아니라 무언가 불안케 하는 향, 약간은 야만적이지만, 그대로 심각하고 종교적인 향이었다.

나는 두려웠고 온 집 안이 수런대는 걸 들었다. 내 위층 방에서 라 페기노트는 막 침상을 박차고 일어났다. 그녀는 방문을 열었다. 향은 지붕틀까지 번졌고 계단을 가득 채웠다. 사퀴르닌 할머니도 일어나 방에서 나오셨다.

"오, 하느님, 이게 무슨 냄새지요, 마님?" 하고 라 페기노트는 여쭈었다. "냄새는 아래층에서부터 올라오는군요."

나는 듣고 있었다.

"내려가 봐야겠네."라고 할머니는 말씀하셨다.

라 페기노트는 대답하지 않았다. 필경 그녀는 넋이 빠졌을 터였다.

사튀르닌 할머니는 1층으로 내려가셨다. 그분이 외치는 소리가 들려왔다.

"아니, 냄새는 부엌에서 나오잖아! 화덕이 온통 연기투성이인데!"

위층에서 라 페기노트는 할머니를 향해 외쳤다.

"조심하세요, 마님! 폭발할지도 몰라요."

초조해진 할머니는 그녀에게 내려오라고 명령했다. 라 페기노트는 마지못해 복종은 했지만 2층까지만 겨우 내려왔다. 그녀는 두려움에 거친 숨을 뿜고 있었다.

"남자가 있어야겠어요."라고 그녀는 우물거렸다.

사튀르냉 할아버지는 주무시고 계셨는데, 사튀르닌 할머니 말씀에 의하면 매일 이때쯤이면 천사들이 찾아온다는 바로 그 시각에 주무시는 그분을 방해한다는 것은 절대 있을 수 없는 일이었다.

"콩스탕탱, 일어나."라고 라 페기노트는 열쇠 구멍으로 속삭였다.

나는 일부러 못 들은 척했다. 그녀가 문을 두드렸다. 나는 물었다.

"왜 그러세요? 무슨 일인데요?"

"빨리 열어. 문 밖에 기다리고 있단다."

나는 열었다. 그녀는 헐떡이고 있었다. 우리는 내려갔다. 그녀는 나를 앞세웠다.

부엌은 연기로 가득했다.

"저기에서 이렇게 연기가 올라오는구나."라고 할머니는 화덕을 가리키며 말씀하셨다. "게다가 향까지 풍기며! ……한데 도대체 무슨 악마가 우리 집 불 속에 향 덩이를 집어넣었단 말이냐?"

라 페기노트가 눈꺼풀을 비비며 중얼거렸다.

"아이참, 그게 도대체 누구길 마님은 바라셔요? 어쨌든 신부님 외에는 알아볼 분이 없지요……."

그러나 사튀르닌 할머니는 그녀의 말은 더 이상 듣고 계시지 않았다. 할머니는 곰곰 생각하셨다. 갑자기 할머니가 물으셨다.

"그런데 꼬마 계집아이는? 이상하잖아, 이런 지경에도 그 애는 계속 자고 있는 걸까? 가 봐야겠어, 자, 어서, 브리지트!"

라 페기노트는 천천히 문에 다가가서 두 눈을 감고, 머리를 돌리고선 성호를 그은 다음 문을 열었다.

방은 비어 있었다. 이아생트는 사라지고 없었다.

그다음 날 아침 그 애를 찾아 온 것은 앙셀므였다. 간밤 꽤 오랫동안 집 근처로 그 애를 찾았지만 허사였다. 양들에게 풀을 뜯기다가 앙셀므는 가이욜 너머, 벨뤨로 가는 길 중간쯤의 숲 속 빈터에서 그 애를 발견했는데 길을 잃은 듯 보였고 울고 있었다 한다. 그는 직접 그 애를 사튀르닌 할머니 앞에 데리고 왔다.

"일을 저지른 건 저 애예요."라고 라 페기노트는 당장 단언했다.

"너 왜 어젯밤에 달아났더냐?" 할머니는 물으셨다.

꼬마 소녀는 코를 아래로 박고 아무 말도 하지 않았다.

"악마가 저 애의 입을 봉한 거라면 더 이상 이 집에 둘 수는 없어요."라고 라 페기노트는 중얼거렸다.

그러나 할머니는 부드럽게 되물으셨다. 세상 그 무엇도 할머니를 꺾을 수 없었거니와, 애정에 찬 그 끈기에 고집으로 버티기도 거의 불가능했다.

"네가 네 방에서 떠났다면 무엇인가가 널 네 방에서 쫓은 게 아니냐? 그런데 그게 뭐지?"

"전 무서웠어요."라고 꼬마 애는 고백하고야 말았다.

"너 무슨 소리를 들은 게지?"

"네."

"너 무얼 본 게지?"

이아생트는 공포에 질려 날 바라보더니 눈을 내리깔고 중얼거렸다.

"아뇨, 아무도 못 보았어요."

할머니는 그 애를 뜯어보셨다.

"왜 '아무도'라고 말한 게냐?"

이아생트는 어깨를 움츠렸다.

"몰라요."

할머니는 나를 향하셨다.

"너냐, 콩스탕탱?"

나는 두려움에 얼어붙었다. 그런데 갑자기 이아생트가 말했다.

"할머니, 벽장에서 작은 소리가 났어요…… 그래서 일어났어요…… 그때 콩스탕탱 도련님이 방에서 소리를 지르셨어요. 그냥 밤에 도련님이 그러시는 적이 있잖아요…… 나는 아래층에서 듣고 있었지요…… 앙셀므 말로는 사람이 꿈을 꿀 때는…… 그래요, 도련님은 꿈을 꾼 거죠…… 부엌은 텅 비어 있었고…… 전 무서웠어요…… 그래서 밖으로 뛰쳐나가 달렸어요…… 그게 전부예요……."

이아생트는 격정적으로 단숨에 이렇게 늘어놓았다. 사튀르닌 할머니는 그 애에게서 시선을 옮기지 않았지만 꼬마 계집애의 얼굴은 거의 비인간적이라 할 만큼 굳어 있었다.

"아까는 왜 이렇게 말하지 않은 게냐, 이아생트?"

이아생트는 잠시 망설이더니 할머니를 향해 맑은 두 눈을 들었다.

"콩스탕탱 도련님 때문이에요. 난 도련님이 소리 질렀다는 걸 들었다고 말하고 싶지 않았어요. 그게 나쁜 거라고 생각했거든요."

할머니는 눈썹을 찌푸리시더니 몸을 일으켜 꼬마 계집애를 돌려보냈다.

나는 괴로운 취조를 예상했다. 그러나 아무 일도 없었다. 할머니는 『우화와 속담』 책을 집어 드시고는 나를 앉히더니 부드럽게 물으셨다.

"콩스탕탱, 학교 공부 내용은 잘 알고 있겠지?"

두근거리는 가슴으로 나는 암송했다.

제일 강한 짐승들
바로 말, 황소, 그리고 당나귀,
그들 중 아첨쟁이는 없다…….

나는 실수를 하지 않았다.

"좋아." 할머니는 내게 말씀하셨다. "칭찬을 해야겠다. 콩스탕탱. 공부를 잘 하고 있구나. 여기서 우리가 너에게 가르칠 수 있는 건 다 가르친 것 같구나. 내 생각엔 널 중학교에 보내야 할 시기가 온 것 같구나."

그러나 나는 곧바로 중학교에 보내지지는 않았다. 왜냐하면 라 페기노트는 울음을 터뜨렸고 앙셀므는 더욱 말을 잃었고 사튀르냉 할아버지는 서운하게 생각하셨기 때문이다. 할아버지께서 하도 섭섭해하셔서 할머니가 그만 지고 마셨던 것이다. 당신은 한 번도 할아버지께 고통을 드리면서까지 억지로 이기려 들지 않으셨다. 그러나 여름방학 후 새 학년에는 중학교에 간다는 기쁨을 내게 약속해 주시긴 했다.

이아생트는 야단을 맞지 않았다. 그 애는 앞으로는 라 페기노트 곁, 고미 다락방에 가서 자라는 명령을 받았다. 그 애는 제 조그만 옷가지를 차곡차곡 담은, 채색을 한 작은 나무 상자와 꽃을 꽂는 사암 단지를 가지고 갔다.

나는 그 애를 피했다. 그러나 우연히 그 애를 집 모퉁이나 정원에서 마주칠 때가 있었는데 그럴 때면 그 애는 나를 가만히 쳐다볼 뿐이었다.

그 애는 그 어느 때보다 잘 씻고 비누칠을 잘 해서 매끈했으며 마치 윤을 낸 듯했다. 그 애는 굴종적 태도도 교만심도 내비치지 않았다. 그 애는 자잘한 집안일에 매달려 소리도 없이 열심히 일을 했는데 마치 그런 일이 인생에서 가장 확실하게 자신에게 주어진 것인 양했다. 그 애는 그 외 아무것에도 마음을 쏟는 듯 보이지 않았다. 다만 창가에 꽃을 좀 내어 놓는 것 외에는 그 애에게 그 어떤 욕망이 있다는 것을 드러내는 징표는 아무것도 없었다. 그 애는 우리 가족들과 함께 있는 것과 집에서 시키는 소소한 일을 하는 것, 그리고 깨끗하고 건실한 몸으로 사는 것이 만족스러운 듯 보였다. 이아생트는 그런 애였다. 아무리 곰곰 생각해 보아도 그런 모습이 그 애의 유일한 허영이었다. 이런 육신적이고 정신적인 겸손함이 그 애를 쉽게 잊어버리게 하는 것이었다. 그 애는 하나의 물체, 움직이는 사물, 사람들이 거의 주목도 하지 않을 정도로 별 표정 없는 사물처럼 보였다.

하지만 언제고 사람 좋으신 할머니는 그 애에게 많은 애정을 표하셨다. 이아생트는 그것을 얌전히, 말하자면 한 발 늦춘 경계감을 품은 채 받아들였는데 할머니는 이아생트가 보이는 심리적 유보를 간파하시고 좀 마음 아파하셨다. 할머니는 걱정스러워하셨지만 한편으로는 아이들이란 어른들께 진심으로 마음을 여는 일이 드물다는 것을 알고 계셨다. 아이들이란 자기네들끼리, 그들이 자기들끼리만 있다고 확신할 때에야 진심으로 말을 하는 존재들이며, 자기들끼리 비밀 이야기를 하게 될 때는 마치 유년 시절의 '정령'처럼 자기들을 도처에 따라 다니는 저 신비한 제삼자에 관한 이야기를 하기 마련인데, 앞으로도 몇 년 더 그들은 그 제삼자의 목소리, 너무나도 그들 자신의 목소리와 흡사하면서도 낯선 그 목소리를 들을 수 있는 행복을 누리게 될 것이다. 그러나 그 목소리도 곧 언젠가는 영원히 사라질 것이었다.

쑥덕공론도 차츰 가라앉아서 성지주일 일주일 후에는, 사튀르닌 할머니, 라 페기노트, 이아생트, 앙셀므, 그리고 나 외에는 그 어느 누구도 지난 축일을 장식했던 그 사건에 대해 더 이상 생각하지 않았다. 적어도 나는 그렇게 여겼다. 부활 대축일 미사는 장엄하게 올려졌고 이번에는 전례를 뒤흔들어 놓는 그 어떤 기이한 사건도 개입하지 않았다. 쉬샹브르 신부님은 신자들을 당혹케 했던 그 선물의 출처에 대해 나에게 질문하신 적이 한 번도 없었다. 그분은 바로 내가 그것을 제의실로 가져온 장본인이라는 사실만이라도 알고 계시는 걸까? 그분이 그것을 즉각 사용하셨던 걸로 보아 그분은 필경 그것을 기다렸던 것같아 보였다. 내 조그만 머리 속에 나는 엄청난 신비로 둘러싸인 듯 보이는 이런 질문들을 계속 휘젓고 있었고 격정적으로 벨뛸을 생각하곤 했다.

마을에서는 반바지 당나귀를 더 이상 볼 수 없었다. 짐작건대 의심을 받던 몸이라 나는 집 밖 멀리론 거의 나서지 않았다. 사튀르닌 할머니가 그 점을 눈치 채지 않을 리 없었다.

할머니는 "이 애가 어쩜 이렇게 얌전해졌니!"라고 탄식하셨다.

바로 나의 이런 얌전함이 그분은 걱정이셨다.

라 페기노트는 내 변화를 평했다.

무료하게 세월 보내는 꼬마는
다름 아닌, 자라나는 악마의 나무.

아주 단정조였다. 이런 판결로 그녀가 무얼 말하려는지 내가 모를 리 없었다.

성지주일 열흘 후, 저녁 어스름에 나는 성당 뒤로, 라봉드 골목길로 지나간 적이 있었는데 말안장 만드는 사람의 딸, 안 마들렌이 앞을 가로막으며 나타났다.

"콩스탕탱, 안녕." 하며 그 애는 내게 말했다.

그 애가 내게 말을 건넨 건 그것이 처음이었다. 그 애는 길 한가운데 서 있었다. 나는 인사를 하곤 가던 길을 계속 가려 했다. 그 애는 내 팔을 살그머니 잡더니 귀에다 속삭였다.

"숨기 좋아하는 애 같으니!"

나는 어색하게 몸을 뺐다.

"내가 무섭니?"라고 그 애는 말했다.

그 애의 커다란 갈색 머리다발은 헝크러져 있었는데 건초 냄새가 풍겼다.

화가 난 나는 멈춰 섰다.

그러자 그 애는 내게 바싹 은밀하게 속삭였다.

"조용하게 있을게……. 말하지 않을게……. 하지만 너 내게도, 바로 내게도, 네가 쉬샹브르 신부님께 갖다드린 것 같은 예쁜 꽃가지를 하나 갖다 주렴……. 갖고 싶어……."

그 애는 이상하고 나른하니 망설임이 많은 목소리로 말을 했다.

"난 네게 아무것도 줄 게 없어."라고 나는 웅얼거렸다.

"우선 난 널 알지도 못해."

그 애의 초록빛 두 눈에 불이 켜졌다. 그 애는 웃음을 터뜨렸다.

"그럼 두고 봐!"

이 도전이 날 절망시켰다. 그 애는 이미 성숙했고 튼튼했지만 난 그 애의 빰을 때려 주고 싶은 강한 욕망에 사로잡혔다.

말문이 막힌 채 고개를 숙이고 그 애 목덜미 쪽으로 곧 달려들 태세로 나는 그 애 아래쪽을 내려다보고 있었다.

그런데 갑자기 그 애가 부드럽게 말했다.

"네가 날 모른다고, 그래 사실이야, 하지만 난 좋은 친구잖아……. 난 널 보았지만 아무에게도 입을 열지 않았거든……."

그러나 나의 끈질긴 경계심이 역력했던 나머지 그 애는 덧붙였다.

"콩스탕탱, 왜 그렇게 심술궂게 구니? 내일 저녁 8시쯤, 캄캄해지면 골목 쪽 대문 열쇠에 가지 하나를 갖다 꽂아 놓으면 되는데. 널 볼 사람은 아무도 없어……. 난 고미다락방에 있다가 곧장 내려올게……. 그럼 안녕, 난 그만 간다……!"

그 애는 사라져 버렸다.

당황한 나는 잠시 길 한가운데 그냥 서 있다가 이윽고 집을 향해 걸음을 옮겼다. 저녁이 늦었기 때문이었다.

문 앞에 이아생트가 서 있었다. 그 애는 내게 말을 하고 싶은 듯 보였지만 난 여자애들이라면 진력이 나서 그 애에게 너무나 사나운 시선을 던진 나머지 그 애는 놀라 입을 벌리고 멍할 따름이었다.

나는 괴로운 밤을 보냈다. 안 마들렌은 나에게 겁을 주었다. 그 애의 변덕스러운 투정에 장단을 맞춰 주지 않으면 그 애는 틀림없이 발설할 것이다. 하지만 도대체 왜 그런 요구를 할까? ……나는 벨뷜로 되올라갈 엄두를 내지 못했다. 수복받는 처지가 아니던가. 그렇긴 해도 강렬하고 기이한 어떤 느낌이 나를 그 높은 곳으로 이끌어 당기고 있었다. 그곳의 신비를 엿보았던 내가 아니던가. 그 낙원의 한구석에서 시프리앵 씨는 어떤 비밀을 키우고 있었던 것이다. 나는 두 눈동자가 번쩍하더니 갑자기 꺼져 버린 그 컴컴한 벽감을 밤 깊도록 생각하고 있었다.

이튿날 아침나절은 망설임 속에서 보냈다. 아무 일도 손에 잡히지 않은 채 점심시간이 되었다. 내가 집 어디를 가든 (왜냐하면 나는 괴로운 마음을 안은 채 헤매던 터였다.) 나는 이아생트의 저 매끄러운 얼굴과 나를 응시하는 그 애의 무표정한 두 눈과 마주쳤다. 그 애를 그날만큼 자주 마주친 적이 없었다. 그 애는 마치 분신들을 거느려 여러 명이 된 것처럼 내 앞에 자꾸 나타났고 피하면 피할수록 내 길을 막아섰다. 도대체 그 애는 내게서 무엇을 원하는 걸까?

3시경, 나는 벨뗄로 올라가기로 마음을 굳혔다. 그 주엔 너무나도 많은 사람들이 들에 나와서 일을 하고 있어서 눈에 띄지 않은 채 들에서 가지를 꺾으려 드는 것은 꿈도 꿀 수 없었다. 가장 한적하다 싶어 보이는 구석에도 지켜보는 사람이 있게 마련이었다. 잘 보려고 좋은 위치에 자리 잡고, 그러나 몸은 감춘 채 무슨 담 같은 곳 바싹 가까이에 눈을 댄 감시자는 도처에서 목을 지키고 있었다. 놀랍기만 한 그 시선의 감시 밖 꽃가지가 있을 리 없는 터.

그 누구의 주의도 끌지 않고 집을 빠져 나온 나는 십오 분 후 가이욜 다리를 건너고 있었고 벨뗄로 향하는 오솔길로 단호히 접어들었다. 뒤로 발자국 소리 아니면 움직이는 덤불 소리를 여러 번 들었다. 몸을 돌렸지만 아무것도 볼 수 없었다.

5시경 벨뙬에 닿았다.

집은 닫혀 있었다. 한 바퀴 돌아보았으나 아무도 보이지 않았다. 과수원 쪽으로 가 보았다.

울타리는 닫혀 있었다. 그렇지만 그 안으로 들어가려면 빗장만 밀면 되었다.

그러나 나는 갑자기 두려움에 사로잡혔다. 왜냐하면 과수원 안에도 아무도 없었기 때문이었다. 바로 그런 부재가 나를 두렵게 했다. 나무들은 아직도 꽃을 단 채 그토록 아름답게 거부 없이 나에게, 바로 그들을 사납게 잘라 가려고 온 나에게 자신들을 내맡기고 있었다.

뒷걸음질 쳐서 마을로 되돌아가고 싶었다. 그러나 안 마들렌의 요구에 응하지 않으면 마을에서 벌어지게 될 구설수를 생각하니 그 자리에 멈춰 설 수밖에 없었다. 왜냐하면, 그 애가 나를 고자질하리라는 걸 난 알고 있었기 때문이다. 그럼 모든 게 다 들통날 것이고 내가 벨뙬로 사라졌던 일을 모두가 알게 될 것이며, 할머니는 그럼 필경 내게 한 번도 그래 보신 적 없는 어투로 야단치실 것이고…… 연후엔 유배당할 처지가 아닌가.

나는 정원에 들어섰다.

변한 게 아무것도 없었다. 전과 꼭 같은 고요함이 나무들 사이, 사람 높이 근처로 떠돌고 있었고 워낙 고요했기에 움직일 때면 나무들의 온기가 가끔 볼에 느껴졌다.

순간순간 느껴지는 기쁨 속에서 알지 못할 당혹감이 뱀처럼 휘감아 왔다. 나는 과수원을 헤매다 동굴 앞까지 가서 불경스러운 나의 계획도 흘러가는 시간마저도 약간 잊은 채 벤치에 앉아 있었다. 하지만 아무런 짐승도 나타나지 않았고, 그저 나무들뿐이었는데 그들에게서 공기의 다정함과 식물 특유의 친근함이 내게 전해져 왔다.

저녁이 이미 찾아들었다는 것을 처음엔 느끼지 못했다. 그것을 깨달은 것은 아주 멀리서 온 가벼운 바람결을 느끼고서였다. 몸을 일으켰을 때 이미 날은 저물어 있었다. 저녁 휴식 시간 전에 뻬이루레에 닿을 수 없다는 사실에 두려워졌다. 몹시 당황스러웠다. 날 불안하게 했던 안 마들렌의 두 눈을 다시 보는 듯했다. 가장 가까이 있는 가지를 하나 잡아당겼다. 가지는 저항했고 꺾일 때 우지끈거리면서도 잘 버텼다. 그 결을 비틀어 가며 목질(木質)을 한 켜 한 켜 뽑아 당겨야 했다. 내 손가락들은 수지로 끈적였다. 가지는 어느 순간 갑자기 부러지며 땅에 떨어졌다. 나는 그 장대함에 두려워졌다. 그 가지는 여러 잔가지로 이루어져 있었다. 떨어지면서 꽃잎들은 거의 대부분 흩어져, 가지 아래로 이제 현란한 방석을 이루고 있었다.

다른 가지를 하나 더 꺾어야 했을까? 엄두가 나지 않았다. 벌써 캄캄한 밤이었다. 나는 가지를 집어 들고 정원 문 쪽으로 향했다.

그러나 공포가 나를 그 자리에 못 박아 세웠다.

왼쪽 기둥 위로 짐승이 한 마리 있었다. 어둠 때문에 똑똑히 알아볼 수는 없었다.

그러나 컴컴하니 휘감겨 있는 하나의 덩어리와 번득이는 두 눈은 보였다. 짐승은 꼼짝하지 않았다. 그것은 나를 바라보고 있었다. 꼼짝 않는 그 검은 목은 나를 향해 세모난 머리를 내밀고 있었다. 거대한 짐승이었다. 그와 같이 큰 것은 한 번도 본 적이 없었다. 우리 고장의 짐승일 리는 없었다. 몸을 풀면 길 폭을 능히 가로질러 길 건너편까지 닿을 정도였다. 놈은 장대하고 검은 죽음의 뱀으로서, 나무들을 지키는 수문장이었다.

문에서 열 발짝쯤 떨어진 곳에서 나는 공포로 얼어붙었고, 과수원에는 그 문 외에 다른 출구가 없었다. 지나갈 수 없음을 알았기에 감히 움직일 수 없었다……. 덫에 걸려, 한편으로는 저 아래 마을에서는 아마 나를 찾고 있으리라는 생각에 짓눌려, 그래도 손에는 내가 훔친 것을 든 채 나는 저 고요한 괴물과 꼼짝없이 마주 서 있었다.

갑자기 그림자 하나가 내 뒤쪽에서 일어서는 느낌을 받았다. 나는 몸을 돌렸다.

시프리앵 씨가 거기에 있었다. 나는 그를 잘 볼 수 없었고 그도 그럴 터였다. 그는 아무 말도 않았다. 그저 나를 바라보고 있었다. 내 속에서 까닭 모를 공포와도 같은 두려움이 솟아올랐고 수치감이 그 두려움을 더했다. 난 울지 않았다. 그런 따위의 서툰 반응은 할 수도 없었다. 머리가 숙었다. 몸은 없어진 거나 다름없었다. 나는 그냥 거기에 있을 뿐이었다. 왜냐하면 내게 남아 있는 것이라고는 그저 그렇게 있다는 사실뿐이었다.

이윽고 시프리앵 씨가 팔을 내미는 것을 보았다. 그는 내게서 가지를 도로 빼앗고는 내 어깨를 치면서 부드럽게 나를 문 쪽으로 밀었다. 나는 앞으로 걸음을 옮겼고, 문기둥에 가까워

질수록 커져 보이는 짐승의 안광은 더욱 빛을 뿜었다. 나는 멈췄다. 그러나 시프리앵 씨의 손은 내가 계속 걷기를 강요했고 나는 내 어깨 살점 속으로 그의 단호하고 굵직한 손가락이 와 닿는 것을 느낄 수 있었다. 나는 문을 통과했다. 이제 나는 길 위에 있었다. 그제야 난 울고 싶었다.

"시프리앵 씨!" 하고 나는 웅얼거렸다.

나는 내 고통을 어떻게 표현할지 몰랐다. 시프리앵 씨는 내 곁에 서 있었다. 약간 구부정한 모습으로, 여전한 침묵으로……. 나는 그를 잘 알아볼 수 없었다. 그것은 하나의 '그림자', 내게서 떨어져 나가 내가 영원히 잃어버린, 현실 밖의 노인이었다.

내 두려움과 그의 자애로운 우정을 잇는 가교였던 그의 침착한 늙은 손은 이젠 더 이상 나에게 얹혀 있지 않았고 난 홀로였다.

나는 삐이루레며 나의 집, 내 가족, 안 마들렌 따위를 다 잊고 있었다. 단지 절망감이 나를 거기에 세워 놓고 있을 뿐이었다. 과오를 벗고 다시 나 자신으로 회복될 수 있게 해 줄 한 마디 용서의 말을 기다리며.

시프리앵 씨는 이제 낮은 음성으로 혼잣말을, 내가 알아들을 수 없는 모호한 말을 중얼거리는 것 같았다. 그때 난 축축한 숨결을 느꼈다. 당나귀가 내 곁에 서 있었다. 그는 고요히 나타났던 것이다. 노인은 나에게 그 당나귀에 올라타라는 시늉을 해 보였다. 난 복종했다. 벨뛸을 떠나야 하는 것이었다. 고통으로 목이 메었다.

"시프리앵 씨!" 하고 난 다시 애원했다.

그는 고개를 저었고 이렇게 말하는 것을 들을 수 있었다.

"나로선 말이다, 난 널 용서한다. 그러나 알겠니 얘야, '천국'을 다치게 해서는 안 되는 거야."

그리고 그는 사라져 버렸다.

당나귀는 재빠른 속도로 나를 뻬이루레 근처에 데려다 놓았다.

나는 7시쯤 집에 닿았다. 저녁 식사는 별 탈 없이 지났다. 그러나 부엌에서 라 페기노트가 이아생트를 찾아 대는 소리가 들렸다.

이아생트는 식사가 끝날 무렵에야 나타났다.

그 아이는 야단을 맞았지만 그 꾸중에 아무 대꾸도 하지 않았다.

저녁 식사가 끝나고 나서 나는 살그머니 도망쳐서 성당 뒤, 제의실 쪽에 가 숨었다. 거기에서 나는 안 마들렌네 대문과 그 애가 서 있을 고미다락방 창문을 관찰할 수 있었다. 그러나 아무도 보이지 않았다. 미적거려 보았다.

8시가 되자 대문이 빠끔히 열리며 안 마들렌이 조그만 광장 위로 눈길을 던졌다. 그녀는 날 발견하지 못했고 한동안 어정쩡하니 있더니 소리 없이 다시 대문을 닫았다.

나는 숨은 데서 나와 불안감에 싸인 채 들로 향했다.

어쩌면 들에서 들키지 않고 가지 하나쯤은 꺾을 수 있을지 몰라. 그러나 달이 하도 환하게 과수원들을 비추고 있어서 감히 그럴 수 없었다. 무얼 어떻게 해야 할지 모르는 채 성당 쪽으로 되돌아왔다. 놀랍게도 나는 말안장 장인 집 대문 열쇠에 꽃 핀 가지 하나가 걸려 있는 것을 보았다. 다가가 보았다. 정말이지 온통 꽃으로 뒤덮인 아몬드나무 가지였다. 난 그 가지를 안았다. 누가 가져왔을까? 생각해 볼 시간도 없었다. 문짝이 다시 밀리며 열리더니 팔이 하나 내 앞으로 나타나며 내게서 그 가지를 앗아 갔고 대문은 다시 거칠게 닫혔다.

난 목소리를 낮춰 불렀다.

"너냐, 안 마들렌?"

나는 멀어져 가는 발자국 소리를 들었다. 나는 화가 나서 한동안 머물러 있었다. 그러나 아무도 오지 않았다.

마침내 나는 집으로 돌아오고 말았다.

나는 계단에서 이아생트와 마주쳤다. 그 애는 손에 초를 하나 들고 있었다. 내가 그 애 앞을 지날 때 그 애는 내게 부드럽게 말했다.

"콩스탕탱, 잘 자."

나는 그 애를 바라보았다. 그 애는 시선을 내려 돌리지 않았다. 비인간적이랄 만큼 순수하고 아무런 비밀도 감추고 있지 않는 듯한 시선이었다. 나는 그 애에게 물었다.

"너, 초까지 들고 도대체 어디서 나타난 거냐?"

내 말투는 거칠었다.

그러나 그 애의 맑은 눈은 조금도 흔들리지 않았다. 그렇긴 해도 이아생트는 막상 대답을 하기엔 주저하는 듯이 보였다. 그 애는 벽 쪽으로 더욱 기어들더니 겨우 이렇게 중얼거렸다.

"콩스탕탱 도련님처럼, '천국'에서요."

아래층에서 라 페기노트가 3층으로 이제 막 오르기 시작했고 웅얼대는 소리가 들려왔다.

"천사들의 모후여, 전 하늘로 오르고 있답니다! ……아, 오늘 하루도 참 힘들었지! ……가타리나 성녀의 순교 같았지!"

나는 내 방으로 뛰어 들어와 잠그고 누웠지만 밤을 하얗게 지새고 새벽녘에야 겨우 잠이 들었다.

밤 내내 악마가 온 집을 돌아다녔던 것이다.

9시경 누가 집에 찾아왔고 사튀르닌 할머니가 즐겨 손님을 맞는 응접실에서 길게 이야기가 이어졌다. 그러고는 앙셀므가 호출되었고 그는 삼십 분이나 있다가 물러날 수 있었다. 기이한 사실은 10시면 잠자리에 들곤 하는 당신 습관과 달리 사튀르닌 할머니는 자정이 되어서야 자리를 뜨셨다. 당신 방에 드셔서도 오랫동안 사튀르냉 할아버지와 말씀을 나누시는 것이 들렸다. 할아버지는 귀가 어둡기 때문에 할머니는 목소리를 높이셨고 그래서 내용은 알 수 없어도 그분 말소리만큼은 내 귀에까지 들렸다. 마침내 할머니는 입을 다무셨다. 그러나 신 새벽 2시경, 라 페기노트가 요란스레 일어났다. 그녀는 끔찍이 앓았다. 계단을 내려가며 그녀가 내지르는 설명하는 듯한 호소로 난 그 사실을 알았다. 그녀가 말하기를, 서둘러 부엌으로 내려가서 약초 탕제를 준비해 마시려는 것이라 했다.

할머니도 또한 일어나셨는데 그건 필경 라 페기노트를 간호하려는 것이었다. 호소는 잦아들었고 두 여인은 오랫동안 아래층에서 수군거리며 남아 있었다.

마침내 동틀 녘에야 집은 고요 속으로 다시 잠겼고 나는 잠을 이룰 수 있었다. 모든 걸 다 잊고.

그런데 도대체 몇 시쯤인지도 몰랐지만 라 페기노트가 내 방문을 두들기며 가차 없이 불러 대는 통에 나는 잠이 깼다.

"콩스탕탱, 얼른 내려와. 할머니께서 하실 말씀이 있으시단다."

나는 놀라서 침대에서 뛰어내렸다. 방에서 나오면서 난 층계참에 서 있는 이아생트를 보았다. 그 애는 내게 손짓을 해 보였지만 난 그대로 지나쳐 버렸다.

사튀르닌 할머니는 응접실에 계셨다. 그분은 내게 말씀하셨다.

"콩스탕탱, 내가 결심한 걸 얘기하지. 넌 3시에 꼬스트벨에 있는 사촌 조리에네 집으로 떠나야겠다. 네 여행 준비는 다 갖춰 놓았다. 바로 내가 너와 동행하마. 넌 거기서 여름방학 때까지 지내야겠다. 가서 네 짐을 꾸려라. 어서, 내 말대로."

나는 입도 한번 뻥긋해 보지 못한 채 접견실에서 나왔다. 나는 라 페기노트를 찾으러 부엌으로 갔다.

"내가 조리에 사촌 집으로 가야 한대요. 그 이율 아세요?"

라 페기노트는 감자를 깎고 있었다. 그녀는 몸을 일으켜 아무 말 없이 나에게 나가라는 표시를 했다.

그러자 그만 눈물이 핑 돌았다. 그녀마저도 날 따돌리는 것이었다.

하지만 난 앙셀므를 찾으러 나섰다. 그는 아마도 이유를 알고 있을 터였다.

양들을 거느리고 있는 그를 성녀 안나 목초지에서 발견했다. 내가 다가가자 그도 몸을 일으켰는데 라 페기노트처럼 나를 쫓아 버리지 않고 오히려 내 쪽으로 천천히 다가왔다. 커다란 모자에 금 귀걸이 하나, 그리고 하얀 수염과 엄청나게 큰 키의 그는 그 어느 때보다 위엄 있게 보였다. 난 그에게 캐물을 용기가 나지 않았다. 그러나 그는 나를 부드러이 지켜보고 있었다. 마치 내가 저 위 벨뛸 정원에서 만난 적 있는 노인의 눈처럼 앙셀므도 때로 가벼운 구름 같은 그림자가 스쳐 지나가고 또 때로는 고요한 형상들이 스쳐 가는, 검은 줄무늬 진 커다란 눈을 갖고 있음을 난 주목했다.

그는 화가 난 것 같지는 않았다. 그는 내게 말했다.

"그래, 너 떠나지? …… 넌 왜 우리네 과수원에서 제일 소중한 아몬드나무에서 그 가지를 잘라 낸 거냐?"

나는 눈이 휘둥그레졌다.

"무슨 가지 말씀인가요?"

그는 계속 나를 찬찬히 지켜보았다.

"네가 안 마들렌에게 준 꽃가지 말이다. 그 애가 제 아버지한테 다 얘기했단다."

그 말에 난 몸이 오싹했다.

"그리고 그 애 아버지가 간밤에 와서 사튀르닌 마님께 네 꾸중을 하시더구나. 그가 가지도 가져왔다. 그래 새벽에 과수원에 가 보았고, 간밤에 누군가가 그 큰 아몬드나무를 잘라 놓은 걸 확인했지. 이제 알겠니?"

난 외쳤다.

"내가 한 일이 아네요, 앙셀므, 정말이랍니다! 안 마들렌이 왜인지 모르지만 내게 가지를 하나 꺾어 달라고 그저께 요구한 건 사실이에요. 그렇지만 그걸 그 애에게 갖다 줄 도리가 없었어요. 그 애는 내가 그 가지를 벨뛸에서 꺾어 오길 바랐거든요……."

그러자 그는 눈길을 돌리더니 생각에 잠긴 채 지팡이로 땅을 긁적거렸다.

나는 걱정에 휩싸여 기다렸다.

"네가 말한 게 사실이라면." 하고 그는 마침내 대답했다.

"그건 더 심각한 일이구나…… 어쨌든 네가 떠나는 편이 좋겠구나……."

그는 내 머리를 커다란 두 손으로 감싸더니 심각하고 침착하게 오래 나를 쳐다보다가 이윽고 말했다.

"그래 어떤 일인지 나도 안단다. 그러나 고통스러워해선 안 돼. 잘 가요, 꼬마 도련님. 내가 이아생트를 야단칠 테니까……."

그리고 그는 자기 양들 쪽으로 돌아갔다.

바로 그날 저녁으로 난 기쁜 마음이라고는 조금도 없이, 한두번 밖에 본 적이 없고, 뻬이루레에서 최소한 한 마장은 떨어진 곳에 있는 꼬스트벨의 가장 스산한 구역에서도 제일 한심한 집에 사는 조리에 사촌들의 감시 아래 맡겨졌다.

나는 이불 밑에서 밤 내내 울다가 아침에 해가 뜨자 눈물을 훔치고 침대에 앉아 세찬 격정에 휩싸인 채 벨뛸에 대해 다시 생각하기 시작했다.

꼬스트벨에 머무르는 석 달 동안 난 거의 그 생각뿐이었다. 조리에 사촌들은 나쁜 사람들은 아니었다. 그저 사촌일 뿐, 그 이상도 그 이하도 아니었다. 내 조부들과 비슷한 시대 사람들인 그들은, 내가 고맙게 인정하는 점이지만 사튀르닌 할머니에 대해 늘 존경심 가득한 찬탄을 품고 있었다. 그러나 그들의 선의에도 그들은 나에게 여전히 서먹서먹할 뿐이었다. 꼬스트벨은 탐할 만한 곳이 되지 못했다. 나무들과 습한 목초지로 둘러싸여 움푹진 곳에 있는, 아주 작은 도시라 부를 수 있을까 말까 한 곳이었다. 조리에 사촌들의 집이 있는 빠까르도 구역으로 말하자면 세상에서 그보다 더 울적한 곳도 없을 터였다. 좁다란 골목길에 시커멓고 높은 집들, 공원도 없고 다만 돌바닥 안뜰을 향해 햇볕도 들지 않는 철책 두른 창이 몇 개 나 있는 게 고작이었다. 난 거기서 정말 불행하게 지냈다. 은퇴한 늙은 교사 한 사람이 매일 집으로 찾아와서 내가 뻬이루레에 있었더라면 샤마로트 선생님에게서 배웠을 것을 나에게 가르쳤다. 하루 한 시간씩 공부했다. 그 수업에 대해선 어떤 추억도 없다.

내 생각은 다른 곳에, 거기서 10리는 떨어진, 내 다정한 산언덕들 위로 바싹 가 있었던 것이다.

할머니는 일주일에 한 번씩 편지를 써 보내셨다. 평온한 글들이었다. 멀리서도 그분은 모든 걸 다 지켜보고 계셨다.

사촌들은 할머니 지시를 마치 하늘의 말씀인 양 받아들였지만 난 나를 우리 집, 그 뻬이루레로 되돌려 줄 7월이 오기만을 초조하게 기다렸다.

그러나 7월은 왔어도 집에선 나를 부르지 않았다. 대신 할머니께서 어느 날 문득 나타나셨다.

"이 꼬마가 해쓱하구나."라고 당신은 단정하셨다.

"이 아이에겐 시골 공기가 필요한데."

내 의견도 바로 그랬다.

"그리뽀로 데려갈게요."라고 나이 든 사촌들은 합창하듯 대답했다.

그리뽀는 꼬스트벨에서 한 마장쯤 떨어진 곳에 있는 그들의 농장이었다. 그들은 한더위 철을 그곳에서 보내곤 했다.

나는 그들을 따라 일주일 후 그곳에 갔다. 그리뽀는 정말이지 끔찍했다. 7월 내내 나는 일요일 미사에 가는 것만 빼곤 두문불출했다. 때로는 방에서 책이나 읽었다. 나는 집 안 어디선가 이야기책을 찾아냈다. 조제프 다르보의 『라 소바진』[34]이었는데 그것을 내 행복으로 삼았다. 또 때로는 아무것도 하지 않고 정원 한쪽 끝 벽에 기대 앉아 혼자 지내기도 했다. 내 태도를 보고 불안해진 조리에 사촌들은 어설프게 기분전환을 시켜 주려 들었다. 그들은 내게 이것저것 물으려 들었다. 내가 애매한 대답이나 하자 화가 난 그들은 불쾌하게 굴었다. 게다가 며칠 전부터 그들은 예민해져서 안절부절이었다. 뻬이루레에서 그들 앞으로 편지가 안 온 게 족히 두 주는 되었던 것이다. 마침내 편지 한 통을 받자 그들은 그만 극도로 당황했다. 아무도 내게 전혀 얘기하지 않았지만 나는 편지 봉투의 글

34) Joseph d'Arbaud(1874~1950)의 프로방스 콩트 모음집.(1929)

자가 사튀르닌 할머니 손으로 적힌 게 아님을 알아차렸다. 저녁 시간에 조리에 사촌이 안댁에게 하는 얘기를 들었다.

"내일이면 아마 또 다른 편지가 오겠지."

그러나 그다음 날 아침에는 우편배달부가 들르지 않았다. 집배원 아저씨는 오후에는 보통 5시경에 지나가곤 했기에 그 시간이 되기 전보다 조금 앞서 정원을 빠져나와 꽤 멀리까지 걸어간 끝에 나는 그를 만날 수 있었다. 수고스레 걸어야 할 발품을 족히 면하게 되었다는 기쁨에 넘친 나머지 그는 까탈 없이 우편물을 내게 건네주었다.

편지는 두 통이었는데 하나는 사촌들에게 온 것이고 또 하나는 내 앞으로 온 것이었다. 누구로부터 온 걸까? ……여태 누구도 내 앞으로 편지를 보낸 적이 없었다…… 보랏빛 잉크의 고르지 못한 글씨체로 단어들이 비스듬 그려져 있었다. 단 한 장이었다. 앞면에서 나는 다음 글귀를 읽었다.

'콩스탕탱 도련님, 도련님의 할머니께서 무척 편찮으십니다. 빨리 돌아오세요.'

그리고 뒷면에는 서명인 양 '어린 이아생트로부터'라고 적혀 있었다.

나는 곧 집으로 돌아와 식탁 위에 사촌들 앞으로 온 편지를 얹어 놓고 내 방으로 올라왔다.

나는 꼬스트벨에서 뻬이루네는 거의 30~40킬로미터나 떨어져 있다는 걸 알고 있었다. 걸어서 간다면 이틀이 걸릴 터였다. 왜냐하면 기차나 마차를 탄다는 생각은 떠오르지 않았기 때문이다. 그런다면 사람들에게 금방 발각이 될 터였으니까.

나는 길을 잘 알지 못했다. 그러나 줄곧 서쪽으로 걸어가야 하며 작은 강을 둘 건너고 두 번째 강을 지난 후에는 오른쪽으로 방향을 바꾸어 실브꼬르드와 레알빠니에라는 두 마을을 또 지나야 한다는 것을 대강 알고 있었다. 나는 그날 저녁 당장 떠나기로 마음을 먹었다.

저녁 식사 시간에, 점점 더 지쳐 버린 사촌들은 내게 말조차 거의 건네지 않았다.

그들이 전부 자리에 든 것이 확실해졌을 때 나는 부엌으로 내려가 빵 한 덩어리와 무화과와 호두, 사촌의 사냥 망태기와 물컵 하나를 집어 들고 소리 없이 집을 나왔다. 정원 밖에 나서자 나는 왼쪽으로 돌았다.

9시가 넘지 않았던 탓으로 불빛이 들판을 비추고 있었고 날씨는 더웠다. 나는 마을들을 잇는 시골길과 국도를 알아볼 수 있었고 꼬스트벨을 향해 걸은 끝에 한 시간 후에는 그곳에 닿았다. 꼬스트벨에 이르니 세상은 온통 잠들어 있었다. 길에는 아무도 없었다. 나는 그 작은 도시를 가로질러 들로 나와 800미터쯤 떨어진 네거리에서 멈춰 섰다. 거기에서 두 갈래 큰 길이 나 있었다. 하나는 바보같이 들판으로 내려가는 길이었고 하나는 어디로 가는지 모르지만 올라가는 게 분명한 길이었다. 나는 그 길을 택했다. 한참을 걸어갔다. 날씨는 온화했다. 11시 치는 소리에 이어 자정 치는 소리가 내 오른쪽으로, 내가 발견해 내지 못한 한 마을에서 들려왔다. 이미 나는 꽤 높이 올라와 있어서 내 앞으로, 그러나 아직은 무척 저 멀리, 언덕들이 커다란 띠를 이루며 푸르스름하니 뭉쳐 있는 것을 볼 수 있었다. 저곳을 지나 뻬이루레가 있겠거니 하고 생각했다.

길은 곧 돌투성이 고원에 이르렀는데 그 고원에는 집이라고는 한 채도 없었고 온통 관목들로 덮여 있었다. 나는 겁이 나서 움푹 파진 도랑을 따라 계속 걸었다.

지치기 시작했다. 하지만 어림잡아 약 한 시간쯤 더 걸었고 그러고 나서는 도랑가에 털썩 주저앉았다.

주위 사방으로 저 황막한 황야의 덤불숲이 펼쳐져 있었다. 몇 마리 귀뚜라미의 노랫소리를 빼고는 아무 소리도 없었다. 달은 매우 높이 떠 있었고 대지에서는 좋은 냄새가 풍겼으며 하늘도 그 순간, 고적함을 깨뜨리는 것이라고는 아무것도 없었던 돌투성이의 그 커다란 고원처럼 보였다.

나는 다시 떠나려 했지만 사지가 마비된 것만 같았다. 길을 벗어나 몇 걸음을 떼 놓아 보았다. 무섬증은 없어졌지만 그래도 드러누워 잘 수 있음 직한 외진 장소를 하나 찾으려는 거였다. 나는 난쟁이 떡갈나무 아래에서, 머리는 뿌리에 기대고 허리는 조약돌 위로 몸을 눕힐 수 있었다. 성녀 마들렌[35] 축일이 가까워 오는 7월 하순이었고 온기를 띤 밤하늘을 가끔씩 가르며 그다지 까마득 높지 않은 곳에서 유성이 무더기로 스치는 것을 본 듯했다. 나는 잠이 들었다.

고달픈 잠이었다. 깨어났을 땐 새벽빛이 벌써 나의 온 신체

35) 복음서에 등장하는 마리아 막달레나(「요한」 20, 14~18)의 프랑스어식 이름. 축일은 7월 22일.

를 비추고 있었다. 몸을 움직여 보려 했지만 발끝에서 머리까지 다 아팠다. 그러나 온통 장밋빛을 띤 채 회양목과 히스로 뒤덮인 장대한 고원은 멍하도록 경이로웠다.

새는 한 마리도 없었다. 신선한 흙바닥으로부터 벌써 달궈진 돌과, 우리 고장에선 산의 존재를 알려 주는 광물인, 쉬 부스러지는 석회석에서 좋은 냄새가 풍겨 올라오고 있었다. 산들을, 그래, 난 산들을 이제 잘 볼 수 있었다. 간밤에 생각했던 것보다 나는 산들에 더 가까이 와 있었다. 그렇다면 여태 난 꽤 많이 걸어온 것이다. 산봉은 서쪽으로 계속 이어지는 구릉을 이루며 각자 다른 빛을 띤 채 솟아 있었다.

나는 그것들을 계속 바라보며 무화과와 호두로 아침을 때웠고 뻣뻣해진 몸을 흔들어 준 후 적적한 고원을 가로질러 여정을 계속했다.

무척 끈기 있게 9시경까지 걸었다. 그러고선 다시 잠시 숨을 돌렸다. 피로에 온통 짓이겨졌던 것이다. 점점 더워 왔지만 정오까지 나는 또 꽤나 걸었다. 점심을 먹고 개울에서 참으로 시원한 물을 기쁨으로 마셨다. 고원을 떠나 나무가 심어진 어떤 분지에 다다랐다. 오른쪽에 농가가 하나 있었다.

나는 계속해서 작은 강을 둘 건넜고 이어 다시 오르막으로 접어들었다. 길은 제대로 접어들었는데 이유인즉 벌써 레알빠니에 마을이 보였던 것이다. 어느 장터에 가는 게 분명한 차들이 도로를 타고 오고 있었다. 그 차들과 맞닥뜨리지 않으려고 길을 벗어나 들로 뛰어들었다. 그럼으로써 마을을 피해 갈 수 있었다. 매우 더운 날씨였다. 길은 시야에서 곧 사라져 버렸고 나는 아주 가까워진 큰 산 쪽으로 접어들어야 했다. 고집스레 우겨 걸었는데도 한 마장 다음부터는 더 걸을 수가 없었다. 무화과나무 아래에 몸을 뻗고 문득 잠이 들었다가 저녁 결에야 겨우 깨어났다. 아직도 무화과 몇 개가 남아 있었는데 그걸 먹고 다시 다리를 끌며 떠났다. 그날 내로 어떤 일이 있어도 뻬이루레에 닿아야겠다는 내 의지를 그 무엇도 꺾어 놓을 수 없었다. 나는 편찮으신 사튀르닌 할머니와 불쌍한 이아생트, 앙셀므를 생각했고, 가끔은 무척 마음이 동요된 채 벨뛸을 떠올렸다. 그날, 생각해 보면, 나는 정녕 용감한 어린 사나이가 되었다고 믿는다.

어떻게 숲으로 빠져들었는지 모르겠다. 여하튼 500미터도 더 가지 않아 길을 잃어버렸다. 가면 갈수록, 내가 따르던 오솔길은 나무숲 속으로 자꾸 나를 헤매게 만들 뿐이었다.

뻬이루레에서 멀지는 않은 듯했다. 그러나 밤이 무척 빨리 찾아왔기에 헷갈리게 하던 그 오솔길마저도 찾을 수 없었다. 하지만 나는 침착함을 잃지 않고 여러 모로 판단해 본 결과, 남쪽 끝자락이 벨뛸의 과수원에 닿아 있는, 넓은 솔밭 속에서 맴도는 중임을 깨달았다. 다른 뾰족한 도리가 없으니 서쪽으로만 똑바로 계속 걷는다면 시프리앵 씨의 외진 집에 가 닿을 수 있을 것 같았고, 거기서부터는 아는 길을 통해 뻬이루레로 재빨리 내려갈 수 있을 터였다. 그래서 내 불쌍한 양 다리를 움직여 조금이라도 더 걷고자 하는 힘겨운 수고를 스스로에게 부추기며 이미 어두워진 수풀 아래를 더듬어 벨뛸을 찾아 떠났다. 마지막 석양빛의 안내를 받으며, 가슴은 두근대고, 머리는 숙고, 피로로 온통 기진맥진한 채, 그래도 끝내는 내 조그만 의지로 부추겨진 채.

나는 걸었다. 주위로 나무 등걸이 점점 많아져 가는 가운데 어림짐작으로 상상한 서쪽을 향해 나아갔다. 방향을 그냥 어림잡을 수밖에 없었던 이유는 햇빛이 아무런 흔적도 없이 곧 사라져 버리면서 온통 지평선 위로 넓게 번지는 저 7월 밤의 흐릿한 어스름에 하늘이 잠겨 버렸기 때문에 내가 헤매던 소나무숲 속에서는 방향을 안내해 줄 만한 게 아무것도 없었기 때문이다. 그래도 난 앞으로 걸었다. 주저앉아 버린다면 낙담이 그만 나를 사로잡아 버리리라는 것을 알았다. 그러면 아무 나무 발치에서나 멈추게 될 거고 거기서 난 무력감과 불행감에 싸여 오도 가도 못 한 채 꼼짝없이 머물게 될 것이기 때문이었다. 나는 느리게나마 앞으로 나아갔다. 오솔길마저도 끊겨 버렸다. 정말이지 길을 잃은 것이었다. 다행히도 솔밭 아래 덤불숲이 있는 경우는 드물다. 땅은 평평하고 소나무들 사이는 꽤 떠 있기 마련이라 그 나무들 아래로 쉽게 지나다닐 수 있는 법이다. 그러나 공기는 숨 막힐 듯 짙은 솔향기로 가득했다. 익숙한 강한 송진 향기가 나를 약간 안도시켰다.

도대체 얼마나 걸은 걸까? ……알 수 없었다. 걸을수록 기력은 흐릿해졌고 몇 번이나 나무뿌리에 걸려 비틀거리기도 했다.

그래도 정신만큼은 차리고 있는 한, 길을 계속 갈 수 있었다. 그러나 차츰 사지의 피로가 내 몸 가장 꿋꿋한 부분들로 엄습했다. 피로는 어깨 위로 올라와 목덜미를 덮쳤고 그 피곤

감은 내 영혼에까지 파고 든 커다란 낚싯처럼 느껴졌다. 나무들은 내 시야에 겨우 비춰질 뿐이었고 그 무수한 나무들은 내 주위를 빙빙 돌고 있었다. 흐릿한 눈앞으로 그 나무들이 스쳐가는 것이 보이는 듯했고 정신은 멍한 상태였다. 용기를 죄다 잃지는 않았지만 기운은 바닥이 난 터라 피곤해 죽을 지경이었다.

나는 무감각해져 갔다. 내 속에서 이제 사그라져 없어진 저항력은 내가 조약돌에 걸려 비틀거릴 때도 더 이상 반사작용을 일으키지 못했다. 나는 그저 걸었지만 단순한 근육의 움직임에 대한 마지막 의식마저도 곧 잃어버렸다.

아마 무슨 구덩이에 빠진 모양이었는데 완전히 기진맥진하여 몸을 일으킬 수도 없었다.

눈을 떴을 때는 달이 이미 떠올라 있었는데 막 솟아오른 모양이었다. 나는 그 달을 보지 못했다. 왜냐하면 달이 막 나타난 동쪽을 향해 등을 돌리고 소나무 아래 쓰러져 있었기 때문이다. 그러나 내 앞쪽으로 그 고요한 광채는 숲속의 작은 공터를 비추고 있었다. 필경 그 달빛이 나를 깨운 것이었다. 막 떠오른 달은 깊은 숲에 벌써 마술을 걸어 놓은 것처럼 보였다. 달은 아직 아주 높이 올라와 있지는 않았다. 그러나 (내가 여러 번 체험한 바이지만) 달이 가장 매혹적으로 나무들 꼭대기를 바꿔 놓는 것은 바로 달이 산등성이 위로 떠오르는 이 밤의 새벽, 바로 그 기이한 순간의 일이다. 나뭇가지 사이로 달빛이 그것들을 비출 때 마치 다정한 영혼처럼 점점 더 간절히 호소하는 바람은 그 우듬지를 밤의 고요 속으로 넘겨 주는 것이다.

이 숲의 숨결과 저 오래된 행성, 달의 고즈넉한 첫 빛에 살짝 닿은 나는 너무나 부드럽게 잠에서 깬 나머지 주위 생명계와 부딪치는 그 어떤 물질적 접촉도 없었다. 막 깨려는 잠과 살포시 달빛을 받은 이 숲의 어렴풋한 모습 사이에 위치해 있던 나는, 그 어떤 알지 못할 힘이 아직도 나를 연결시키고 있었던 앞서 있었던 세계에서, 부드럽게 꿈의 모습만 달리 한 채 나에게 나타난, 고요한 빛에 잠긴 저 신선하고 싱그러운 숲의 세계를 분리하기를 분명 오랫동안 망설였던 것 같다. 왜냐하면 지금 내 기억으로 그때의 나는 완전히 잠에서 깬 상태였다고는 생각되지 않기 때문이다. 그만큼, 그때 곧이어 내게 닥친 일은 오늘날까지도 여전히 기이한 느낌에 감싸여 있으며 이성적으로 익숙하게 깨달을 수 있는 것과는 상충되는 사건이었던 것이다. 나는 아마 수면과 각성 사이의 어떤 각별한 위치에 처해 있었던 모양이었다. 꿈의 신비한 요정들과 밤의 소박한 신선함이 동시에 나에게로 밀려 들어오는, 나 자신의 어떤 한 점에 있었던 것이다. 나는 어떤 부름을 들었다.

환청이 아니었다. 아니다. 그것은 어떤 음이었다. 그것은 숲 속 공터 너머로 서쪽에서 들려왔다. 그 음은 내게까지 느닷없이 와 닿을 정도로 높고 생생했다. 나는 일어났다. 그리 오래 기다릴 필요가 없었다. 부르는 그 소리는 두 번 음이 올라가더니 한동안 조용해졌다.

필경 100미터쯤 저쪽 아래로 누군가가 있어 이름 모를 악기로 그 짧은 세 마디 음을 낸 것이 분명했다. 나는 숲속 빈터로 걸음을 옮기다가 곧 멈춰 섰다. 아무것도 없었다. 그래서 나는 다른 쪽으로 가서 풀숲에 몸을 뻗고 기다렸다. 한 십오 분쯤 흘렀다. 나뭇가지 하나 움직이지 않았다. 날씨는 매우 부드러웠다. 사방으로는 귀뚜라미 노랫소리마저도 없었다.

갑자기 (그러나 이번엔 아주 가까이에서) 음이 터져 나왔고 그 음에서 어떤 매우 강렬한 기운이 동시에 분출해 나왔기에 나는 그만 두려움에 휩싸여 버렸다.

그러나 격정은 잦아들었고, 호흡은 뭐랄까, 고요한 공기 덩어리를 감싸 안는 듯하더니 간결한 음률을 불어 냈다. 단지 서너 음이었으나 은근히 길게 끌면서도 느닷없는 휴지(休止)로 잘리곤 했는데 피리 안쪽 축축한 목질에 닿아 조성된 이 격정적인 네 음은, 여름 풀 냄새와 마법의 갈대 냄새를 풍겼다.

나는 조심스레 앞으로 나아갔다. 이제 네 음이 그리는 음역에서 벗어나지 않은 채 가락은 계속되면서 때로는 날카로운 부름처럼 들리고 때로는 그 무슨 야만의 주술로 포박하려는 듯 한층 낮은 조성을 그리기도 하였다. 달은 숲을 파고 들어와 어둠들은 벌써 빛으로 부스럭거렸다.

숲이 살아 움직였다. 어떤 둔중한 것이 내딛는 소리가 들렸다. 내 키보다 더 높은 곳에서 그 어떤 신비로운 것들이 지나가면서 스쳐 닿은 나뭇가지들은 때때로 뚝뚝 끊어지는 소리를 내기도 했고, 온 사방에서는 가랑잎 부스럭대는 듯한 소리가 들렸다. 나는 엎드렸다. 커다란 몸체 하나가 달려오더니 또 이어 보다 가벼운 듯한 몸체들이 미끄러지듯이 달려왔는데 나는 그것들이 순식간에 도망치는 움직임과 그림자밖엔 알아볼 수 없었다. 때로 숨 가쁜 호흡과 거친 숨소리, 그리고 야성적인 숨결이 느껴졌고 또다시 아련한 수많은 발자국 소리가 들렸다. 보이지 않는 짐승 떼의 이동 같았다. 왜냐하면 (의심의 여지가 없었다.) 저 기이한 부름에 화답하며 짐승들이 한꺼번에 온 사방에서 달려오고 있었던 것이다. 이제 100마리도 더 되는 듯했다. 나는 참을 수 없었다. 낮은 나뭇가지 아래로 기어 케르메스 떡갈나무 뒤에 몸을 뉜 채 숨을 수 있는 언덕 비스듬한 곳까지 갔다. 거기에서는 안전했기에 얼굴을 내밀어 보았다. 그리고 난 목격했다.

떡갈나무들이 관을 씌우듯 완전히 빙 어둡게 둘러싸고 있는, 그러나 그 안에는 나무 한 그루 없는 어떤 계곡을 보았다.

아직도 나지막하니 걸려 있는 달은 그 계곡의 한 부분밖에는 비추지 않았다. 그 나머지는 어둠에 잠겨 있었다.

거의 내 정면에, 바위 위에 한 사람이 있었다. 나는 그를 잘 알아볼 수 없었다. 그는 움직이지 않았다. 그러나 그는 자기 두 손을 얼굴 쪽에 갖다 대고 그 손들을 천천히 미끄러뜨리고 있는 듯이 보였다. 그는 악기를 연주하고 있었다. 나를 거기까지 끌어들인 그 기이한 음률을 내는 악기가 잘 보이지는 않았다. 그러나 어쨌든 그자의 태도는 나의 궁금증을 부추겼다. 그는 고집스레, 그보다 더 높이, 이미 달빛을 받아 하얗게 빛나는, 떡갈나무들이 이룬 벽을 향해 서 있는 다른 바위를 바라보고 있는 듯이 보였다.

그 바위를 계속 바라보며 그는 피리를 불었다. 그는 부드러이, 노한 듯이, 그러나 애소 어린 고통을 반복 표현하며 강박적으로 똑같은 가락을 연주했는데, 그보다 아래에서, 내가 몸을 숨긴 거의 곧바로 아래로, 계곡의 가장 어두운 밑바닥에서 헤아릴 수 없이 많은 발자국들이 내는 둔중한 소리와, 컴컴한 한 덩이 몸체를 이룬 채 내는 거친 헐떡임이 그 가락에 대답하고 있었다. 그 시커먼 몸체 덩이는 내가 판단하기로는 이 슬프고도 고집스러운 운율에 따라 소리 한번 지르지 않은 채 어떤 알지 못할 의지로 움직이는 것처럼 보였다.

거기에는 짐승들이 있었다……. 어떤 것들인가? 잘 보이지는 않았다. 아마도 숲과 산의 온갖 짐승들이리라……. 땅에서는 먼지가 기둥을 일으키며 올라오고 야생적인 냄새가 풍겼다. 그건 바로 지쳐 가는 멧돼지가 풍기는 털 냄새, 땀 냄새, 그리고 시커먼 짐승의 냄새였다. 거기엔 좋지 못한 냄새도 섞여 있었는데 흰 담비의 고약한 냄새이거나 아마도 늑대의 악취였으리라. 그들은 춤을 추었다. 그들은 거의 보이지 않았다. 그러나 춤을 추고 있었다. 몸집은 둔중하게 박자에 맞춰 흔들리고 있었고 어린 짐승들은 어미 아래에 몸을 숨긴 채, 그리고 큰놈들은 옆구리를 서로서로 맞대고 콧등은 아래로 박은 채 그 사나이를 향한 채였다. 그 남자는 이들을 바라보고 있지 않았다. 그 사나이는 환한 바위만을 고집스레 응시하면서 악기를 연주하고 있었다. 그는 점점 더 빨리 연주했는데 피리를 이룬 너댓 개 갈대 대롱으로 더 긴박한 곡조를 불어 내었다. 그는 저 짐승들 머리 위로 더 넓게 퍼져 가며 그들을 포박하는 영향력을 행사했다. 그는 마치 악마처럼 연주했다. 뒤늦게 도착한 짐승이 때때로 황급히 합류해 뛰어드는 저 계곡 너머까지 그는 마력의 동심원을 펼치고 있었다. 사나이는 부르고 또 불렀다. 마치 화응하기를 거부하는 어떤 고집스러운 짐승이 이 야밤의 집회에 빠졌기라도 한 듯이. 그는 날카로운 두 음정으로 사방에서 이 결석자를 찾았다. 그러자 다른 짐승들이 온통 우우거렸다. 그는 그것이 올 것을 재촉했고, 또 원했다. 바로 투쟁이었다. 사나이는 헐떡였다. 때로 그의 호흡이 가빠지며 끊어 넘어가는 것 같기도 하다가 다시 가다듬어졌다. 왜냐하면 그자는 어쨌든 인간이었기 때문이다. 아니면 적어도 그런 인간 형체 속에 화육한, 절대 굴복하지 않으려는 어떤 영혼이었기 때문이다. 그러나 그의 고통이 거듭 거듭 느껴졌고 그는 심장을 가누기조차 힘겨워하는 듯이 보였다. 이윽고 그는 온 힘을 다 짜내어 더 격렬히 숨을 불어 소리를 내었는데 그가 숨을 다해 불어 낸 마지막 음은 거의 비명에 가까운 외침이었다…….

그는 입을 다물었다.

동물 떼 전체가 움직임을 멈췄다.

바위 아래로 한 짐승이 막 나타난 참이었다. 달이 그놈을 환히 비추었다. 길다란 여우였다. 나는 그 옆모습을 볼 수 있었다. 놀라운 짐승이었다.

달빛을 받아 온통 은빛으로 빛나는 비현실적인 여우였다. 그는 그곳에 솟아 나왔던 것이다. 어디로부터? 어떻게? 나는 모른다.

그놈은 떨고 있었다. 멀리 떨어져 있었는데도 떨고 있는 것이 보였다.

그놈은 고갯짓을 한 번 하더니 마치 도망치려는 듯 보였다.

쉬잇 하는 어떤 소리가 계곡을 가로질렀다.

여우는 멈췄고 콧등을 별들을 향해 치켜들더니 음산한 소리를 질렀다. 놈은 바위 위에 웅크리더니 다시 두세 번 호소하듯이 울어 댔다.

그러자 남자가 목구멍을 울려 무언가를 부르는 소리를 내었고 바위 위 여우 위쪽으로 불 같은 어떤 두 눈알이 빛을 튀겼다. 저 두 눈! 바로 그 '정원'의 짐승…….

여우는 공포에 신음했다…….

벌써 남자는 놈을 향해 걸어갔다.

나를 발견한 것은 앙셀므였다. 그가 어떻게 그랬는지는 모르지만 하여간 그는 다음 날 저녁 10시경에 마을에서 두 마장쯤 떨어진 실브오뜨 지역에서 나무 아래 잠들어 있는 나를 발견했다.

나는 두 주먹을 쥔 채 자고 있었다. 나를 흔들어 보았지만 소용없었고 도대체 나를 깨울 수 없었다 한다. 그래서 그는 나를 널찍한 자기 등에 업고 집까지 데리고 왔다. 나는 집에서도 밤 내내 그리고 다음 날 아침 늦게까지 잠에 빠져 있었다.

내가 제대로 의식을 되찾았을 때 나는 내 조그만 방과, 내 주위로 사튀르냉 할아버지와 앙셀므, 라 페기노트, 이아생트, 그리고 쉬샹브르 신부님이 빙 둘러 싸고 있는 걸 알아보았다. 정말 무슨 회의장 같았다. 모두들 나를 바라보고 있었다.

할아버지가 미소를 지었다.

"네가 정말이지 우릴 혼나게 했구나, 이 망나니야!"라고 라 페기노트가 웅얼거렸다.

"한데 사튀르닌 할머니는요?"라고 나는 물었다.

"주무시고 계셔." 라 페기노트가 내게 대답했다.

"네 도망질을 그분께 알려 드릴 시간이야 언제라도 있는 것 아니겠니."라고 하더니 한결 부드럽게 덧붙였다.

"이제 좀 나오시단다."

나는 눈물이 왈칵 치밀었다. 난 행복했다.

쉬샹브르 신부님은 생각에 잠기시더니 중얼거리셨다.

"여하간 당나귀가 없었더라면 우린 아무것도 몰랐을 뻔했지……."

두 눈을 감은 채 나는 빨아들이듯 그분 말씀을 들었다.

"새벽 3시에 그 당나귀가 내 문 앞에 와서 어찌나 소동을 피우던지……!"

그러곤 입을 다무셨다.

"그런데 신부님께선 그게 우리 꼬마 도련님 때문인 걸 어떻게 아셨습니까?"라고 앙셀므가 여쭈었다.

"글쎄, 본능이랄까. 그러고선 그가 나를 여기에 데리고 온 걸…….

자네도 보았듯이 그 당나귀가 우릴 산 쪽으로 끌고 가지 않았나…….

아무튼 운이 좋았던 건 바로 앙셀므 자네 아닌가. 자네가 이 아이를 찾았으니까."

"그렇지요."라고 앙셀므가 중얼거렸다.

"제가 그 애를 발견했지요. 그런데 지났으니 말씀드리지만 굉장히 무서웠습니다."

"무서웠다니? 왜?"

"글쎄, 거기서 100미터 떨어진 라즈가 계곡에, 삐에르블랑슈[36] 위로 목이 따여 죽은 여우가 한 마리 있었거든요……."

앙셀므는 입을 다물었다. 나는 자는 체했다.

신부님은 조용한 음성으로 말했다.

"그렇다면, 여보게 앙셀므, 의심할 여지가 없네, 악마가 어젯밤 그곳을 지나간 거요."

라 페기노트는 성호를 그었다.

"꼬마는 아직 더 쉬어야 해요."라고 그녀는 주의를 환기했다.

"이 애를 좀 조용히 내버려 둬야겠어요."

"그래야지."라고 신부님은 대답했다.

"한데." 라 페기노트는 덧붙였다. "전 사튀르닌 할머님을 돌봐야 해요. 할머닌 곧 깨어나실 겁니다. 그럼 누가 꼬마를 돌보지요?"

"내가 지켜보겠어."라고 할아버지가 말씀하셨다, "이아생트가 내 곁에 있어 줄 거고."

나는 두 눈을 살짝 떠 보았다.

할아버지는 내 곁에 있었고 다른 사람들은 나갔다.

이아생트는 내 침대 발치 오른쪽에 앉았고 사튀르냉 할아버지는 왼쪽에 앉아 계셨다.

---

36) 흰 바위라는 뜻.

나는 두 눈을 다시 감았다.

조금 후에는 라 페기노트가 바깥 정원에서 말하는 것이 들려왔다. 필경 빨래를 너는 중이었으리라.

할아버지는 내 손을 부드럽게 쥐어 주셨다. 이 나이 많은 천사의 수호 아래 나는 다시 잠이 들었다.

내가 돌아왔다는 것을 사튀르닌 할머니께 감춰 봐야 아무 소용이 없었다. 두 시간 만에 그분은 모든 것을 파악했다. 침대 깊숙이 누운 채였어도 당신은 정보를 얻고, 진실을 캐어내고, 명을 내리셨던바, 갑자기 그분 의지가 내 방까지 뻗쳐 오는 것을 느낄 수 있었다. 이틀 동안 나는 그분을 뵐 수가 없었다. 그러나 그분 건강이 좀 나아지자 그분 곁으로 불려갔다.

할머니는 창백해지셨지만 침착하시고 자신감에 차 계신 것을 나는 보았다. 마음이 울렁거렸다. 할머니는 자애롭게 나를 바라보셨다…….

"가여운 콩스탕탱." 하고 그분은 중얼거리셨다.

"날 보러 오려고 이틀이나 걷다니……."

할머니 눈에는 눈물이 고였다. 당신께서 심약함을 드러내는 것을 본 것은 처음이었다. 할머니는 내게 전혀 질문을 던지지 않으셨다. 정말 아무런 심문을 하지 않으셨다. 캐묻는다는 건 그분 방식이 아니었다. 할머니는 질문을 할 필요가 없었다. 그분은 무엇이든 다 알고 계셨기 때문이다.

거의 눈에 띄지도 않는 작은 징표, 거동 하나, 말 한 마디, 단 한 번의 침묵이나 망설임을 보고서도 사실을 다 알아내는 분이셨다.

나는 회복기를 석 주나 더 보내야 했다. 그 기간을 집에서, 대부분의 시간을 정원 구석 버찌나무들 근처에서 혼자 노는 걸로 보냈다. 나는 더 이상 집 밖으로 나가지 않았다. 감히 그러지 못했다. 아니, 나가는 것이 불가능했다는 말이 더 옳을 것이다.

그러나 그 누구도 외출에 반대하고 나서는 투를 보인 적은 없었다. 하지만 집에 돌아온 후로 내 속에 있는 그 누군가가 금기를 내린 것 같았고 나 자신으로 하여금 그 금기를 지키도록 명(命)했달까.

때때로 버찌나무 근처에서 이아생트와 마주치곤 했다. 일요일 아침마다, 그 애가 두르는 파란 바둑무늬 앞치마 두 개와 꽃병 깔개 천 한 장인 얼마 안 되는 제 빨래를 널러 오는 곳이 바로 그곳이었다. 이 알록달록한 천 조각을 나무 빨래집게로 버찌나무 가지에 걸고 나서 그 애는 누아르아질[37]로 물러가곤 했다. 용도가 바뀐 커다란 개집을 바로 그렇게들 부르고 있었다. 묵은 널빤지로 지어진 것이었는데 벌써 오래전부터 아무것도, 심지어 연장마저 들여놓지 않은 곳이었다. 이아생트는 그곳을 점령했다. 우선 아무것도 아무에게도 부탁하지 않은 채 그 애는 그곳을 혼자 정성들여 빗질을 하고 씻어 내더니, 어느 날 아침, 그 문 앞에 사튀르닌 할머니의 선물인 조그만 장밋빛 사라사 천 커튼이 내걸리는 것을 모두들 보게 되었

37) 검은 보호의 장막, 은신처란 뜻.

다. 이 커튼이 등장하자 찬방에선 작은 술렁임이 일었다. 사튀르닌 할머니가 사실을 알게 되었고, 직접 헛간에 와 보셨는데라 페기노트의 예견과는 달리 할머니는 다사로운 웃음을 지어 보이셨다. 이런 식으로 이아생트는 그곳 주인이 된 것이다.

한가한 때, 특히 일요일 오후면 그 애는 누아르아질로 사라지곤 했다. 그곳에 들어가려면 네 발로 기어야 했으므로 자존심 상 그 애는 누가 보는 앞에선 피했다. 그러나 난 그러는 그 애를 보았다, 왜냐하면 엿보고 있었던 것이다. 그러나 그 애가 없을 때라 할지라도 난 결코 그 애 오두막에 침입한 적은 없었는데 아마 자존심 때문이겠지만 또한 아마도 난 그 은거지를 막연히 존중하고 그런 은신처에 대해 경외심을 가졌던 것 같다. 많은 아이들이 스스로를 위해 작은 은거지를 만들고 거기에서는 그 어디에서보다도 더 친근하게 그들 또래의 미지의 동반자들과 지내지 않는가. 나는 부지중에 누아르아질의 비밀이 지닌 고독이라는 심각하고도 감동적인 유희를 존중했던 것이다.

나는 이 은신처 주위를 맴도는 것마저도 피했다. 이아생트 홀로에게 정원의 이 깊은 곳, 팡탈레옹이라 이름 붙은 사이프러스 나무에서부터 시작하는 아마 가장 매력적인 이곳을 양보해 주면서 말이다. 이 사이프러스는 마을에서 가장 큰 것이었다. 사람들은 이 나무가 이백 살은 족히 된다고 했다. 나는 사람들이 왜 이 나무를 팡탈레옹이라 부르는지 몰랐는데 필경 이걸 심은 노인을 기념한 게 아닐까.

사이프러스 오른쪽 너머로는 가시덩굴 속에 네 그루 무화과나무만 서 있는 버려진 땅이 펼쳐져 있었다. 그곳은 이아생트의 영역이었다. 왼쪽으로는 버찌나무 과수원이 있어서 그 아름다운 마혼 그루 나무 아래를 나는 즐겨 찾곤 했는데 그곳은 정원 중에서 내가 차지한 몫이었다.

우리는 각자 제 구역에 머물렀다. 나는 이아생트 쪽으로 가지 않았고 이아생트는 내 쪽으로 오지 않았다. 그러나 때로는 사이프러스 아래에서 서로 마주칠 때가 있었다. 순전히 우연이 만드는 만남이었다. 왜냐하면 이아생트와 나, 우리는 내가 집을 떠나 있던 기간 전이나 다름없이 거의 서로 아는 척하지 않고 지내고 있었기 때문이다.

물론, 심지어 사튀르닌 할머니마저도 모르시는 편지 사건이 있기는 하다. 왜냐하면 내가 미친 듯 집으로 돌아온 것은, 갑자기 나 홀로 절망감에 싸였었기 때문만이라고 식구들이 믿는 그대로 내버려두었던 것이다.

"불쌍한 녀석! 그래도!" 라 페기노트는 생각을 말했다.

"그간 외로웠던 거죠……."

그러나 난 그것, 그 편지를 여전히 지니고 있었고 그것을 감추어 두었다.

하지만 난 편지에 대해 이아생트에게 한 마디도 입을 떼지 않았고 그 애 또한 그것에 대해 한 마디도 않으리란 걸 알고 있었다. 둘 중 그 누구도 편지 사건에 대해 암시할 마음이 없었다. 그러나 각자 마음속에 아마도 내밀한 희망과 함께 그것을 생각하고 있었던 것 같다. 나는 막연히나마 그 편지가 새삼스럽다는 것을 느꼈고 그 편지에는 어떤 파악하기 힘든 의미도 있었다는 것을 알 수 있었다. 그 애가 편지를 쓸 마음을 먹었고, 썼고, 특히 보냈다는 사실들만 해도 벌써 나에겐 얼마나 놀라우며 불가해한 채로 남아 있는 신호들인가! 집에선 좀 외딴 처지인 이아생트였지만 나에게 편지를 씀으로써 제 나이나 자신이 처한 형편의 통상 수준을 뛰어넘는 특별한 역할을 해내었다는 것이 느껴졌다. 그러나 난 그 애가 서로 다른 모습들을 보이며 내 앞에 나타나는 방식 때문에 심사가 거슬렸다. 그 애의 편지('어린 이아생트로부터'라니!)가 함축하고 있는 열정적인 우애의 고백과, 갑자기 정말이지 투명할 정도로 태연하게 굴며 무관심한 모습을 보이는 태도 사이에서 내가 이미 간파하고 있었던 불일치는 심술쟁이였던 당시의 어린 나에게 반감을 불러일으켰다. 그렇다 해서 그 애가 말이 더 많은 걸 원한 것도 아니다. 그 어떤 접근도, 그 어떤 접촉 시도도 나에겐 반감을 불러일으켰을 터였다. 그러나 그 애가 나에게 저 공모의 고리를 던지는 일에 성공한 이상 그에 이어 그 애가 서로 어떤 신뢰감을 공고히 다져 나갈 줄 모른다는 사실이 기이하게 느껴졌다. 내가 편지를 드러내 놓지 않았다는 바로 그 사실도 나로서는 어떤 고백이지 않았을까? 편지를 남에게 보여 주지 않음으로써 어떤 은밀한 선물을 수락했음을 나는 증명한 것이 아니었던가? 그런데도 내가 그 첫 번째 일을 그리도 충실하게 비밀로 지켰는데도 뭐랄까, 왜 그 애는 서로의 일치에서 비롯된 일을 완수하지 않고 내버려 두고 있는 걸까?

우연히 우리가 사이프러스 아래서 마주치면 그 애는 그저 언제나처럼 다소곳이 인사를 할 뿐이었다.

"안녕하세요, 난 빨래를 널러 가요."

그리고 그 앤 사라져 버리곤 했다.

때로 내가 그 애에게 한 마디 건네 보기도 했다. 그러나 대부분 내가 그 애에게 대답하는 일은 없었다. 거만해서가 아니라 그냥 거북했기 때문이다. 그 애는 변한 게 없었다. 똑같은 머리꼬리에 똑같은 바둑무늬 앞치마, 똑같이 윤나는 볼에다가 여전히 같은 시선이었다.

사튀르닌 할머니의 회복 기간이 끝나 갈 무렵 날씨는 몹시 더워졌다. 저녁이면 피곤한 하루를 마치고 사람들은 종종 테라스에서 밤 1시가 이울도록 시원한 바람을 쐬곤 했다. 사튀르닌 할머니는 안락의자에 모셔졌다. 거의 나으셨지만 기운은 아직 약했다. 일단 나와 앉으시면 그분은 내게 몇 마디 건네시곤 가끔 하늘을 쳐다보셨다. 할머니는 가끔 나를 불안케 하는 긴 침묵 속에 잠겨 계시기도 했다. 그러다가 갑자기, 내 조바심을 알아채신 듯 나에게 말씀하시곤 했다.

"콩스탕탱, 꼼짝도 않고 마냥 거기 앉아 있어서야 되겠니. 차라리 마당에 가서 놀렴……. 넌 무서운 게 없잖니? 날씨가 참 좋구나, 오늘 밤은……!"

나는 할 수 없이 복종했다. 그래서 난 정원으로 접어들어 보기도 했지만 그저 50미터쯤 떨어져 있는 팡탈레옹 사이프러스 나무 아래 가 앉으려는 것이었다.

어느 날 저녁, 나는 거기에 앉았다. 좀 슬펐다. 왜냐하면 저녁을 먹으며 할머니는 모두에게 할버니와 내가 또 곧 떠나리란 것을 예고하셨기 때문이다. 그분은 내가 알지 못하는 작은 해변 도시에 가서 요양을 마치려 결심하셨는데, 내가 이해한 바로는 그곳은 프랑스 한쪽 끝 바다 근처, 내가 이미 쓸쓸하고도 불유쾌한 곳으로 낙인찍은 곳이었다.

나는 나무 곁에 앉았다. 한낮의 더운 기운이 걷힐 즈음 그 나무가 뿜는 씁쓸한 향기가 좋았다. 난 귀뚜라미 소리를 들으며 하늘을 바라보았다.

누가 내 아주 가까이 사이프러스 등걸 근처에서 움직였다. 잘 보이지는 않았지만 난 이아생트임을 알아차렸다.

"너 벌써 오래전부터 거기 있었던 거냐?"라고 그 애에게 물어보았다.

"그래요, 모두들 식탁에서 물러났을 때 왔어요."

"여기 온 게 처음이니?"

"아니에요."

"그렇지만 난 여기서 널 본 적이 한 번도 없는걸."

"도련님이 여기 없을 때 제가 오지요."

"내가 자리를 뜨고 난 다음에?"

"네, 도련님 다음에요."

"그럼 넌 무섭지 않니? 밤이?"

"무섭죠, 약간은요, 무언가 나무 안에서 부스럭거릴 때는요. 그렇지만 그건 곧 그치고, 그러고 나면 난 남아 있지요. 참 좋답니다."

우리가 이토록 길게 얘기해 본 적은 한 번도 없었다. 그런 후 우리는 잠시 가만히 있었다. 다시 먼저 말을 꺼낸 것도 나였다.

“너, 우리가 떠난다는 것 아니, 이아생트?”

“네, 콩스탕탱 도련님.”

“할머니는 환경을 바꿀 필요가 있으시다지.”

“네, 콩스탕탱 도련님, 그리고 도련님도요.”

“내가? 누가 네게 그러든?”

“아무도요. 그저 얘기하는 걸 들었을 뿐이랍니다…….”

다시 우리는 입을 다물었다. 그러나 이번에는 그 애가 먼저 침묵을 깨뜨렸다.

“슬프세요?”

그 애는 내게 아주 부드럽게 물었다.

난 대답하지 않았다. 그러나 잠시 있다가 그 애에게 말했다.

“넌 왜 온 거니?”

그 애는 잠시 있더니 한 번도 들어 본 적 없는 목소리로 이렇게 말했다.

“벨뛸엔 이젠 아무도 없어요.”

둔중한 충격이 가슴을 흔들어 놓았고 숨이 막혔다. 그건 별로 오래 지속되진 않았다. 난 정신을 가다듬어 이아생트 쪽으로 획 몸을 돌렸다.

그러나 그 애는 더 이상 그곳에 있지 않았다.

그 이튿날, 난 그 애를 끝내 다시 만날 수 없었다. 찾아보았지만 허사였다. 집에서 사라져 버린 듯 보였다. 사람들이 그 애를 감춰 놓은 걸까……? 다음다음 날, 우리는 떠났다. 라 페기노트는 울음을 터뜨렸고 이아생트는 보이지 않았다. 우리는 이틀간 여행을 했고 과연 처량하고도 정감 없어 보이는 그 바닷가에 도착했다. 우리는 이 비 많고 흐린 고장에서 휴가가 끝날 때까지 머물렀다.

10월이 왔어도 우린 뻬이루레에 돌아가지 않았다. 사튀르닌 할머니는 우리 마을에서 더 먼 남프랑스의 한 작은 도시에 자리를 잡으셨고, 나를 중학교에 넣으셨다. 사튀르닌 할머니는 매일 아침 그곳에 나를 데리고 가셨고 난 거기에서 너무 슬프지는 않았다. 게다가 우리는 마로니에 나무들이 심긴 적적한 광장을 향한 예쁜 아파트에서 살았다. 이 나무들은 내게 약간이나마 시골을 떠올리게 해 주었다. 때때로 우리는 앙셀므와 라 페기노트가 잘 건사하고 있는 뻬이루레의 집 소식을 받곤 했다. 걱정할 일이 없었다.

그러나 성탄절이 지나 나흘째 되던 날 조부모님을 온통 혼란에 빠트린 편지가 한 장 날아들었다. 사튀르닌 할머니는 나를 놀라움에 사로잡힌 사튀르냉 할아버지에게 맡기고 어디론가 황급히 떠나셨다.

할머니는 일주일 후에야 돌아오셨지만 내게 뻬이루레 소식이나 그곳 사람들 소식을 한 마디도 전해 주시지 않으려 드셨다. 그러나 난 소식을 듣고 싶어 미칠 지경이었다. 그렇다고 그분께 여쭤 볼 수 없었던 것이, 수심에 싸여 과묵한 모습으로 돌아오신 할머니는 내 질문에 건성으로 대답이나 하실 뿐이었고 난 그 점이 괴로웠다.

이런 상황은 그러고도 석 주나 계속되었다.

어느 날, 수업을 파하고 돌아왔을 때(주의 공현 대축일[38] 이틀 전이었고 날씨는 얼어붙어 있었다.) 나는 사튀르닌 할머니께서 내 방 한가운데 서 계신 것을 보았다. 당신 손에 편지를 한 장 들고 계셨다. 난 그것을 즉시 알아보았다. 이아생트의 편지였던 것이다. 책 더미 아래 내가 정성스레 감추어 놓은 걸 할머니는 어떻게 발견하셨을까?

두려움에 휩싸여 난 그분을 쳐다보았다.

"불쌍한 녀석 같으니." 하고 할머닌 말씀하셨다.

"왜 이걸 내게 감췄니?"

할머니는 눈물을 흘리셨다.

난 그분 품에 뛰어들었고 할머니는 오랫동안 안아 주셨다. 이윽고 할머니는 내게서 몸을 떼시고 편지를 다시 접어 서랍에 넣으셨다. 그러고선 나를 방 밖으로 데리고 나가시면서 외투를 걸치셨고, 날씨가 추웠음에도 우리는 외출을 했다.

바람이 도시를 휩쓸고 있었다. 길에서는 거의 아무도 만나지 못했다. 벌써 밤이었다. 우리는 성 아그리콜 성당 앞을 지났지만 그곳에 멈추지는 않았다. 우리는 빠른 걸음으로 걸었다. 할머닌 내게 아무 말이 없으셨다. 난 할머니 곁에 바싹 붙어 걸었는데 삭풍이 매서웠기 때문이었고 우리가 왜 말없이 이 기이한 행진을, 이 캄캄한 길로, 그리고 이 지독한 추위에, 집들도 이미 다 닫혀 버린 가운데 하고 있는 건지 하고 가끔

38) 동방의 세 박사가 별을 보고 베들레헴까지 와서 그곳에서 탄생하신 예수께 경배한 것을 기념하는 축일로서 예수가 자기 자신을 이교의 동방박사들, 나아가 모든 사람 앞에 드러낸 의미를 새기는 날.

짚어 보곤 했다. 나는 헐떡이며 따라갔다. 우리는 한 시간 후에야 돌아왔다. 저녁 시간 내내 할머니는 침울하셨고 할아버지는 매우 불행한 모습이었다.

나는 늦게야 잠이 들었다. 할머니는 오랫동안 내 방에, 내 머리맡에, 한 마디도 없으신 채 머물러 계셨다.

밖에서는 바람이 광장의 마로니에 나무들을 웅웅 거리게 하고 있었고 난 아무 말도 못 한 채 바람 소리만 듣고 있었다.

•

그날 저녁의 곡절을 내게 풀어 줄 수 있는 해명은 할머니와 나 사이에 그 후에도 전혀 없었다. 나는 할머니의 행동은 항상 어떤 신성한 이유에 따른다고 믿는다. 그분께는 질문을 하는 게 아니라 그분이 하시는 대로 두고 볼 뿐이다. 그래서 그분으로부터 사랑받고, 이해받고, 인도받고 또 보호되고 있다는 것을 느끼는 걸로 족했다. 더할 나위가 없었다. 사랑을 은밀히 감추고 있는 이 조용한 여인에게서 놀라운 것은 바로 그런 더할 나위 없는 숭엄함이었다. 행여 그분이 눈물을 보일라치면 그 무슨 혼란인지! 애들처럼 울다니! 내 앞에서……! 그러나 설사 눈물을 보인다 해도 그 눈물은 그분을 추하게 할 수 없었다. 전혀 그렇지 않았다. 그분의 눈물은 오히려 기이한 효과를 낳아, 갑자기 내 눈엔 그분이 젊어진 나머지 그분의 권위 있고도 평온한 노년의 모습 너머로 오래전 그분이 그러했을, 생생한 고뇌와 행복을 향한 격정을 지녔던, 한때 아름다웠던 젊은 소녀의 자태마저 드러내 보여 주는 것이었다.

우리는 뻬이루레에 7월 15일, 성 앙리[39] 축일 저녁 5시경에 도착했다. 라 페기노트가 문지방에 서 있었다. 그녀는 날 부둥켜안았다. 앙셀므는 양 우리에서 나왔다. 집은 쓸쓸하게 보였다. 이아생트는 보이지 않았다.

날씨는 좋았다. 덥고 구름이 낀 채 건초와 무화과나무, 마구간, 그리고 잡종 라벤더 등이 시골 특유의 향기를 풍기는 그런 날씨였다.

집으로 말할 것 같으면 습기 찬 냄새가 났다. 할머니는 그 점을 지적하시며 모든 방을 환기하라고 분부하셨는데 파리 때문에 마음이 내키지 않아 하면서도 라 페기노트는 그 분부를 집행했다.

그런데 그녀가 웅얼거리는 소리를 들을 수 없었다. 그녀는 순복(順服)했다.

할머니는 나를 내 방에 거처하게 했다. 할머니는 내 옷가지를 정리하고 벽장을 열어 보시고 커튼도 젖혀 보시더니 이윽고 내 손을 잡고 날 당신 방으로 데리고 가셨다. 날 혼자 내버려 두고 싶지 않으셨던 것이다.

할아버지는 마음이 저리신지 이 방 저 방 기웃거리셨다.

6시엔 소작인이 온 터라 할머니는 날 홀로 두어야 했다. 그 분은 할아버지를 불렀지만 할아버지는 대답하지 않으셨다.

“할아버진 나가셨습니다, 마님.” 하고 라 페기노트가 대답

---

39) 수도원에서 생활하면서 교회 개혁에 열성을 보인 신성로마제국의 황제 성 하인리히 2세(973~1024). 축일은 7월 15일이 아니라 13일. 헨리코라고도 한다.

했다.

"나가셨다고?" 할머니는 놀라 말씀하셨다.

"도대체 이런 시간에 어디 계신단 말인가……?"

나는 라 페기노트와 단둘이 남았다. 그녀는 내게 아무런 주의도 기울이지 않았다. 화덕 위로 몸을 기울인 채 그녀는 음식을 만드는 일에만 골몰한 듯 보였다. 난 한쪽 구석에 앉아 기다렸다.

잠시 있자니 그녀가 한숨을 지었다.

"이아생트는 어디 있나요?"라고 난 그녀에게 물었다.

그녀는 이제 불 위로 더 낮게 몸을 기울여 부지깽이로 요란스러운 소리를 내며 불을 휘젓기 시작했다.

불은 사납게 붙어 올랐다. 그녀는 웅얼거렸다.

"이 망할 연기가 도련님 눈을 찌르지요……!"

그녀가 내내 고집스럽게 내게 등을 돌리고 있었던 터라 난 부엌에서 나와 이아생트를 찾아 나섰다. 앙셀므는 양 떼를 몰고 벌써 떠나 버렸으므로 그에게도 물어볼 수 없는 노릇이었다. 여름엔 풀이 더 싱싱해지는 밤에 양들에게 풀을 뜯기기 때문이었다. 어스름 녘에 산언덕들로 향해 가는 작은 양 떼를 길에서 무수히 만나게 되는 이유가 바로 거기에 있다. 그리하여 한밤에, 매우 늦게 멀리 오뜨실브나 혹은 벨뛸 쪽에서 양들의 방울이 딸랑거리는 소리를 때로 듣게 되는 것이다. 그런 동안 마을은 잠들고…….

앙셀므를 찾아내지 못했으므로 나는 정원 끝 버찌나무들 밑에까지 가 보았다. 그러고선 잠시 팡탈레옹 사이프러스 아래 앉았다. 고적감이 느껴졌다. 누아르아질까지 가 보려고 결심하고 나는 몸을 일으켰다. 누아르아질은 비어 있었다. 거기에 기어 들어가 보았으나 작은 주석 물 컵 하나와 이가 빠진 접시 하나 외에는 아무것도 발견하지 못했다.

나는 집으로 돌아와 지붕밑방으로 올라갔다.

난 그 방의 문을 알고 있었다. 다락 바로 곁으로 열리는 문이었다.

나는 거기에 멈춰서 귀를 기울였다. 아무 소리도 들리지 않았다. 내 가슴은 너무나 심하게 두근거렸다. 나는 불렀다.

"이아생트!"

문틈에다 대고 매우 부드럽게.

그러나 난 대답이 없으리란 걸 알고 있었다. 누아르아질에서 나오면서부터 알고 있었다.

나는 들어갔다.

침대는 접어진 채 구석에 세워져 있었다. 이 방에서, 이아생트에게 속한 것이라곤 그 애가 꽃을 꽂던 사암 단지뿐이었다.

그것은 아직 천창 가 작은 테이블 위에 놓여 있었다.

나는 방에서 나왔다. 할머니나 앙셀므, 혹은 라 페기노트에게 여쭤 본들 무슨 소용이 있으랴? 아무도 내게 대답하지 않으리라.

나는 집을 떠나 길로 나서서 들판 쪽으로 한번 가 보았다. 난 할아버지를 만나러 갔다.

200미터 멀리에서 나는 그분을 만났다. 그분은 천천히 돌아오는 길이었다. 그분은 내게 미소를 지었다. 나는 그분의 손을 잡았고 우리는 아무 말 없이 돌아왔다.

할머니께서 우리가 함께 돌아오는 것을 보셨다.

"집에서 10미터 떨어진 곳에서 얘를 만났지."라고 할아버진 할머니께 말씀하셨다.

"녀석은 무화과를 따고 있었어."

사튀르닌 할머니는 할아버지를 바라보셨고 그분은 눈길을 피했다.

저녁 시간에, 할머니는 소작지에 대해 말씀하셨다. 곧 다들 자리에 들었다.

할머니는 손수 나를 침대에 들게 해 주시고서도 계속 내 방에서 지체하셨으므로 난 잠이 든 척했다. 그래야만 가장 빨리 혼자 있을 수 있고 실컷 울 수 있을 터였다.

할머니는 발끝으로 나가셨는데 문을 벗어나기 전, 망설이듯 멈추시더니 한 번 더 날 쳐다보시곤 조용히 문을 닫으셨다.

그렇게 혼자 남게 되었을 때, 그러나 난 울지 않았다. 눈물이 나지 않았다.

나는 어둠 속에서 꼼짝 않고 판자가 삐걱대는 소리와 가끔씩 다락 위 기왓장이 조금씩 움직이는 소리를 듣고 있었다.

4시에 앙셀므가 양 떼와 함께 돌아왔다. 양들의 냄새가 내 방까지 올라왔다. 양들이 발굽 딛는 소리와 청동 방울 하나가 가끔 달랑이는 소리를 들을 수 있었다. 개는 꾸물대는 양들의 발을 향해 아주 낮게 으르렁거리며 화가 나서 씩씩거렸다. 앙셀므는 개에게 부드럽게 말했다. 외양간 쪽 그 모든 소리들이 차츰 잦아들었다. 어린 양이 몇 번 매에 울더니 이윽고 모든 것이 조용해졌다.

잠시 후 난 잠이 들었다.

사흘 동안 나는 집에서 통 나가지 않았다. 하도 고집스레 그런 터라 할머니는 그 점을 염려스레 여기셨다.

그분은 내게 말씀했다.

"콩스탕탱, 몇 군데 좀 다녀오련다. 따라오려무나. 가서 깨끗이 옷 입고 오련."

난 복종해야 했다.

그 몇 군데의 방문도 내게 그 어떤 위로도 주지 못했다. 나이 든 부인네들은 내 뺨을 토닥거렸고 내가 해쓱하다고 판단했다. 난 정말이지 얼굴을 찌푸리고 있었고 노골적으로 그런 모습을 드러냈다. 그래서 할머니는 난처해하셨다.

"자 이제 그럼." 하고 할머니가 단언하셨다.

"너 옛 선생님 샤마로트 씨께 인사드리러 가야지. 그분께 큰 은혜를 입고 있잖니. 이건 의무야."

난 할머니를 알 수 없었다. 억지를 부리시는 것 같았다.

우리는 샤마로트 선생님 댁에 도착했다. 목요일이었으므로 우리는 그분을 댁에서 뵐 수 있었다. 그분은 작은 장밋빛 우표 수집첩에 우표를 붙이시며 부엌에 앉아 계셨다.

"경품이 따라오는 우표란다."라고 그분은 우리에게 설명했다.

"이걸 오백 장 갖게 되면 잡화가게 주인 라가쉬 부인이 공짜로 부엌살림 한 점 아니면 예술 작품까지도 고르는 대로 하나 주지. 사 년 전부터 그래 왔는데 나는 진작에 주석 오리를 한 마리 탔는데 소금 단지로 쓰고 있단다.(파인 오리 등 위로 작은 뚜껑이 달려 있거든.) 또 알루미늄 냄비 두 개하고 매우 잘 만들어진 돈키호테 흉상도 하나 탔지."

그분은 미소를 지었다.

"뭐 그저 대단찮은 수집이지."라고 그분은 덧붙였다.

우리는 식당으로 옮겨 가 거기서 오리와 돈키호테를 칭찬했다.

샤마로트 선생님은 우리에게 앉으라고 권했다. 무슨 말을 해야 할지 몰라 하시는 게 역력했다. 그렇지만 말을 꺼내는 게 좋겠다고 그는 생각했다.

"친애하는 글로리오 할머님, 지난겨울, 할머님 시중드는 소녀 아이가 아파서 그 애를 보러 친히 오셨을 때 인사를 드리지 못해 무척 송구스럽게 생각합니다. 그렇지만 너무 늦게야 알았어요."

할머니는 황망히 일어나셨다.

"샤마로트 씨." 하고 할머니는 말을 잘랐다.

"여기 이 콩스탕탱이 중학교에 들어갔으니 선생님도 적잖이 영광이셨겠죠. 우린 그 점에 감사드리러 왔어요."

"중학이라, 중학교라……."라고 샤마로트 선생님은 중얼거리더니 머리를 끄덕였다.

벌써 우리는 출발할 참이었다.

그는 문까지 우리를 배웅했다.

"분명." 그가 헤어지려는 순간 말을 꺼냈다.

"그 학교에선 네게 미터법을 제대로 박아 주지 못했을 듯하구나……."

그는 생각에 잠겼다. 난 선생님이 내게 질문을 하나 하려는 것을 알았다.

"자." 그는 내게 물으셨다.

"1스테르와 1입방미터의 차이는 뭐지?"

난 고개를 숙였다. 그는 내기에서 이기셨다.

"그럴 거라고 알고 있었지."라고 그가 웅얼거렸다.

할머닌 한숨을 내쉬더니 쌀쌀하게 샤마로트 씨를 바라보셨는데 그러자 그는 정말이지 마음이 찔린 것처럼 어깨를 올렸다가 떨어뜨렸다.

우리는 그와 공손히 하직했다.

우리끼리만 있게 되었을 때 난 할머니에게 다가갔다.

"할머니, 있잖아요." 하고 난 말했다.

"1스테르와 1입방미터는 같은 거예요, 스테르는 장작을 세는 데 쓰이죠. 다만 장작 사이 틈 때문에 한쪽이 다른 한쪽보다 더 많게 되죠……."

"정말이지 넌 훌륭한 학자구나. 난 뭐라고 대답해야 할지 몰랐을 거다." 하고 할머니는 응해 주셨다.

할머니는 웃으셨다.

할머니는 내가 왜 아까 입을 다물고 있었는지는 굳이 물어보시지 않았는데 난 그분께 구차히 설명하는 게 불필요하다고 확신했다.

우리는 큰 걸음으로 걸었고 서로에게 흡족했다.

그러나 이런 만족감도 집에 돌아와 다시 혼자가 되었을 때 금방 사라져 버렸고 난 고독한 내 모습을 다시 만났다. 왜냐하면 집은 비어 있었고 아마 그렇기 때문에 집에서 나갈 마음이 더 이상 없었던 것 같다. 나는 집에 집착했다. 왜냐면 집에는 누군가가 빠져 있었기 때문이다. 그러나 내가 그 어디에서도 찾을 수 없었고 아무도 언급하려 들지 않는 바로 그 불쌍한 계집애와 나 사이의 관계란 정말 성기면서도 짧고, 또 친밀하달 수도 없는 것 아니었던가. 그렇긴 해도 그 애가 없는 집은 더 이상 집이 아니었다. 내게 그럴 뿐 아니라 라 페기노트나 앙셀므, 할아버지 할머니께도 마찬가지였다. 그분들은 곰곰이 생각에 잠기신 채 슬퍼 보였다. 그분들은 때로 심기가 상하신 듯도 보였고 네 분 모두 비슷하니 불행해하신다는 생각까지 들었다.

누아르아질이나 그 애 침대가 구석에 치워져 있던 지붕밑 방을 생각할 때마다 고통스러운 마음이 엄습했다. 나는 테라스에서 팡탈레옹 사이프러스 사이를 일없이, 정신은 산만한 채, 무엇에 몰입해야 할지 모른 채 서성거렸다.

금요일 아침, 난 사튀르닌 할머니와 라 페기노트가 얘기하는 것을 우연히 듣게 되었다.

"마님이 떠나신 후 그 애는 수척해지기 시작했어요. 그리고 마냥 그 개집에 처박혀 있었지요……."

"좀 돌보지 그랬나……."

"그 애를 돌본다고요! ……그앤 아무 말도 듣지 않았어요. 악마가 그 애 귀를 채 간 걸요. 불러 보시라지요. 그 애는 눈앞에 갑자기 박쥐가 날아다니는 게 보이는지, 원…….”

“하지만 그때까지 그 애는 부드럽고 순종적이고 얌전하질 않았나, 그렇지 않은가!”

“그래요, 부드럽고 순종적이고 얌전했죠. 한 번도 입을 뗀 적이 없었으니까요. 마님 말씀에 토를 달려는 게 아니지만 그걸 얌전한 거라고 보신다면요…….”라고 라 페기노트는 반박했다.

그리고 고집스레 덧붙였다.

말을 전혀 안 하는 자,
우리네 근심의 화근이리.

“정말이고말고요.”

할머니는 그녀 말을 가로막았다.

“쉬샹브르 신부님이 어제저녁 돌아오셨어. 오늘 오후에 들르시겠다고 전하셨네. 내가 신부님 말씀을 듣고 있는 동안 꼬마를 좀 데리고 있게나.”

“꼬마, 꼬마라고요!”라고 라 페기노트는 신음했다!

“혀에 피가 돌지 않는 또 다른 한 사람이죠. 그앤 참 이상해요! 난 그앨 사랑했죠! ……그런데 지금은! ……저로선 누가 그 애들에게 병을 옮긴 것 같아요! ……그건 당나귀죠! 마님! 암 물론, 바지를 입은 그 당나귀 말이에요, 그, 그만하면 잘된 오죽잖은 당나귀라니! 아, 이게 다 무슨 일이람……!”

신부님이 오셨을 때 라 페기노트가 사방으로 나를 찾으러 다녔지만 허사였다. 벌써 한참 전부터 난 숨어 있었다. 그녀는 날 지붕밑방에서 끄집어 낼 생각은 하지 못했던 것이다. 나는 얼마 있지 않아 피곤해진 그녀가 나를 찾기를 포기했을 거라고 판단했다. 그제서야 난 응접실 창에 그늘을 드리우고 있는, 벽에 붙은 포도 넝쿨 밑에 들어가 몸을 쪼그려 숨었다.

사튀르닌 할머니는 응접실에서 막 쉬샹브르 신부님을 맞고 계신 터였다.

나는 귀를 기울였다.

할머니께선 낮은 목소리로, 그러나 약간 성마른 투로 말씀하셨다.

"모든 불행은 그 사람에게서 왔어요, 그 사람은 광인이었어요."

"지나친 말씀입니다."라고 쉬샹브르 신부님은 대답했다.

"신부님께서 우리에게 언질을 주셨어야 했어요……."

"무얼 말입니까? ……그가 미쳤다는 걸요? 지금도 전 그렇게 믿지 않습니다."

할머닌 화가 나서 "오!" 하고 내질렀다.

"신부님, 좀 생각해 보세요. 솔직합시다. 신부님은 우리들에게 뭔가 감추고 계세요……."

난생처음으로 신부님이 이제 고해자의 입장이 되셨다.

"신부님은 그를 어디서 아시게 되었죠?"

신부님은 대꾸를 않으셨다. 할머니는 고집스레 계속했다.

"신부님은 그자를, 신부님이 군종신부로 계시던 식민지 땅에서 알게 되신 거죠…… 전 안다니까요…… 다른 데서 그를 만나셨을 리 없고…… 그런 곳에선 온갖 인간을 다 만나게 된다니까요…….”

신부님은 부드럽게 말씀하셨다.

“그는 아주 나쁜 부류는 아니었어요…….”

할머니가 외쳤다.

“미쳤다니까요! 또 무슨 얘기가 필요하나요?”

그러곤 침묵이 감돌았다. 신부님은 생각에 잠기신 모양이었다. 마침내 그분은 물었다.

“그런데 도대체 무얼 그에게 힐책하시는 건가요?”

그 질문이 할머니를 당황케 한 모양이었다.

“콩스탕탱이 어떤 상태인지 보셨죠? 그리고 콩스탕탱 말고도 그 꼬마 소녀애 일은요……?”

신부님은 이 질문은 그냥 듣고 마셨다.

“들어 보세요. 노마님, 내가 해명할 수 있는 대로 해명해 드리겠습니다……. 뭐 많은 부분도 아니지만……. 하지만 더 이상은, 저로서도 불가능합니다…….”

그분은 입을 다무시더니 덧붙이셨다.

“그자가 떠났으니…… 그런데 도대체 어디로 갔는지……?”

그분은 다시 멈추셨는데 필경 말씀하시기가 싫으셨기 때문이리라.

그러나 나직안 목소리로 다시 입을 떼셨다.

“그래요, 전 그 사람을 거기에서 만났죠. 당신이 말씀하시듯, 처음에…….”

신부님은 내가 잊어버린 지명을 댔다.

"……그는 작은 돛배, 그네 소유였던 돛배의 선장이었죠…… 조수가 한 사람 있긴 했지요…… 생긴 것도 이상했고요……! 그들에 관해 소문이 나돌았죠…… 흔히 과장된 것이지만…… 소문이란 게 도대체 무슨 값어치가 있는지, 잘 아시죠? 그들이 한때 밀수에 손을 댄 적이 있다는 걸 인정합시다. 고약스러운 뱃사람들이었다고 칩시다. 그렇다 해도…… 말인즉슨 썩 좋은 출신들은 아니었죠…… 난 소문으로만 그를 알았고 그런 내 생각엔, 그가 어느 날 문득 날 찾아올 영문이란 거의 없었던 거죠…… 그런데 그가 날 찾아왔어요…… 어느 날 저녁, 내가 묵주기도를 끝내고 성당에 혼자 있을 때였죠. 그가 들어왔어요. 출입문을 등지고 주 제단에 켜져 있던 촛불을 끄고 있던 참이었죠. 그는 난간 뒤에 멈췄어요. 난 그의 발자국 소리를 듣고 몸을 돌렸죠. 그러자 그가 말했답니다. '신부님, 저는 지상의 천국을 발견했어요…….'라고."

할머니는 한 마디도 없었다. 이제 신부님 홀로 혼잣말을 하시는 것 같았다.

"성당 안은 어두웠고 난 막 그 기이한 말을 한 사람을 잘 알아볼 수 없었어요. 그는 내가 놀란 것을 알고 (그럴 만했죠…….) '제 이름은 신부님도 아시겠죠. 아무개입니다.'라고 다시 덧붙이더군요.

성촉 하나가 불이 켜진 채 남아 있었는데 하필 우연히 내가 그 촛대 앞에 서 있었기에 불빛이 그 사람을 비추진 못했죠. 난 몸을 움직였습니다. 그러자 불빛이 그의 얼굴을 확 비추었죠. 굵은 주름과 물처럼 맑은 두 눈을요. 그 남자는 또 말했답니다.

'놀라셨죠, 신부님, 아마 저를 미친 사람이라 생각하시겠지요.'

그는 착각하고 있지 않았습니다. 그는 그걸 알고 있었고 터질 듯 강한 힘을 갖고 이렇게 덧붙였습니다.

'한데 아닙니다! 전 미친놈이 아닙니다! 바로 제가 직접 발견했다니까요.'

난 그에게 할 수 있는 한 가장 부드럽게 말했습니다. 그런데도 그는 내가 미심쩍어 하는 걸 느끼고 이렇게 말했죠.

'신부님은 절 믿지 않으시는군요. 어쨌든 신부님을 원망할 수도 없는 일이죠. 당연한 일이지요. 그런데 항해를 하다가 신부님이 (정말 어려운 일이지만) K모 군도보다 더 멀리, 정남향 800마일에서 이름도 없는 섬을 — 왜냐하면 제가 알기로는 절 빼곤 아무도 거기에다 닻을 내린 적이 없는데 — 발견하신다면 그건 바로 거기예요. 거기서 절 보실 수 있습니다. 안녕히 계십시오!'

그리고 그는 가 버렸죠. 난 초를 끄고 다른 생각에 빠졌지요."

신부님은 숨을 가누셨고 할머니는 침묵을 지키고 계셨다. 신부님은 계속했다.

"선 그 섬을 절대 발견하지 못했고 그러니 지상 낙원도 알지 못합니다…… 하지만 오 년 후 난 그 사람을 다시 만났어요. 아닌 게 아니라 난 K 무슨 군도를 한 바퀴 돌던 중이었죠. 누가 섬 원주민의 오두막집에 머무르고 있는 병든 백인 한 사람이 날 보길 원한다고 말하러 배로 찾아왔더군요. 난 가 보았습니다. 그 기이했던 방문객을 알아보기란 어렵지 않았어요. 한번 보면 잊을 수 없는 바로 그 얼굴이었죠. 열병이 나서 간간이 헛소리를 하고 있었어요. 그는 말할 틈도 주지 않고 대뜸 나에게 전에 얘기했었던 것을 환기하더군요.

'아, 그 천국!' 하고 난 소리를 질렀죠.

'천국이라고요! 그건 더 이상 존재하지 않습니다.'라고 그는 내게 말하더군요. '백인들이 거기에 몰려와서 모든 게 다 죽어 버렸고 저도 도망쳐 나와야 했어요. 그러나 그곳은, 그 천국은 내 속에 있어요. 전 그 천국의 힘을 간직하고 그 비밀을 알고 있습니다. 그곳을 어디서나, 저곳 저 서양에서도, 야만의 정원에서라도 다시 태어나게 할 수 있는 힘을 갖고 빠져나왔어요.'라고.

그는 열이 대단했습니다. 난 그를 돌보았죠. 난 다시 길을 떠나야 했으므로 그에게 우리 일행의 목적지였던 숨바바라는 곳까지 데리고 가겠노라고 제의해 보았습니다. 그는 나와 함께 가기는 거절했지만 장차 언젠가 마음이 내키면 날 어찌 다시 만날 수 있는지 그 방도를 묻더군요. 그래 가르쳐 주었습니다. 어려운 일이 아니었죠. 지상 낙원을 찾아가는 것보다는 쉬운 일이었으니까요. 마침내 난 그의 곁을 떠났죠. 배에서 나는 그 이야길 했죠. 아무도 그를 모르더군요. 하지만 선장은 그 섬에 대해서 들은 적이 있다고 하더군요.

'아닌 게 아니라 백인들이 거기를 싹 쓸어 버리려 했죠.'라고 그 선장은 우리에게 말했습니다. '그 섬에는 아마 짐승들을 길들여 부리는 종족이 살고 있었던 모양입니다. 그네들의 기이한 힘에 대해 자세히 들은 적 있지요. 신통력이랄까요. 하지만 그들은 수적으로 많지도 않고 남을 해치는 종족도 아니었으니 그들을 다 처치하기란 별 어려운 일이 아니었을 거예요. 그 섬을 통틀어 단 한 사람이라도 살아 있을지 궁금하군요……. 어쩌면 섬 안쪽에는 목숨을 건진 자들이 몇 있을런지. 하지만 그것도 별 가능성이 없겠지요.'

선장은 그 이상은 아는 게 없었습니다. 나는 그자에 대해 말하는 것을 더 이상은 듣지 못했죠……."

신부님은 다시 멈추시고, 할머니는 잔기침을 했다. 신부님은 말을 이으셨다.

"이 년 전, 편지 한 통을 받았어요. 그 편지는 날 깜짝 놀라게 했습니다. 그였습니다. 그가 내게 편지를 쓰다니! 처음엔 나도 그가 미쳤다고 믿었습니다. 그러나 그토록 나에게 정을 주고 또 기이한 자기 이야기를 내게 떠올려 주는 모습을 보고 점차 그 사람 이야기 속에는 미친 짓보다는 덜한 (혹은 더한) 무언가가 있다고 생각하는 쪽으로 내 마음은 기울었습니다. 내가 이 시골에 사는 것을 알고 그는 오겠다고 알렸죠. 그러더니 그는 뻬이루레 근처 벨뛸에 남루한 집도 한 채 장만했지요. 그는 거기에서 한때 그가 그토록 행복하게 살았던 이국땅의 마(魔)의 강신에 대한 어떤 추억을 되살리려고 했던가 봅니다. 난 잘 알죠. 그의 누추한 집, 벨뛸 말입니다. 그저 벽만 네 개랄까, 암벽들 주위론 온통 가시덤불이죠. 그 '천국'은 정말이지 끔찍하게도 메마르고 척박한 땅이죠. 난 그의 기가 곧

꺾여 버리리라 생각했죠. 그는 와서 벨뙬에 정착했고, 곧바로 그 집과 위치에 대해 만족을 표했습니다. 그의 이사는 적잖은 수수께끼로 싸여 있었어요. 이삿짐은 야밤에 도착했고, 사람들 말로는 그 짐에는 이상한 보따리가 몇 개 있었다는군요. 게다가 그 사람과 나의 관계는 (그는 자기를 시프리앵이라고 부르도록 했습니다. 당신도 아시다시피.) 그때도, 그리고 끝까지 아주 좋았습니다. 그는 마을엔 거의 내려오지 않았고, 간혹 날 찾아오는 경우가 있어도 항상 캄캄한 야밤에야 엄중 비밀리에 왔죠. 그에 관해선 여하간, 뻬이루레에선, 그의 저 유명한 당나귀밖엔 별반 알려진 게 없어요……."

할머니는 한숨을 내쉬었지만 신부님은 그 한숨에 전혀 신경을 쓰지 않으셨다.

"난 벨뙬에, 9월에 그러니까 시프리앵 씨가 도착한 지 두 달 후에 올라가 보았습니다…….

난 그가 문 앞에 아주 흡족한 모습으로 앉아 있는 걸 보았습니다. 집은 새로 하얗게 칠해 깨끗했고 잘 정리가 되어 벌써 옛 모습을 알아볼 수 없을 정도였죠. 그러나 집 주위는 척박한 야생 상태 그대로였습니다.

'자네 정원에는 나무가 없군.' 하면서 내가 그에게 알아들으라고 말했죠. 지금 고백합니다만 어쩌면 약간은 심술궂게 말이죠.

그는 고개를 끄덕이더니 시선을 멀리 둔 채 말하더군요.

'일 년 안에 보시게 될 겁니다……. 세상에서 가장 아름다운 과수원을 갖게 될 테니까요.'라고.

물론 그 점에 있어 그는 약간 미쳤지요.

‘여보게.’ 하고 난 그에게 말했죠. ‘이처럼 메마른 고장에선 나무들이 빨리 자라지 못한다네, 나무가 자라는 속도는 그 먼 나라에서와 같지 않다네……. 물이 있어야 하거든…….’

‘물은 있습니다.’라고 그는 내게 대답했습니다.

그러고선 심각하게 덧붙이더군요.

‘다만 어디서 그 물을 찾아낼 수 있을지 알아내야겠어요.’

그는 일어나 나를 집 뒤로 데리고 가서 암벽들로 완전히 둘러싸인 작은 계곡으로 안내했습니다.

‘여기에.’라고 그는 말했죠. ‘전 복숭아나무를 두 줄로 심으렵니다. 버찌나무들은 이 벽에 기대어 무척 잘 자라겠지요. 이 구석에 자두나무들을 심고 주위엔 온통 아몬드나무들을 심으렵니다. 마치 ‘천국’에서처럼 꽃을 머리에 인 아몬드나무들이 벌써 눈에 선합니다…….’

그때만 해도 땅은 척박한 부식토에 라벤더 조금과 오그라든 노간주나무가 자랄 뿐이었어요.

난 머리를 흔들었고 그런 날 보더니 그가 ‘신부님은 지상의 ‘천국’을 믿지 않으시는군요?’라고 내게 갑자기 물었습니다.

그의 기분을 거스르고 싶지 않아서 막연하게 대답했더니 ‘온갖 꽃들이 핀 천국 말입니다.’ 하고 고집스레 그가 말을 계속했죠. ‘그리고 길든 온갖 짐승들이 있는…….’

그의 말을 가로막으려 들지 않았지만 그쪽에서 먼저 입을 다물더군요. 그의 마지막 말은 당신도 잘 아는 추억을 내게 환기해 주었습니다.

'왜냐하면 난 그것들을 길들일 거니까요.' 하고 그는 갑자기 덧붙였습니다. '나무들이나 식물들처럼 그 짐승들은 모두 내 정원에 모여 살게 되겠지요. 난 그렇게 할 수 있는 비밀을 압니다.'

그래서 나는 그에게 말하지 않을 수 없었습니다.

'옛적에 지상에 천국이 이미 하나 있었다는 걸 기억하게나. 그 주민들이 심각한 죄를 저질러서 그 천국을 잃지 않았나.'라고요.

'저는 그 누구에게도 거역하지 않아요.'라고 그는 제게 대답하더군요.

'믿네, 그러나 언젠가 교만심에 기울 때가 있지.' 하고 전 대꾸했죠.

왠지 잘 모르겠지만 전 약간 불만스러웠습니다. 그는 그것을 알아챘습니다.

'신부님은 마침내 제 비밀을 믿으시는군요.'라고 그는 나를 사뭇 불안케 한, 너무나 큰 기쁨을 표하며 외쳤습니다.

'나는 천주님을 믿네, 그저 늙은 시골 신부로서 말일세. 그저 진솔한 신앙을 사랑하는 신부 말이야.'라고 난 그에게 말했습니다.

그는 내 말을 듣고 있지 않았어요.

'제가 아는 그 비밀은.' 하고 그는 순진한 빛을 띤 채 중얼거렸지요. '생명의 아름다움을 위해서만 사용할 겁니다.'

난 몸을 일으켰죠. 그는 배웅하러 나를 약간 뒤따라왔습니다. 그 기이한 사람이 날 혼란에 빠뜨려 놓고야 말았던 것이죠. 난 여러 달 동안 그를 만나지 못했습니다. 그런데 어느 날 아침, 아주 이른 시각에 내 문 앞에 무슨 소리가 나는 걸 듣고 일어난 내가 과연 무얼 보았겠어요? 당나귀였어요. 할머님, 야생화들을 두 바구니 가득 싣고, 그 위로는 아직은 약하지만 막 피기 시작한 작은 꽃들과 여린 싹들로 벌써 뒤덮인 아몬드 나무 가지를 하나 등에 진 당나귀였어요. 보내는 말에는 이렇게 적혀 있더군요. '성모님 제단을 위한 천국의 첫 가지입니다.'라고. 나는 미신가가 아닙니다. 난 그 가지를 성모님 제단에 바쳤고 며칠 후 벨뛰로 올라갔지요. 예고된 그 기적이, 거기, 내 눈앞에 펼쳐졌습니다. 커다란 과수원이 조성되어 나무들마다 온갖 봄꽃이 피어 있었어요. 그 사람은 교만심이 내비치지 않는 다정한 웃음을 띠고 있었습니다. 그때 낡고 검은 수단을 걸친 내 모습이, 그 척박한 땅에서 그자가 기적처럼 솟아나게 만든 정원 한가운데에서 그리도 좋은 냄새를 풍기며 그토록 따뜻했던 그날 아침, 그에게는 무척이나 초라해 보이리라는 생각이 들 정도였습니다.

난 정말이지 그 땅에서 번져 오는 열락에 몸을 맡기고 있었습니다. 그때 그 노인이 나지막이 말하더군요.

'짐승들이 가까이 오고 있어요. 그들은 길이 들었답니다.'

속내 얘기하는 듯한 이 어투가 왠지 모르지만 제게 와락 걱정을 안겨 주었어요. 더한층 낮은 목소리로 그 사람이 이렇게 덧붙이자 그 걱정은 더욱 커졌습니다.

'다가오지 않으려는 놈이 하나 있어요. 끔찍한 놈 같습니다…… 하지만 그놈도 언젠가 여기 오고야 말 겁니다…….'

그의 눈은 강렬해졌고 곧 열정적으로 단언했지요.

'그래야만 합니다. 모든 게 복종해야 합니다. 그렇지 않으면, 정원은 수확 전에 말라 버릴 거고 생명력을 잃겠지요.'

나는 그곳을 떠났고 그 후론 벨뗄에 다시 올라가지 않았습니다. 그러나 시프리앵 씨, 그는 저를 보러왔어요. 거의 매달 한 번 저는 그의 야밤 방문을 받았고 큰 축일마다 그는 꽃바구니를 보내곤 했어요. 전 한 번도 거절하지 않았습니다. 저는 그가 저 높은 은거지에서 지내면서도 본당에 어떤 종교적 축일이 닥치는지 주의 깊게 헤아리면서 그 경사로운 날들을 하나도 빠뜨리지 않고 기념하려고 마음을 쓰고 있다는 느낌을 받았습니다. 그는 천주님을 사랑했지요.

하지만 이런 사랑 방식 자체가 저를 내심 계속 걱정시켰습니다. 노마님도 아시다시피 제 생각은 틀리지 않았습니다. 일은 끝이 안 좋게 예정되어 있었던 거고, 과연 일들은 제가 염려한 대로 되어 갔습니다. 교만심이 치밀어 모든 게 우르르 무너진 것이지요. 그렇지만 정확히 말해 무슨 일이 있었던 걸까요? 그 점에 대해선 저도 할머님만큼이나 아는 게 없습니다. 물론 짐작 가는 바는 있지만 감히 말씀드릴 수는 없군요. 할머님은 저 또한 약간 미쳤다고 생각하시겠지요. 이제 두 아이가 차례로 겪은 모험, 특히 마지막 사건, 즉 꼬마 여자애가 겪었던 큰 일이 남았군요."

쉬샹브르 신부님은 말을 멈추셨다. 잠시 후 할머니는 청을 내놓으셨다.

"그 점에 관해서도, 신부님, 제게 아무것도 속이시지 않는다는 걸 확실히 해 주세요."

"제가 무얼 할머님께 감추겠습니까?"라고 쉬샹브르 신부님은 조용히 대답하셨다.

"클로디아가 놀라서 사제관에 뛰어와 꼬마 계집애가 사라졌다고 말했을 때 전 즉각 벨뗄과 콩스탕탱을 생각했어요."

"하지만 그 사람은 이미 떠나고 없었잖아요……."

"그야 그렇죠! 하지만 그게 확실한 일이던가요?

어쨌든 우리는 그 아이가 저 위 동굴 속에서 웅크린 채 떨고 있는 걸 발견하지 않았습니까? ……여하간 하느님 덕분에 그 소녀는 다행히도 거기서 구출되었죠…….

폐렴이란, 항상 사람을 살려 두는 건 아닌데……."

"어쨌든 그 애는 살아 있어요!"라고 사튀르닌 할머니는 말했다.

나는 포도나무 뒤에서 몸을 벌떡 일으켰다.

나는 기뻐서 미칠 것 같았다. 그래, 그 애는 죽지 않았어. 나는 응접실 문으로 달려가 밀어 열고 깜짝 놀라시는 신부님과 할머니 앞에 우뚝 섰다…….

그러곤 갑자기 내 행동에 겁이 덜컥 나 무슨 말을 해야 좋을지 모른 채 어둑한 방 한가운데 멈춰 섰다. 눈물이 치솟았다.

신부님은 황급히 일어나셔서 내 쪽으로 몸을 굽히셨다. 그분이 그토록 커 보인 적은 여태 없었다.

엄준한 그 얼굴에는 검은 주름들이 패어 있었다. 그분도 나를 바라보셨다. 그분 눈은 작고 날카로웠으며 꿰뚫어보는 듯했다. 그분은 내게 물으셨다.

"무슨 일이냐, 콩스탕탱? 너, 듣고 있었던 거냐?"

난 흐느껴 울며 대답했다.

"그 짐승은 바로 여우였어요! 네, 가까이 오지 않으려는 그 놈 말이에요. 그놈은 살해됐어요. 내가 봤어요. 봤다니까요. 오뜨실브에서 보낸 밤에요!"

할머니가 다가오셨다. 나는 그분께 몸을 돌렸다. 그분의 아름다운 얼굴이 공포를 드러내고 있었다.

그 모습을 보자 나는 동요되었다.

"할머니." 하고 난 외쳤다.

"할머니, 이아생트가 어디 있는지 말씀해 주세요!"

신부님은 나를 두 팔로 안아 주셨다.

이아생트는 사흘 후에 다시 나타났다. 나는 그 애와 계단 아래에서 우연히 마주쳤다. 나는 얼어붙듯 멈췄다. 나를 보고서 그 애 역시 놀란 듯했고 어쩔 줄 몰라 했다. 그 애는 그새 자라 있었다. 머리 단이 어깨에 드리워 있었다. 하지만 분명 그 애였다. 한데 뺨은 예전보다 말랐고 안색은 덜 빛났으며 살아 있는 건 커다란 맑은 두 눈뿐이었다.

그 애에게 무슨 말을 해야 좋을지 몰라 난 뿌루퉁하니 머리를 숙였다.

"너 화가 났니? 콩스탕탱?" 하고 그 애가 말했다.

그 애의 목소리도 달라졌다. 그 목소리는 하도 가슴 깊이 와닿아 나는 무어라 대답할 바를 몰랐다. 그러나 이아생트는 그걸 알아채지 못하는 듯했다.

그 애는 말을 이었다.

“두 달 동안 나더러 침대에 누워 있으라고 했단다. 난 무척 앓았어. 알고 있었니……?”

그러고선 그 애도 나처럼 고개를 숙였다.

“사튀르닌 마님이 오셔서 날 간호해 주셨지. 그러고선 날 네 사촌들 조리에네로 보냈지. 꼬스뜨벨에.”

그 애는 잠시 입을 다물더니 내게 고백했다.

“나도 너처럼 도망 나오려고 여러 번 생각했단다. 하지만 두려웠어……. 그리고 그들, 네 사촌들 조리에 일가는 무척 좋은 분들이었어…….”

그 애는 망설이듯 말을 멈추었다.

“그리고 또 뭐니?”라고 난 그 애에게 물었다.

그 애는 눈을 들더니 날 바라보았다.

“좀 지나가게 해 줘, 콩스탕탱.” 하고 말했다.

“방 좀 치우게 내 방까지 올라가야겠거든.”

나는 움직이지 않았다. 그 애도 그랬다. 그 애도 나도 감히 그 자리를 떠날 엄두를 내지 못했다.

계단은 좀 어두웠고, 기억이 나지만 (아침이었다.) 정원 깊숙한 곳으로 흘러가는, 세탁장 작은 저수조의 물소리, 그리고 필경 부엌에서부터 전해 오는 장작불 냄새만이 스쳐 지나가는, 신선함과 평화, 고요가 감돌고 있었다. 이러한 정적, 여름 공기, 그리고 집이 풍기는 아침 기운이 우리 두 사람 주위로 어우러져서 목가적이고 정다운 쾌적함을 만들어 주었기 때문에 난 거기에서 벗어날 수 없었다.

이윽고 난 이아생트에게, 집에 돌아온 후 누아르아질에 가 보았는지 물었다.

그 애는 아니라고 했다.

"거기 다시 가긴 할 거니?"라고 난 그 애에게 물었다.

그 애는 무관심한 투를 보였다.

"모르겠어. 다 바보짓이겠지……."

이 대답은 내 마음을 아프게 했다. 누아르아질에 대해 멍청하니 말한 것이 부끄러워져 버려서 즉각 특유의 무뚝뚝한 태도로 나는 돌아갔다.

이아생트가 자기 방에 올라가고 싶은 시늉을 했기 때문에 더 이상 아무 말 없이 그 애가 지나가게 내버려 두었다.

그 후 일주일 동안 난 무척 불행했다. 이아생트와 나, 우리는 서로 마주치기를 피했다.

라 페기노트는 앞으로는 그 애의 도움을 더 받을 수 없다는 분부를 받았지만 잔손 도와주는 꼬마가 없게 된 것을 기꺼이 수락하는 듯이 보였다. 라 페기노트는 선량한 사람이었다. 고기즙과 반숙 달걀, 닭고기 국물만이 회복기 환자에게 주어졌다. 부엌은 향초 냄새로 가득했다.

후각이 예민한 사튀르냉 할아버지는 이 멋진 냄새를 맡자, 차차 우리 집안을 훌륭하게 이끌어 가는 데 필수불가결한 그 행복한 기운을 회복해 가셨다. 정말이지 그분이 없으면 사튀르닌 할머니는 힘도, 기운도, 쾌활함도, 결국 그녀의 비할 데 없는 성품의 4분의 3은 다 잃어버릴 것이다. 그럼 모든 게 다

위험해질 터이다. 사튀르냉 할아버지의 영향력은 지고했다. 예상하고, 조직하고, 이끌어 가고, 고치고, 그리고 필요할 경우 사물과 사람 들을 구하는 일들이 하루하루 할머니께 돌아오는 몫이었다. 할머니는 스스로 뭐 오죽잖은 일이나 좀 하는 거라고 말씀하셨다. 그러나 그분은 일로 불평을 하시는 게 아니라 그 반대였다.

"내 몫이야 놀랍지." 하고 그분은 말씀하셨다.

"여자들에게 자연스레 돌아오는 몫이거든. 그 어떤 남자라도 우리처럼 그런 일은 못 해 낼 거야. 그러나 우리 곁에 남정네가 없으면 이런 노고를 할 이유가 없게 되지. 남자들이 있어야 해. 하지만 그저 그렇게 있고 그들이 행복하다고 생각해 주기만 하면 된단다. 그럼 모든 게 잘되지."

이런 식으로 사튀르냉 할아버지는 말하자면 온갖 집안일과 수고의 저 위에 임재하셨다. 전적으로 정신적인 그분의 역할은 우리에게 행복의 정경을 보여 주는 일이었다. 그분이 그 역할을 저버리시는 일은 거의 없었다. 사튀르닌 할머니에 의해 그리도 잘 조직된 이 세계 속에서 할아버지는 통치하시는 게 아니라 집안이 잘 건사되게 그저 순수한 정신적 도움을 주시는 것이었다. 이런 도움이 없이는 그 누구도 제대로 옳게 해 나갈 수 없다는 걸 다들 알고 있었다. 그분께 조언을 구하는 일은 한 번도 없었다. 그러니 모두들 항상, 그분을 고려치 않은 채 우리 생활에 유익할 거라며 계획된 소위 저런 태도, 그런 처신이 어떤 그림자를 그분의 천진함 위에 드리우게 될까 미리 생각하곤 하였다. 그래서 행동이며 계획, 절차 등등은 할아버지께서 그 때문에 상심하지 않으리란 확신을 미리 얻지 않고는 감행되지 않았다. 그분 앞에서는 조심스러웠기 때문에, 또 정직함을 보여야 했기 때문에 아무도 그분께는 무얼 감추는 법이 없었다.

과연 사튀르닌 할머니는, 계제마다 저 호노인의 얼굴 위로 번지는 단순한 기쁨이나 슬픔의 순간적인 표시만큼 할머니가 시도하신 모든 일의 참됨이나 실수를 바로 드러내 주는 징표가 이 세상에는 없다고 생각하셨다. 왜냐하면 설사 호의 때문에서라 하더라도 사튀르냉 할아버지가 감정들을 거짓 치장해 보일 수 있으리란 생각은 할머니께는 한 번도 들지 않았기 때문이다.

"그런 영혼은 아무것도 감출 게 없지."라고 할머니는 말씀하셨다.

"게다가 감출 줄도 모르실 거야……."

사튀르닌 할머니는 잘못 생각하신 거다.

이아생트는 보이지 않는 영혼이 되어 버렸다. 그 애는 기적처럼 나타났다가 또한 기적처럼 금방 사라져 버리곤 했다. 그 애의 바로 이 같은 잠적이 나를 조바심 나게 했다. 너닷새 동안이나 나는 가장 은밀한 구석까지도 다 알고 있는 집 여기저기를, 그 애와 문득 마주치면 그 애를 놀래 주리라는 희망을 품고 배회했다. 헛일이었다.

이런 헛된 전투에 지쳐 나는 정원으로 향했다. 그러곤 팡탈레옹 사이프러스를 지나 이아생트의 영토로 거침없이 침입해 들어갔다. 그러나 거기서도 그 애를 전혀 만날 수 없었다. 그곳에 있는 모든 것은 어떤 저버림을 드러내고 있어서 마음이 미어지는 것 같았다. 할 일이 없어진 나는 고통스러운 마음으로 버찌나무에서 자두나무로, 딸기밭에서 집 벽 창틀을 두른 포도시렁께로 이리저리 서성거렸다.

고독한 모습이었는데도 누아르아질은 황금빛 금작화 큰 덤불 뒤에 감춰져 있다는 그 입지 조건의 비밀스러움과 더불어 아직도 무언가 매력적인 사람 자취가 남아 있어서 나를 유혹했다. 커다란 정원에 홀로 서성이고 있던 나는 그토록 오랫동안 이아생트가 제 자신과 가졌던 신비한 비밀회의를 감추어 준 이 개집의 매력에 곧 이끌려 들었다. 기이하게 낯설면서도 잊어버릴 수 없었던 벨뛸 다음으로 바로 그곳이 내 유년이 겪은 가장 심각한 공간 중 하나였다.

나는 더 자주 그곳에 가 보았고 거기에 감히 들어가진 못한 채 몇 시간씩이나 서성거리곤 했다. 그러나 등은 그 널빤지 개집 벽에 기대고, 여름의 열화를 느끼게 하는 마른 풀섶에 앉은 채 저 달아오른 대지와, 그때 이후 살아오면서 떠올리기만 해도 마음이 동요되는, 바로 저 기쁨과 두려움이 함께 어린 밀착을 조금씩 더해 가곤 했다. 정녕 나는 대지를 사랑하였고 또 사랑하기 때문이다.

나는 또한, 이 허물어져 가는 오두막이 어떤 강한 흡인력을 속에 감추고 있다는 것을 막연하게나마 느끼고 있었다.

그곳에서는 기다림이 가능했다. 그곳은 자성(磁性)을 띤 땅, 자력이 적어도 우리집 본채 아래 깊은 곳까지 뻗쳐 있는 장소였는데, 집에서 때로 어른들은 그런 이야기를 하기도 했다.

그러니 만약 사람들 거처지에서 아주 사소한 이상한 일이라도 생기면 모종의 신호 작용에 의해 누아르아질도 그것을 곧 알게 된다고 나는 일찍부터 확신하고 있었다.

그래서 나는 기다렸다.

심심풀이거리도 책도 필요하지 않았다. 여름방학과, 내 조부모님들의 애정에 넘친 후의가 허락해 준 여가를 전부 다 보내는 데에는 기다린다는 일만으로 족했다. 그러나 기다리고 기다린 나머지, 이 고독한 곳에 감추어진 어떤 살아 있는 기척을 드러내는 그 아무리 작은 조짐에도 예민해진 내 심장은 도마뱀이 기어가거나 나뭇잎이 살랑거리는 것과 같은 더할 나위 없이 가벼운 소리가 침묵을 깨뜨리는 순간에도 곧바로 심하게 뛰곤 했다. 종내 너무나 신경이 곤두선 나머지, 그토록 꼭꼭 몸을 숨기고 있었고 집안의 낯익은 얼굴들에서 그리도 멀리 떨어져 있었지만 그래도 누군가가 날 엿보고 있다고 때때로 생각하기에 이르렀다. 난 중얼거렸다. 누군가 꼭 오고야 말 거야. 그런데 난 그가 다가오는 소리를 못 들을 것이고 그는 나 몰래 여유 있게 날 엿보겠지라고.

무섭고도 끔찍한 생각이었다.

'게다가…… 여긴 숨을 곳으론 썩 훌륭하지는 못해, 이아생트가 찾던 곳이 아닌가.'라는 생각까지 들었다.

솔직히 내 마음을 드러내 보인다면 사실 이런 중얼거림은 다름 아니라 그 애가 여기 다시 올 수 있으리란 것, 더 솔직히 말하면 그 애는 조만간 나타나야만 한다고 중얼거린 것에 다름 아니었다.

왜냐하면 내가 기다린 건 바로 그 애였고 이런 기다림에 그 애가 진작 응해 오지 않음을 난 괴로워했다. 누아르아질이 이제 만약 그 애에게 무관해졌다면, 그 애를 이 장소에 연결하고 이어 수수께끼 같은 연쇄 작용으로 그 애를 내 유년의 비밀과 맺어 주고 또 알지 못할 은밀한 힘에까지 연결하는 경이로운 마력 역시 단번에 없어지리란 사실을 나는 예감하고 있었다. 난 그 애를 사랑하고 있었다.

잘 정의 내릴 수 없는, 그러나 강렬한 이런 느낌이 나로 하여금 더욱 남의 눈에 띄지 않는 곳에 숨어들게 하였다. 나는 오두막을 떠나 내 모습은 남에게 보이지 않지만 나로서는 누아르아질에 접근하는 모든 것들을 잘 살펴볼 수 있는 숨을 곳을 하나 찾아냈다. 거기에서 한결 침착하게, 그러나 욕망과 희망을 여전히 보듬은 채 난 계속 기다렸다.

사튀르냉 할아버지가 나타나신 것은 그때였다. 그분은 아침이나 저녁 때, 마을을 둘러보러 가시는 걸 제외하곤 거의 테라스를 떠나지 않으셨다. 북쪽으로는 채소밭이 그분의 산보 경계선이었다. 그분이 즐겨 하신 일이라고는 그저 산 구릉들을 바라보시는 일이었는데 팽나무들 아래의 테라스에선 부드러운 언덕들의 자태가 환히 바라다 보이는 것이다. 할아버지는 늘 그것으로 만족이셨다.

난 이해할 수가 없었다. 하지만 바로 그분이셨다. 할아버지는 천천히 마치 무언가를 찾고 계시는 듯이 눈을 빛내며 다가오고 계셨다.

그분은 멈춰서 땅을 살피시고 또 몇 걸음 내딛으시더니 누아르아질을 발견하셨다. 그분 얼굴이 문득 환해졌다. 찾고 계셨던 것은 바로 누아르아질이었다.

그분은 거기에 다가가셔서 그 주위를 한 바퀴 둘러보시더니 몸을 약간 숙이셨는데 살펴보신 일에 그리 흡족한 듯이 보이지는 않았다.

난 그분이 이렇게 나지막이 말씀하시는 것을 들었다.

"이건 너무 작잖아, 정말이지 너무 작군."

개집은 울타리 벽에 기대어져 있었다. 울타리에는 아마도 한 반세기 동안 연 적 없었을 살문이 하나 달려 있었다. 할아버지는 거기 가서 그 문을 밀어 보려 하셨지만 열쇠로 채워져 있었다.

"열쇠를 도대체 찾을 수나 있담?" 하고 그분은 중얼거리셨다.

그분은 생각에 잠긴 채, 내가 밑에 웅크리고 있었던 덤불까지 다가오셨다. 그분은 덤불 속으로, 내 머리에서 그리 멀지 않은 지점까지 이르도록 지팡이를 한 번 휘두르시더니 만족하신 듯 말씀하셨다.

"촘촘하게 잘 자랐군, 좋은 울타리가 되겠는걸. 저 뒤라면 아무도 놈을 볼 수 없겠는걸."

그분은 신경이 쓰이는 듯도 했지만 어쨌든 만족한 듯 보였다.

가끔 짓궂은 미소까지 지으셨다.

마침내 할아버지는 그 사뿐하고 분별 있는 산보 전문가 특유의 걸음으로 떠나셨는데 걸어가시는 동안 줄곧 꽃을 꺾어

드셨다.

그날 저녁도 그다음 날들도 그분은 당신의 그 기이한 행동에 대해 아무 말씀이 없으셨다. 그 산보에 대해 할머니께선 전혀 모르고 계시다는 것이 분명했다. 그 상황이 내겐 하도 이상하게 생각된 나머지 나는 누아르아질과 관련하여 그때까지만 해도 강박적으로 하던 생각, 정원 구석에 오래전부터 잊힌 채 놓여 있었던 그 움막을 그토록 감미로운 시정으로 단장해 두었던 소녀에 대한 생각을 좀 잊어버리기도 했다. 나는 사튀르냉 할아버지를 관찰했다. 겉으로 보기엔 늘 같은 당신의 일상 거동 속에서도 작은 변화들이 이제 일어나고 있음을 나는 보았다. 그분은 더 이상 관조자의 위치만을 고수하지는 않으셨다. 무슨 소린가 하니 할아버지는 점점 더 자주 실제 두 발로 걸어가셔서 정원 쪽에 재차 관심을 표하시는 것이었다. 여러 번 앙셀므와 얘기를 나누시는 걸 문득 엿들을 수 있었다. 이 비밀회의는 항상 집에서 먼 곳, 뺄랑따드로 가는 움푹한 길에서 이뤄지곤 했는데 할아버지는 귀가 어두우셨으므로 그분이 들을 수 있게 하자면 앙셀므는 소리를 질러야만 했다. 그래서 난 아무 부끄럼 없이 기회를 탔고 그래서 들은 것은 호기심을 부쩍 돋우었다.

"자네, 그럼 그걸 밤에 실행하게."라고 할아버지가 말씀하셨다. "아무도 눈치 채서는 안 되네……."

"제일 힘든 건 그놈을 데리고 오는 일이죠." 하고 앙셀므가 대답했다.

"아무도 눈치 채선 안 돼."라고 아마도 말귀를 못 알아들으신 할아버님이 말씀을 이으셨다.

“아무도 그쪽으로 더 이상 가선 안 돼, 꼬마 계집애도. 하기야 그놈을 그곳에서 발견한다 해도 누가 그놈을 알아보겠나……? 게다가 난 설명할 걸 다 준비했으니까…….”

앙셀므는 양 떼 쪽으로 멀어져 갔고 할아버지는 집으로 돌아오셨다.

그다음 목요일까지 할아버지의 태도로 보아서 새로운 사건이 생겼음을 말해 주는 일은 없었다.

그 목요일 저녁 5시경 그분은 여느 때처럼 산보를 떠나셨다. 산책길은 벌써 여러 해 전부터 정해져 있었다.

우선 그분은 정원의 나무 울타리를 따라 걸어가셨다. 이 울은 제대로 난 길을 따라 한 200미터까지 뻗치다가 길을 벗어나 오른쪽 모퉁이를 돌아 들을 가로질러 계속되는 것이었다.

할아버지가 들을 가로지르시는 일은 한 번도 없었다. 울타리가 끝나는 장소에 이르러 할아버지는 똑바로 앞으로 쭉 뻗은 길을 따라 빨랑따드 성의 부지에 이르는 곳까지 산보를 계속하시곤 했다.

그런데 그날 저녁은 목책이 끝나는 곳에 이르자 할아버지는 들을 가로지르셨다.

나는 몸을 산울타리 뒤에 숨기러 뛰어들었다. 할아버지는 울짱을 따라 걸어오시더니 누아르아질을 처음 방문하셨을 때 열어 보려 하셨으나 헛수고였을 뿐인 바로 그 문에 이르셨다.

그분은 주머니에서 열쇠를 하나 꺼내시더니 그 문을 열고 사라졌다.

나는 거기까지 달려갔다. 문은 닫혀 있었다.

나는 문을 열려고 억지 피우지는 않았다. 앙셀므가 어디 있는지 알아내야 했다. 나는 뺄랑따드에 갔다. 앙셀므는 거기서 양들에게 풀을 뜯기고 있었다. 길가 바위 위에 앉아 가끔씩 그는 마을 쪽을 바라보았다.

"할아버질 기다리는 거군." 하고 난 생각했다.

그의 눈에 띄지 않게 덤불 아래를 누벼 그의 곁에 바짝 이르도록 숨어들었다.

그는 손에 기이한 것을 하나 들고 있었는데 그는 그것을 조심스레 돌리고 또 돌리곤 하였다. 꽤 큼직한 그 물건은 넓적한 놋쇠 띠를 둘러 묶은 너댓 가락의 짤막한 갈대들인 듯 보였다. 그 갈대 대롱들은 길이가 각기 달랐다.

할아버지는 얼마 있지 않아 곧 나타나셨다.

"그 녀석은 만족한 듯 보이더군." 하고 할아버지는 말씀하셨다.

"어떻게 해냈는지 얘기해 보게……."

"아, 세상에 그 일보다 더 쉬운 일이 있을까요!"

앙셀므는 대답했다.

"전 집 뒤에서 그를 발견했지요. 내가 오는 걸 보자 그는 숲으로 달아났어요. 그에게 공포심을 주지 않으려고 천천히 따라갔지요. 삐에르블랑슈까지 나를 끌고 가더군요. 삐에르블랑슈, 생각나시죠? 4월에 꼬마 도련님을 찾아낸 장소 아주 가까운, 목이 따인 여우를 보았던 곳 말이에요……. 거기 도착하자 그는 바로 바위 아래 멈춰 섰고 난 그에게 가까이 다가갈 수 있었죠. 내가 하는 대로 내버려 두더군요. 날 얌전히 따라왔어요. 처음엔 약간 걱정이 되었습니다……. 날 슬그머니 따돌리지나 않을까? 하고요……. 그런데 아니었죠! 끝까지 절 따라오더군요. 이제 그는 다른 녀석들과 마찬가지로 변했다고 믿습니다……."

할아버지는 흡족한 듯 보였다. 앙셀므는 손에 여태 들고 있던 그 기이한 물건을 할아버지께 내밀었다.

"삐에르블랑슈에서 제가 발견한 건데 좀 보세요. 이게 무언지 아시겠어요……?"

"악기로군." 하고 할아버지는 대답하셨다.

"피리의 일종이군."

"저도 그렇다고 생각했어요." 하고 앙셀므는 말했다.

"해서 좀 불어 보려 했지만 감히 그럴 수 없었어요, 이상한 일이죠……."

"자네가 그럴 수 없었다고, 아니, 자네가?" 하고 할아버지는 놀라서 목소리를 높였다.

"좀 더 자세히 보십시오." 하고 목자는 말했다.

"가운데 갈대 두 대 위에 있는 커다란 검은 얼룩 두 개가 안 보이시나요?"

"물론 보이지. 그런데 그게 어쨌다고?"

"핏자국입니다." 하고 앙셀므는 대답했다.

두 사람은 서로 마주보았다. 할아버지는 앙셀므에게 그 물건을 되돌려주었고 그는 그것을 망태기 속에 집어넣었다.

밤이 떨어지고 있었다. 할아버지는 몸을 일으켜 천천히 집

쪽으로 떠나셨다.

나는 지름길로 달음질쳐 그분보다 집에 먼저 도착했다. 집에선 모든 것이 평화로이 숨쉬고 있었다. 할머니가 안 보이셨는데 아마 묵주기도를 드리러 가신 터였을 것이다. 라 페기노트가 부엌을 점령하고 있었고 이아생트는 보이지 않았다.

나는 팡탈레옹 사이프러스를 지나 정원 안쪽까지 가 보았다. 그러고서 누아르아질을 너무나 잘 숨기고 있는 금작화 덤불 벽으로 살금살금 다가갔다.

누아르아질은 나를 깜짝 놀라게 했다. 지난밤 난 그곳에서 분명 나지막하고 한심한 우리를 하나 보았을 뿐이다. 그런데 지금은 작은 판잣집이 한 채 서 있는 게 아닌가. 낡은 오두막을 크게, 높이 올리고 튼튼히 해 놓았지 않은가.

할아버지의 분부가 기억났다.

"밤 내내 앙셀므가 작업한 모양이구나." 하고 난 생각했다.

"하지만 누굴 위해서람?"

그곳은 어두웠다. 빈 공터로 겨우 약간의 볕이 들 뿐이었다. 나는 그 한 줌 빛 쪽으로 다가갔다.

내가 다가가자 짐승 한 마리가 거대한 관목 뒤에서 나왔다.

당나귀 한 마리였다.

당나귀를 무서워한 적은 한 번도 없었다. 그러나 이런 장소에서 당나귀 한 마리가 튀어나오다니 깜짝 놀라지 않을 수 없었다.

당나귀는 공터 가운데 가만히 서 있었으므로 난 다가갔다. 그는 내 냄새를 맡았다.

그래 난 그의 이름을 불렀다. 왜냐하면 그는 바로 그 당나귀임을 의심할 여지가 없었다. 그러나 그는 날 알아보는 듯이 보이지 않았다. 다시 한 번 내 냄새를 맡더니 그는 좀 멀어져 가며 무심하니 풀을 뜯기 시작했다.

"다른 당나귀들과 마찬가지 당나귀 말이죠……."

바로 앙셀므가 한 말이었다.

나는 절망하여 집으로 돌아갔다.

자정에 누가 내 문을 아주 부드럽게 긁었다. 가서 열어 보았다.

"나야." 하고 이아생트가 속삭였다.

그 애는 내 손을 잡았다.

그 애가 보이지는 않았다. 그만큼 캄캄했다. 그 애는 내게 당부했다.

"샌들을 신으렴……."

나는 그 애가 시키는 대로 했다.

"따라와."라고 그 애는 말했다.

우리는 일층으로 내려갔다. 그렇게 캄캄한데도 그 애는 확실한 걸음으로 전진했다. 부엌에 이르자 그 애는 삐걱 소리도 나지 않게 살그머니 문을 열었다.(누군가가 경첩에 새로 기름칠을 해 둔 모양이었다.)

우리는 곁채 쪽으로 나왔다.

이아생트는 팡탈레옹 사이프러스 쪽으로 나를 이끌었다. 우리는 앉았다. 그 애는 내 곁에 옴츠리고 앉았다.

"난 무서워." 하고 그 애는 말했다.

그 애가 막 대담하게 거사(擧事)를 한 뒤라 난 그 말이 놀라웠다. 그러나 그 애가 무서워하니 나도 두려웠다. 얼른 입을 뗐다.

"넌 사람들이 그를 다시 찾아내서 일주일 전부터 그가 누아르아질에 있다는 걸 아니?"

"그래, 알아."

그 애는 머리를 내 어깨 위에 얹었다.

"넌 왜 매일 거기에, 누아르아질에 가곤 했지?" 하고 그 애는 말했다.

난 그 애에게 되물었다.

"아니, 어떻게 그걸 알지?"

그 애는 조금도 망설이지 않았다.

"널 보고 있었어, 숨어서……."

그 애는 움직이지 않았다.

"다만 난 매일 밤에만 거기 가곤 했어……."

그 애는 내 귀에 바싹 대고 말했다. 그건 숨결 같았다…….

"오늘 밤에도 거기서 오는 길이야, 한데 무서웠어, 누군가 거기 있었어……."

"당나귀야……."

"아니, 당나귀가 아니었어. 누군가 사람이었어, 아마 남자였겠지……. 난 그가 걷는 걸 들었어. 그는 들판으로 난 울타리 문으로 들어왔어, 그러곤 오두막 쪽으로 오더구나……."

"그를 보았니?"

"아니! 난 머리를 풀 속에 박고 있었어. 무서워 죽을 것 같았거든……."

"얼마나 오랫동안?"

"한 반 시간. 그러고서 바로 널 찾으러 간 거야."

그 애는 입을 다물었다.

잠시 후 그 애는 말했다.

"누구인지 알아봐야겠어. 너 무섭니?"

나는 거짓말한다는 게 부끄러웠다.

"그래, 무서워."

"괜찮아." 하고 그 애는 속삭였다.

"소년이 무서워한다는 건 또 다른 거지……. 내가 같이 갈게……."

하늘에는 셀 수 없이 많은 별들이 걸려 있었다. 대지에서 올라오는 열기를 받아 저 먼 천체들은 겨우 희미한 빛을 띠고 있었다.

우리는 일어섰다. 그러고는 아무 말 없이 걸어갔다. 손에 손을 잡고, 할딱거리면서, 그러나 두려움과 호기심에 차서 확고한 걸음으로 우리는 누아르아질로 향했다. 우리는 무사히 거기에 도착했다.

모든 것이 조용했다. 당나귀는 없었다. 방문객도 없었다.

우리는 금작화 뒤, 빽빽하니 높은 풀숲 안에 몸을 뻗쳤다.

우리는 입을 다물고 있었다.

사방에는 귀뚜라미 소리가 들렸고 가끔 뺄랑따드 쪽에서 들려오는 작은 올빼미의 울음소리 외에는 아무 소리도 들리지 않았다…….

갑자기 이아생트의 손이 꽉 움켜들었다.

“들어 봐……!”

문 쪽에서 무슨 웅얼거림 같은 것이 들렸다. 숨죽인 소리들, 남자들 소리였다. 우리는 감히 움쩍도 못 했다.

게다가 그 목소리들은 잦아들더니 누군가 우리가 숨어 있는 곳으로 다가왔다. 정말이지 잘 보이지 않았다. 그러나 난 분명 앙셀므를 알아보았다. 그는 누아르아질 앞을 지나 거기서 멈추지 않고 양 우리 쪽으로 사라졌다.

즉각 우리는 숨어 있던 데서 나와 울짱 문으로 달려갔다. 열쇠로 채워져 있었다. 울타리 너머로 덤불도, 나무 한 그루도 없는. 대야처럼 가운데가 약간 파진 채 널찍한 들판이 보였다.

그 넓은 들 한가운데에서 우리는 그림자 하나가 빠른 속도로 멀어져 가는 것을 보았다.

우리는 거기, 살문 앞에 한동안 서 있었다. 생 울타리는 향기를 풍기고 있었고 평화로운 밤에 안심한 작은 개구리들이 가끔, 울을 경계 짓는 구덩이 속에서 서로 울고 있었다.

산은 보이지 않았다. 그러나 그 산이 풍기는 돌과 풀 냄새가, 밤의 이 순간 그리도 코 끝에서 향긋한 바자울을 넘어서 우리에게까지 전해져 왔다.

“내일은.” 하고 내게 이아생트가 속삭였다.

“우리 둘이 벨뛸로 올라가야겠어. 널 데리러 갈게.”

그 애는 내 곁에 바짝 다가서 있었지만 난 그 애 얼굴 윤곽을 알아볼 수 없었다. 겨우 희끄무레한 빛뿐. 그러나 그 애는 건초와 금작화, 그리고 젊은 피의 냄새를 풍겼다.

“콩스탕탱.” 하고 그 애는 내게 말했다.

“난 이제 무섭지 않아…… 그만 돌아가…….”

우리는 아무 탈 없이 집으로 돌아왔다.

나는 대번에 깊디깊은 잠으로 빠져들었다.

그다음 날, 오후 2시경, 이아생트가 나와 만난 것은 가이욜 다리 너머, 떡갈나무 숲에서였다.

“앙셀므 방에 들어가 봤어.” 하고 그 애는 말했다.

“안 계시더구나. 침대 머리맡에 그가 무얼 매달아 놓았는지 넌 아니?”

난 알아맞힐 수 있었다.

“악기 말이지?”

“그래, 넌 그걸, 그 악기 소리를 들어 본 적 있니?”

그 애의 금발머리가 어깨 위로 찰랑거렸다. 두 뺨은 해쓱했고 이제 기이한 힘에 사로잡힌 듯한 그 시선은 어두운 점들로 별처럼 반짝였다.

“어서 가자!” 하고 난 그 애에게 말했다.

“상당히 걸어야 하지 않니.”

우리는 오후 4시경 벨뛸에 도착했다.

집 문은 닫혀 있었다. 인적이 없었다. 우리는 과수원 쪽으로 가 보았다. 입구를 표시하는 두 기둥 사이에 살문이 달린 목책이 땅에 쓰러져 있었다.

그 너머로는 기이한 황량함이 감돌고 있었다. 아직 8월 한

창이었는데도 나무들은 벌써 잎을 다 떨어뜨린 채였다.

석회질 땅 위로 채소밭의 친숙한 작은 식물들이 더미더미 조약돌 근처로 노랗게 시들어 가고 있었다. 포도덩굴이라곤 동굴 아래로 이제 타 버린 그루터기 하나뿐이었다.

아몬드나무들은 죽어 있었다. 몇 달 전만 해도 경이로운 그 과수원이 자리 잡고 있던, 암벽 병풍이 둘러선 그 우묵 자리를 화재가 휩쓸고 간 냄새만이 가득 채우고 있었다. 한 마리 새도 짐승도 없었다. 바람 한 점 불지 않았다.

이아생트는 내게 달라붙었다. 그 애는 떨고 있었다.

"올라오지 말걸 그랬어…… 잘못했나 봐……."

"그만 가자." 하고 난 그 애에게 말했다.

그러나 우리가 집 앞에 왔을 때 그 애는 비명을 내질렀다.

"저 문 좀 봐!"

문은 이제 살짝 열려 있었다.

이아생트는 달아나려 했다. 그러나 난 꼼짝할 수 없었다. 그 검은 틈바구니가 날 유혹했다. 난 이아생트의 손목을 꼭 쥐었다. 그 애는 신음했지만 난 겁에 질린 채 문 쪽으로 한 걸음 옮겨 놓았다.

난 그것을 밀었다.

방은 어두컴컴했다. 가구는 몽땅 사라지고 없었다. 안쪽 벽의 가리개도 사라지고 없었다.

우리는 다른 방들에도 가 보았는데 한결같이 퀭하니 버려져 있었다.

갑자기 집 밖에서 누군가가 걸어왔다. 우리는 오른쪽 구석진 곳으로 피했다. 거기서 우리는 문과 마주하는 입구 쪽 방의 벽을 볼 수 있었다. 문으로 쏟아져 들어온 빛이 그 벽에 환히 빛나는 삼각형을 그리고 있었다.

그림자 하나가 그 위로 세워졌는데 앙셀므의 그림자였다. 그는 잠시 문지방에 가만히 서 있더니 안으로 들어왔다. 우리는 그를 잘 볼 수 없었다. 그러나 난 그가 벽감 쪽으로 가고 있음을 알았다.

그제야 난 머리를 내밀고 바라보았다.

앙셀므는 팔을 벽감 속으로 집어넣었다. 그는 거기에서 채색한 나무 상자를 끄집어내었다. 그는 그것을 가지고 집에서 나갔고 문을 되밀어 닫았다.

우리는 그가 멀리 사라지길 기다렸다. 그 걸음으로 보아 난 그가 뻬이루레를 향해 내려간다는 것을 알아차렸다.

어둠 속에서 넋을 잃은 듯 서로 몸을 맞댄 채 우리는 듣고 있었다.

한여름 열기로 지붕 골조가 부드럽게 삐걱대는 소리가 들렸고 불이 꺼진 벽난로에서 타 버린 나무와 재에서 쓸쓸한 냄새가 가끔 풍겨났다. 벌레들이 집요하게 천장 오리목을 쏠고 있었다. 바위에 파 놓은 무슨 광 속에선 습기 찬 돌 냄새가 올라왔다. 버려진 이 집 주위로 온통, 장장 여덟 시간 동안이나 무겁게 내리쬐는 햇볕 아래에 몸을 내맡겼던 산의 몸체는 동물처럼 강한 냄새를 풍기고 있었다. 우리는 홀로였다.

거기서 우리가 어떻게 나왔던가?

밤이 내릴 즈음에야 마을이 보이는 첫 인가에 도착했다는 것을 기억할 따름이다. 거기서 우리는 헤어졌다. 이아생트는 사라졌다. 그 애는 마치 주문에 걸린 듯 여느 때처럼 내 눈 앞에서 휙 하니 어스름 속으로 사라졌다.

할머니께서 우리가 잠시 사라졌던 것을 의심하는 듯 보이지는 않았다.

저녁을 먹었다.

9시에 양들이 언덕들을 향해 떠나면서 개는 으르렁거리고, 목자가 짐짓 거칠지만 다정하게 양들을 부르는 소리들이 들려왔다.

앙셀므가 꽤 멀어졌을 때 난 그의 방으로 달려갔다. 침대 아래에 둔 그 채색 나무 상자를 찾아내는 데는 어려움이 없었다. 그러나 그건 열쇠로 잠겨 있었다.

나는 내 방으로 돌아와 양 떼가 돌아오기를 기다렸다.

그는 자정쯤, 즉 보통 때보다 한 시간 빨리 돌아왔다. 앙셀므는 양들을 우리에 들어가게 한 다음 자기 거처로 물러났다.

고미다락방의 조그만 창문으로 나는 그가 켜둔 촛불을 볼 수 있었다. 그 촛불은 하도 오랫동안 켜져 있어서 내게 도전적으로 느껴졌다. 난 내려가서 거기 현장 근처까지 미끄러져 들었다.

앙셀므는 침대에 앉은 채였는데, 발치에는 그의 개가 앉아 있었고 그는 커다란 붉은 공책을 집중해서 읽고 있었다.

빛은 그를 옆쪽으로 밝히고 있었는데 그의 그림자가 천장에 비쳤다. 그는 곰곰 생각하는 투였다. 한껏 찌푸려진 눈썹은 벅찬 노력을 하고 있음을 말해 주었고 어쩌면 무슨 의혹에라도 빠져 있는 모습을 드러내 주었다.

그는 오랫동안, 아마 한 시간 동안 계속 읽고 있었을 것이다. 마침내 그는 공책을 채색 나무 상자에 챙겨 넣고선 그것을 열쇠로 채운 후 흙을 구워 만든 물 단지 아래 열쇠를 숨겼다. 그리고 촛불을 불어 껐다.

나는 집으로 돌아 왔다. 공기는 양 우리 냄새를, 그러니까 따뜻한 양털과 건초, 응고한 우유와 치즈 거름망에 얹는 향초 냄새를 풍겼다. 언덕 위에서 꾸물거려 뒤처졌던 한 떼의 양들이 올리브나무 숲을 가로질러 여기보다 한 200미터쯤 높은 곳으로 지나갔다. 그 짐승들의 발굽 딛는 소리와 목에 매달린 방울 소리가 여기저기에서 들려왔다.

우리에선 양 한 마리가 매에 울었다.

그러고선 모든 것이 입을 다물었다. 전원의 밤은 조용했다.

사흘간 아무 일도 일어나지 않았다. 그러나 이아생트는 거의 자취를 감추었다. 그 애는 제 방을 지켰다. 나는 거기 가서 문을 두들겼다. 그 애는 문을 열어 줄 수 없노라고 대답했다. 기분이 상한 나는 물러섰고 그 어떤 시도도 더 이상 하지 않았다. 상자는 (매일 저녁 확인했지만) 앙셀므의 침대 아래 계속 놓여 있었다. 벽에 걸린 피리도 여전히 보였다. 당나귀는 누아르 아질 근처에서 평화로이 풀을 뜯고 있었다. 할아버지는 평소와 마찬가지로 행복한 모습이셨다. 할머니는 다름없는 침착함으로 집안일을 지휘하셨다.

방랑객들이 도착한 것은 어느 토요일 저녁이었다. 구릿빛 얼굴을 한 이 사람들을 우리 고장에선 카라크인[40]들이라 불렀다. 그들은 보통 꼬스트벨 쪽 길을 거쳐 동쪽에서부터 왔고 마을 밖에서 숙영했다.

그날 온 사람들은 열다섯 명 정도였다. 그 누구도 그들을 별달리 생각지 않았다. 그만큼 사람들은 그네들이 지나가곤 하는 일에 익숙해져 있었던 것이다. 아닌 게 아니라 마지막 인가에서 한 300미터쯤 떨어진 곳, 길가에서 조약돌 두 개 사이로 가시덤불에 불을 지펴 밝히는, 잠시 있다 사라지곤 하는 이 야영객들을 한두 번쯤 목격하지 않고 한 계절이 가 버리는 일은 없었다. 5월 중순에는 꽤 많았는데 왜냐하면 그때쯤 그들은 세 명의 마리아 축제[41]를 지내러 빌드라메르로 가곤 했기 때문이다. 그러나 다른 외딴 무리들도 연중 다른 계절에 모습을 보이기도 했는데, 황금비가 내릴 무렵, 바로 8월 말경, 마을과 산 사이에 그네들 한두 무리가 자리를 잡는 것을 보는 일도 드물지 않았다.

그때쯤이면 수많은 운석이 떨어져 내려앉아 아직도 여름 기운에 타는 대지는 별 밭으로 되어 버리는 것이었고, 가끔, 아주 맑은 밤이면 별들이 고요한 하늘을 가르며 보를 펼치듯 조용히 스쳐 지나가곤 했다.

새벽이 오도록 방랑객들은 불을 간수했고 잉걸불 주위에서 밤을 새곤 했다. 그건 아무도 이유를 모르는 관습인데 그만큼

---

40) 행실이 나쁜 사람이란 뜻의 방언이기도 하다.

41) 성모의 자매 마리아, 야고보와 요한의 어머니 마리아, 막달라 마리아가 남프랑스에 기착했다는 전승에 관련된 집시의 순례 행진 축제.

그네들의 기원과 삶과 문화, 여정, 그 목적은 수수께끼에 싸여 있었다. 사람들은 그들을 멀리했다. 그네들이 여러 번 노략질을 했다고들 했다. 그네들은 두려움을 불러일으키는 존재들이었다. 때로 그들의 야영장에서 어둠에 익숙한 어떤 목소리가 불 곁에서, 우수에 찬 긴 추억을 여운처럼 끌며 기억의 저 아득한 지평선으로 내려가며 아마도 지나온 길에 대한 회한 어린 노래를 부르는 것이 들려오기도 했다.

> 불 곁에서 노래하는 보헤미안은
> 이 순간 네 영혼을 훔치네

라고 그들을 혐오하는 라 페기노트는 반복해서 읊곤 했다. 그네들은 아이들을 납치해 간다고도 의심을 받는 처지가 아니었던가. 그러나 그것은 몇몇 노인네들 아니면 라 페기노트처럼, 호시탐탐 우리를 해치려 드는 작은 악마들과 온갖 마법으로 집 안을 채워 놓아야 직성이 풀리는 그런 예민하고 공상적인 사람들에게밖에는 별로 호응을 얻지 못하는 낡아 빠진 이야기였다.

이 방랑자들이 지나갔던 일을 내가 여기서 떠올리는 이유는 그때 뻬이루레에는 라 페기노트 외에도 이 이방인들이 출현한 것과 우리 집의 평화를 깨뜨려 놓은 심각한 사건을 연관지어 생각하려 했던 선의의 사람들이 여럿 있었기 때문이다. 그자들이 훌쩍 떠나가 버린 일이 적잖은 신비에 싸여 있는 것은 사실이다. 그들은 어느 날 밤 문득 아무 흔적도 남기지 않은 채 사라져 버렸다. 왜냐하면 곧 그들을 찾아 나서서 주변 20리를 샅샅이 뒤졌지만 헛일이었다. 물론 나는 끔찍한 행위를 그들과 연관 지어서는 안 된다고 믿는다. 그렇지만 그 많은 세월이 지난 오늘 지금의 나에게는, 분명 과장된 것이라 하겠지만 심각한 의미를 부여하며 어떤 별스러운 조우(遭遇)들을 생각해 보는 경우가 가끔 있다.

그들은 8월 18일, 엘렌[42] 성녀 축일이었던 토요일 저녁나절에 도착했다. 그들은 집 앞에 멈춰 서더니 곰 한 마리를 내세워 춤을 추게 했다. 우연히 거기 있던 이아생트는 그들을 따라가려 했다. 사튀르닌 할머니께서 몸소 나타나셔서야 그 꼬마 애를 집으로 들어오게 할 수 있었다. 그 애는 꾸중을 들었다.

그 후 이틀간, 내가 즐겨 가곤 했던 정원 구석에서 그 애가 갑자기 나타나곤 했다. 그러나 나와 맞닥뜨릴 때마다 그 애는 달아나 버렸다.

수요일이었던 22일, 나는 신부님 댁에서 나오던 앙셀므와 마주쳤다. 거기서 뭘하고 있는 게냐고 그는 내게 물었다. 나는 뭐라 대답할지를 몰랐다. 그는 잠시 망설이더니 내게 말했다.

"넌 밤마다 정원에 나오곤 하지, 안 그러냐, 얘야?"

나는 그렇다고 고백했다.

"네 방에 있어야 해. 나쁜 일을 만날지 모르잖아."

나는 무서워졌다.

"누가 내게서 뭘 훔쳐가려 했단다. 하지만 나이는 먹었어도

---

42) 헬레나라고도 한다.

아직 귀는 밝거든, 그래서 때마침 일어났지……. 이상한 일은 개가 짖지 않았다는 거야……. 그자들이 또 올지도 몰라. 그래서 가진 걸 단단히 간수해 뒀지……."

내가 그 앞에 있다는 사실도 잊어버린 듯 그는 혼잣말을 늘어놓는 것이었다…….

"가진 것이라고요?" 하고 난 그에게 물었다.

그는 미소를 지었다.

"아, 나처럼 늙은이가 가진 것이란 뭐 대단한 것도 아니기 마련이지……."

그는 내 손을 잡았다.

"어서 그만 들어가야지."

집에 돌아온 앙셀므는 할아버지와 길게 대화를 나누었다.

양 떼는 9시경 보통 때처럼, 그러나 개는 데리지 않고 떠났다. 개가 없는 데 나는 놀랐다.

나는 앙셀므의 방으로 기어들었다. 작은 궤는 더 이상 거기에 있지 않았다.

누군가 다가오고 있었으므로 나는 방 바로 곁에 있는 양 우리에 몸을 숨겼다.

들어온 것은 이아생트였다. 그 애는 무릎을 꿇고 침대 밑을 들여다보았다. 분한 듯 그 애는 몸을 일으켜 시선을 돌려 방을 훑어보더니 앙셀므의 궤짝을 뒤지기 시작했다. 그 애는 거기서도 찾는 것을 발견하지 못했다.

그러자 그 애는 침대 위로 뛰어올라 피리를 내려 제 앞치마에 감추고서 방을 나갔다.

나는 숨어 있던 데서 떠났다. 어두웠다. 이아생트는 누아르아질 쪽으로 접어들고 있었다. 나는 그 애를 따랐다. 그곳에서, 아무것도 보이지 않았지만 어떤 신음소리를 들었다. 오두막에 매어 놓은 개가 내는 소리였다. 내가 다가가자 나를 알아본 그 개는 쇠사슬을 끌어당기며 나를 핥으려 들었다. 그는 낮은 소리를 내며 뒹굴었다. 오뜨떼르에 사는, 털이 길고 송곳니는 단단한, 승산이 있는 싸움에는 대담하게 나서는 개로서, 용감하고 분별력이 뛰어나며 영리했다. 그러나 그때만큼은 그도 두려움에 괴로운 듯 보였다.

나는 그를 어루만졌다. 그는 한층 낑낑거리더니 줄을 사납게 당기기 시작했다. 그래서 나는 그를 풀어 주었다. 그 개는 낑낑거리면서 집 쪽으로 대뜸 달아났다. 나는 혼자 남았다.

오두막의 덩치가 겨우 보였다. 그 주위론 금작화들이 대기를 온통 달콤하게 적시고 있었다. 당나귀는 어디 있을까……? 나는 염려에 찬 앙셀므의 충고를 기억했다.

"애야, 방에 가만히 있어야 한다. 좋지 않은 것과 맞닥뜨릴지도 모르니 말이야……."

그렇지만 난 겁이 나지 않았다.

벌써 오래전부터 나는 밤과 친근해졌다. 밤은 나를 잘 숨겨 주었고 난 밤에 신뢰감을 느꼈다. 내가 꼬스트벨에서 도망쳐 나왔을 때 밤은 나의 여정을 지켜 주었고 저 위, 로슈블랑슈[43]에서 밤의 신비, 그 일면을 엿볼 수 있었다. 밤은 늘 신비한 존

43) 삐에르블랑슈와 동어적 혼용. 둘 다 흰 바위라는 뜻.

재들에 대한 나의 취향을 만족시켜 주었던 것이다. 어떤 때는 밤에 어둠을 타고 달리는 짐승 떼의 은밀한 행진과 우연히 맞닥뜨린 적도 있었다. 그러나 보이지 않는 그들의 내달음질보다 나를 한층 설레게 한 것은 그 어둠 자락에 숨어서 움직이지 않는 어떤 것으로, 저 기이한 바위, 바람이 닿지 않는 저 나무, 어쩌면 더 깊은 곳에 있는 또 다른, 내가 결코 보지 못했고 듣지 못했지만 그래도 저기에 있는 그 어떤 것이었다. 나는 그것이 좋은 것인지 나쁜 것인지 알지 못했다. 나는 그것의 형태를 상상할 수 없었다. 그러나 나는 그것의 현존을 느끼고 있었다.

밤의 겉모습에서 두려움을 느낀 나머지 뒷걸음을 친 적은 결코 없었다. 왜냐하면 나는 밤 자체를 파고들었기 때문이다. 내 어린 시절은 환영(幻影)들이 불러일으키는 두려움이나 그들 모습이 주는 공포심 따위를 알지 못했다.

그러나 나는 '현존'을 강하게 느끼고 있었다. 그것은 가시적인 존재와 비가시적인 존재를 은밀히 증언해 주었다. 나는 그것들로부터 서서히 다가오는 어떤 신호, 그러나 내 눈앞에 무언가 특별히 나타나는 법도 없이 때로 돌연 강렬해지는 어떤 신호가 있음을 느끼고 있었다. 젊은 육신들을 괴롭히는, 구체적인 대상도 없는 광기에 휘말려들며 앎에 대한 욕망에 때로 사로잡혀 난 땅바닥으로 덮쳐들어 풀밭 속을 오래오래 뒹굴면서 문득 손은 피투성이가 되고 입은 진흙 바닥에 붙인 채 풀을 물어뜯으며 '대지'의 젖을 빨아 마시는 것이었다.

나를 사로잡은 것은 바로 이런 도취였다. 나는 혼자였다. 나는 밤을 느끼고 있었다. 금작화는 내 키를 넘도록 자라 있었고 가시는 얼굴을 할퀴었다. 내 머리 위로 하늘은 열기 때문에 뿌옇게 어둑하니 펼쳐져 있었고 나무들 꼭대기로는 바람 한 점 없었다. 멀리 구릉 쪽으로는 바위에 반사된 희미한 잔영이, 황금비가 내리는 이맘때쯤 우리 마을 근처에서 노숙을 하면서 아마 밤 내내 불씨를 간직하려고 애를 쓸 저 유랑객들이 지핀 모닥불의 잔영이 비치었다.

이런 부름에 내 주위로 온통 누아르아질의 정령이 화답하고 있었다. 감추어진 이 땅 한구석 위로, 비록 어둠에 가려 있긴 했지만 내가 아직은 부분부분 알아볼 수는 있었던 이 장소의 실체적 형태에 대해 내가 느끼던 바를 지워 버릴 정도로 기이한 어떤 정신적 가치를 띤 영역이 펼쳐져 있었다. 버려진 이 장소로부터 마음을 흔드는 영향력이 이처럼 강하게 밀려오는 것을 느껴 본 적은 여태 없었다. 누가 도대체 내 곁을 배회하는 것이었을까? 짐승이었을까, 아이였을까, 혹은 야행성의 그 무엇이었을까? 나는 이아생트를 찾아보았다. 그러나 나는 다른 이의 눈길이 나를 관찰하고 있다는 느낌을 받았다. 내 영혼 두어 발짝 거리에서 무슨 일이 벌어지고 있는 것일까? 나는 뜻하지 않게 무슨 기이한 모의(謀議)의 자리에 닿은 것은 아니었을까?

처음에 난 아무것도 볼 수 없었다. 나는 누아르아질로 다가갔고 손을 디듬이 그 문을 찾았다. 문은 열려 있었다.

나는 내심 놀라며 그 오두막으로 들어갔다. 당나귀는 거기에 없었다. 희미한 외양간 냄새가 약간 떠돌고 있을 뿐.

밖에는 소리 한 점 없었다. 문밖으로 어둡게 내린 하늘 아래

나무들이 막연한 덩치를 이루며 서 있는 것이 보였다.

더 멀리로는 별 밭을 배경으로 뚜렷이, 팡탈레옹 사이프러스가 어스름한 표식처럼 치솟아 있었다.

어떤 가벼운 외침이 나를 전율시켰다. 그 소리는 과수원을 북쪽으로 경계 짓는 큰 초장(草場)에서 들려왔고, 과수원 그쪽으로는, 내가 벌써 말한 적 있지만 울타리 살문이 있었다.

오두막에서 멀지 않은 곳에서 금작화를 밟으며 누군가 황급히 지나갔다.

나는 누아르아질 밖으로 빠져나와 덤불을 끼고 그 문 쪽으로 다가갔다. 거기에서 나는 구덩이 속에 몸을 웅크린 채 기다렸다.

다시 고요뿐.

아주 멀리서는 누가 속삭이는 듯도 했다. 그러나 그 목소리도 그쳤다.

그 순간 울타리 문이 열렸고 나는 두 그림자를, 키가 큰 그림자와 그 곁에 선 작은 어린애의 그림자 하나를 보았다. 이아생트인 것만 같았다.

채 알아들을 수 없는 속삭임이 다시 들려왔다. 나는 키 높은 풀숲에 몸을 감춘 채 문 근처로 기어갔다.

남자 목소리가 웅얼거렸다.

"나는 그게 필요하다……. 난 그걸 원한다……."

다른 목소리는 정말 이아생트였다. 그 애는 대답했다.

"그가 어디에 그걸 감췄는지 모르겠어요. 아무것도 찾아낼 수 없었어요. 사방을 다 뒤졌어요. 거기엔 이제 없다니까요."

남자는 우겼다.(내가 저 음성을 어디서 들은 적이 있었던가?)

"그는 자정이 되기 전에 안 돌아온다. 다시 가 보아라. 아마 외양간, 짚 아래 있을지 모른다……."

이아생트는 망설이고 있었다. 남자는 말을 이었다.

"목초지 아래에서 기다리마. 이 대롱 하나로만 소리를 내서 가끔씩 신호를 보내겠다. 바로 이것으로. 낮은 음이라 사람들 주의를 끌지 않는다. 그냥 두꺼비 소리 같기 때문에……."

이 말에 내 심장은 후드득 떨렸다. 시프리앵 씨다!

그는 양손을 입으로 가져갔다. 그러자 피리의 부드러운 음이 흘러나왔다.

"가거라."라고 그는 말했다.

이아생트는 집 쪽으로 날렵하게 달아났다.

사나이는 문을 열어 둔 채 목책 너머 풀밭으로 멀어져 갔다.

바로 그였다, 의심할 여지없이. 그러나 그 목소리라니! 가혹한 음색……. 사뭇 낯설어진 어조…….

숨어 있던 구덩이에서 나와 눈길로 그를 뒤좇았지만 그는 그새 사라지고 없었다.

"그 애는 다시 오겠지."라고 나는 생각했다.

그러나 곧 나는 그 애가 그의 손에서 벗어날 수 없으리란 것을 돌연 깨달았다. 그는 그 애를 마치 짐승처럼 홀려 길들여 놓았던 것이다.

나는 움직일 수 없었다. 공포가 나를 얼어붙게 만들었다. 문기둥에 몸을 기댔다.

이아생트를 기다렸다.

그 애는 약 십오 분이 지나도록 나타나지 않았다. 그러더니 마침내 팡탈레옹 사이프러스 방향 오솔길에 모습을 드러냈다. 그 애는 곧바로 목책 문 쪽으로 다가왔다. 그러나 그 문을 넘으려는 순간 멈췄다. 그 애가 숨을 헐떡이는 것이 들렸다.

그 애는 기둥에 몸을 기댄 듯했다. 그래서 난 약간 뒤로 물러섰다. 그 애는 기둥 돌을 껴안더니 머리를 벽에 기대고 꿈쩍도 않았다.

내 볼은 그 애 얼굴에서 열 뼘 정도 거리에 있었다. 그 얼굴에서 시큼한 냄새와 야수같이 훅 하는 열기가 설핏 느껴졌다. 내 몸은 돌 벽 안으로 굳어 들어가는 것만 같았다. 그 애와 나 사이에는 문이라는 이 신(神)이 버티고 서 있었다.

이아생트는 울고 있었다. 그 애는 내 이름을 가만히 불렀다…….

나는 미칠 것 같았지만 움직이지 않았다.

바로 그때 목초지 쪽에서 첫 번째 신호가, 예의 그 피리 소리가 들려왔다……. 신비한 갈대 피리의 순수한 가락은 침묵과 겨우 구별될까 말까 한 낮은 음으로 달빛 아래 들리는 두꺼비의 부름같이 부드러웠다…….

이아생트는 기둥으로 달려들어 와락 껴안더니 입을 돌에 맞부딪혔다. 그 애는 신음하였고 그 소리는 갑자기 헐떡임으로 바뀌었다. 그 애는 경이와 사랑에 대척적인 악령들에 사로잡혀 헐떡이며 취한 듯 보였다. 그 아이는 쓰러졌다.

풀섶 위로 길게 뻗친 그 애의 육신은 떨리고 있었다. 나는 그 애 곁에 무릎을 꿇었다. 그 애는 기절한 듯 보였다. 감히 건

드릴 수 없었다. 떨리고 있는 그 육신이 나를 두렵게 했다.

저 아래에서 부름이 다시 올라왔다. 그러나 이아생트는 더 이상 움직이지 않았다.

그 순간 나는 뺄랑따드 쪽에서 집으로 돌아오고 있는, 앙셀므의 양 떼들이 내는 귀 익은 방울소리를 들었다. 아마 자정쯤 된 모양이라는 생각이 들었다. 밤을 울리는 이 요령 소리가 내게 용기를 주었다. 달려가 도움을 구하며 앙셀므를 모시고 와야 했다. 이제 평온해진 이아생트는 잠든 듯이 보였다. 나는 일어나 집으로 달렸다.

나는 앙셀므의 방으로 뛰어들었다. 필경 그는 곧 들어올 것이다. 그를 기다리려고 그의 침대 가장자리에 앉았다. 나는 지쳤다. 온 집 어느 무엇 하나 미동도 없었다. 잠기운이 9시경 벌써 집 전체를 부드럽게 휘감은 것이리라…….

9월이 되기 조금 전 막바지 여름밤들은 편안한 잠의 세계에 때로 잠겨든다. 그래 우리 육신을 꿈이라는 신기한 자력의 파장 위에 실어 놓으면서, 그 밤들은 정적과 망각의 시간을 도모하며 우리가 취하는 휴식에 내밀한 풍경들을 제공하는 것이다……. 그 마지막 여름밤은 공모의 침묵 하나만으로도 우리 정신을 영혼에서 해방하기도 하고 잠들게도 하거늘. 그래 우리는 더없이 격한 감동의 동요에서 고요의 세계로, 깊디깊은 곳으로 알지도 못한 채 선너가는 것이나…….

나는 그만 잠이 들어 버렸다.

그 후 이아생트를 결코 찾아낼 수 없었다.

모두들 이아생트의 실종에 대해 설명해 보려 했지만 그 누구도 시원한 대답을 할 수 없었다.

그 애가 실종된 것을 곧 알아차린 것도 아니었다. 그날 나 역시 한밤에야 겨우 잠에서 깨어났던 것이다. 앙셀므도 돌아오지 않았다. 그날, 무슨 이유인지 모르지만 그는 새벽녘까지 밖에 있었던 것 같다. 어둠 속에서 홀로 깬 나는 누아르아질로 도로가 볼 엄두를 내지 못하고 그냥 내 방으로 돌아오고 말았다.

아침 10시경 무언가 염려스럽다고 제일 먼저 말한 것은 라페기노트였다. 금방 온 집안이 발칵 뒤집혔다.

할아버지는 누아르아질 쪽으로 서둘러 가셨다. 할아버지는 당나귀가 떠나 버린 것을 보셨다. 앙셀므는 누가 갈대 피리를 훔쳐간 것을 확인했다.

사튀르닌 할머니는 이아생트가 집을 떠나 버렸음을 알아채셨다.

채 십오 분도 지나지 않아 온 뻬이루레 마을이 이 사건을 알게 되었다.

이 작은 계집아이가 벨퇼로 처음 도망갔던 일은 비밀에 부쳐 두었던 만큼 이 고장 사람 중 아무도, 앙셀므 이외엔 그곳을 탐색하지 않았다. 앙셀므는 보이지 않았다.

그러나 사람들은 즉각 유랑객들을 머리에 떠올렸는데 전날 저녁 아직도 세 군데 숙영지가 작은 골짜기 근처에서 보였던 것이다.

모두들 그리로 달려갔다. 유랑객들도 자취를 감추고 없었다. 하지만 그들이 남긴 불이 아직도 타고 있는 것을 보았다.

그래서 사람들은 그들이 아직 그리 멀리 가지 못했을 거라고 판단했다. 모두들 그들을 추적하러 산을 가로 넘어 까브떼르로 통하는 유일한 길 위로 가 보았다. 그러나 그들은 만날 수 없었다. 이웃 마을들에도 알렸다. 아무도 그런 사람들을 못 보았다는 답뿐이었다. 기이한 일이었다. 그들은 증발해 버린 것이다. 어린 목동이지만 정직한 아르디갈은 라로슈데스뻬일이라는 길목에서 길을 벗어난 채 작은 계곡으로 접어드는 그들을 보았노라고 얘기했다.

몇 명이 거기까지 가 보았지만 헛일이었다. 접근일랑 엄두도 못 낼 어지러운 미궁으로 계곡은 너무나도 급히 빠져 들었기 때문에 밀렵꾼 피르맹 외에는 아무도 발조차 들일 수 없었던 곳이었다. 불행히도 피르맹이 없었다. 헌병대도 우리들보다 나을 것이 없었다. 일주일 후엔 탐색을 중지했다.

그 누구도 내게 뭘 묻지 않았고 나도 아무 말 않았다.

이아생트가 사라진 것을 사람들이 내게 감춘 것은 전혀 아니었다.

일주일 후에는 아무도 그 일에 대해 더 이상 입을 열지 않았다.

그것은 나도 포함해서 모두들 입을 다물고 있는 그런 사건이 되었다. 곁의 사람들과 나누지 않은 채, 각자 저 홀로, 아픔을 그저 보듬고 있었다. 그러나 회한과 두려움이라는 공유의 물결이 이 사람에게서 저 사람으로, 마치 움칫 요동하듯 전파되는 것을 모두들 느끼곤 했다.

여름이 끝나 가고 있었다. 목초지에서 내려오는 길에 양 떼들은 때때로 막연한 불안감을 느끼며 곧 비가 몰려올 방향으로, 아직은 그토록 맑지만 곧 9월의 첫 구름이 지나는 것을 보게 될 서쪽을 향해 털이 소복하게 덮인 마흔 개의 콧등을 치켜들곤 했다. 여름방학은 일 년 중 가장 감동적인 이 아름다운 날들을 마지막 기쁨인 양 전해 주고 있었으며, 때로는 다정히 모여 있는 마을 인가들 위로, 출발을 앞두고 근심스러워하는 철새들이 지저귀며 날갯짓으로 빙빙 돌곤 하다가 갑자기 지붕과 나무 위로 가을을 두려워하는 신음 같은 합창을 쏟아 내려 붓기도 했다.

나는 계절에, 각 계절의 첫 싹들에, 계절의 영고성쇠(榮枯盛衰)에 언제나 민감했다.

바뀌는 계절의 기운이 나를 흔들어 놓았다. 이번 여름의 막바지는 나를 너무나 동요케 한 나머지 매일 저녁 온 들판을 헤매거나 마을에서 가장 한적하니 인가 없는 골목길을, 특히 성당 곁 골목길을 헤매고는 했다. 이아생트가 사라졌음에도 집에서는 나를 가두어 놓지는 않았다. 눈에 띄는 그 어떤 감시도 없었기에 마음 내키는 대로, 그리고 벌써 쇠락하기 시작하는 저 계절의 신비한 기운이 부추기는 대로 나는 헤매고 다녔다.

아마 나 몰래 누군가 내 걸음을 뒤따르고 있었는지는 모르겠다. 아니면 이아생트가 떠나가 버렸으니 내가 그 어떤 위험도 더 이상 겪지 않으리라고 집에서는 생각했던 것일까.

나는 자유로웠다. 그러나 이런 호의를 과도하게 누리지는 않았다. 나는 항상 안도감을 주는 믿음직한 인가들이 보이는 범위 내에서만 마을 주위를 도는 것으로 만족했다.

9월 11일 금요일, 나는 우연히 쉬샹브르 신부님과 마주쳤다. 그분은 공동 세탁장 곁에서 불쑥 내 앞에 나타나셨다. 나는 멈춰 섰다.

그분은 내게 말씀하셨다.

"요즘 통 보이지 않더구나, 콩스탕탱."

나는 무어라 대답할 바를 몰랐다. 그분은 작고 날카로운 꼼꼼한 눈길로 나를 바라보셨다.

"마음이 아주 산란한 듯 보이는구나."라고 말씀하셨다.

그분은 육 척도 넘는 키였다. 기둥같이 거대한 신부복, 수단 앞에서 나는 아주 조그마하니, 눈을 내리깐 채, 땅에 박혀 들 듯한, 징이 박힌 그분의 커다란 구두를 그저 내려다보았다.

"고해하러 더 이상 오지도 않고." 하고 그분은 나무라는 어투로 언급하셨다.

그분은 여전히 나를 바라보셨다. 나는 감연(敢然)히 두 눈을 치켜들었다. 기민하면서도 슬픈 그분의 모습이 내 마음을 쳤다.

무엇이 이런 대담한 질문을 하게 부추겼는지 모르겠지만 그분께 이렇게 물었다.

"신부님도 고통스러우신가요?"

난 눈물이 솟구쳤다.

그분은 놀란 듯 눈길이 부드러워지며 내게 말씀하셨다.

"내일 6시에 오거라, 그럼 가 보렴."

나는 그분의 길 앞에서 비켰고 그분은 산보를 계속하셨다.

그다음 날, 나는 그분을 제의실에서 뵈었다. 그분은 두 손에 판지로 장정한 두툼한 붉은 색 공책을 한 권 들고 계셨다. 그분은 그것을 탁자 위에 놓으시곤 앉으셨다.

나는 그분 앞에서 무릎을 꿇었고 성호를 그었다.

"고해를 통해 네가 나에게 얘기하는 게 더 낫겠다."라고 그분은 말씀하셨다. "'제가 고백하오니…….'"[44]

함께 기도문을 윈 다음 그분은 몸을 다시 일으키셔서 내벽면에 높이 걸린 커다란 철제 고상(苦像) 아래 벽에 넓은 등을 기대시곤 기다리셨다.

그분 왼쪽 손은 제의를 넣어 놓는 장에 딸린 작은 테이블 위에 얹혀 있었다.

그 손이 내 시선을 끌어당겼다. 그것은 고요한 손, 그 어떤 과격함도 없는 손, 그러나 투쟁의 손이었다. 혈관이 둘, 그 손에 부풀어 올라 있었다.

나는 그 손을 바라보며 말씀드렸다. 내 고해는 아마 한 시간쯤 걸렸을 것이다. 그동안 한순간도 그 손은 움직이지 않았다.

마침내 나는 입을 다물었다. 신부님은 커다란 붉은 공책을 집어 드시더니 내게 물으셨다.

"이 공책을 알아보겠느냐?"

나는 그렇다는 시늉을 했다. 앙셀므의 손에 있는 것을 본 바 있는 바로 그 공책이었다.

"이걸 읽었더랬느냐?"

---

44) 원문은 라틴어임.

나는 읽은 적이 없었다. 그렇게 말씀드렸다. 그분은 내 말을 그대로 바로 믿으셨다.

"나중에 아마 읽게 되겠지."라고 그분은 말씀하셨다.

그분은 제의실에 걸린 벽시계를 바라보셨다.

"7시구나. 기도를 드리자꾸나."

밤이 제의실을 휘덮었다. 조그만 시골 성당 내부로 열린 통로 문을 통해 기름 램프[45]가 영원히 빛을 발하며 타고 있는 것이 보였다.

나는 웅얼거림 같은 신부님의 음성을 들었다.

> 우주를 지어 내신 창조주시여
> 땅거미 지기 전에 기도하오니…….[46]

그분은 성 암브로시오의 찬미가를 읊고 계셨다.

여러분도 다 아실 것이다.

> 꿈과 밤의 환영을
> 멀리해 주소서…….[47]

그분은 한참 동안 침묵하시더니 다시 몸을 일으키시곤 내 손을 잡으신 채 내가 성당 안을 다 가로지르도록 인도해 주셨다.

---

45) 감실등.

46) 원문에서는 라틴어임. 저녁의 마침기도 경문.

47) 원문에서는 라틴어임. 새벽기도 중 찬미가.

우리는 성당 앞문에 닿았다.

밤이 내렸으나 서편 하늘에는 아직도 빛이 약간 살아 있었다.

신부님은 당신의 육중한 손을 내 머리 위에 얹으시곤 뒤로 젖히셨다. 그래서 내 눈길은 위를 향했다.

그분은 너무나도 다정하게 나를 바라보셨다. 나는 가슴이 뭉클하지 않을 수 없었다.

"'천국'은." 하고 그분은 내게 말씀하셨다. "넌 그걸 하늘에서만 발견할 수 있단다."

그리고 그분은 성당 안으로 들어가셨다.

시프리앵 씨의 일기

일기를 소개함에 앞서

이제 읽게 될 다음 일기는 지금까지 이야기한 사건들에 대해 새삼 새로운 사실을 밝혀 주지는 않을 것이다. 나는 그 점을 안다. 나 역시, 지금까지 이야기한 일들에 관해 시원한 해명을 할 수 있는 처지가 못된다. 나는 다만, 그 사건들이 있은 지 이십삼 년 후, 단지 우연히 내 손에 들어온 이 붉은 공책을 여기 끝으로 제시할 따름이다. 이 속에서 시프리앵 씨가 어디서 온 인물이며 그가 산 위에 조성했던 과수원을 스스로 버린 후에 그에게 무슨 일이 일어났는지 등등에 대한 해명을 찾으려 든다는 것은 필경 헛수고이리라. 물론 이 일기를 (이 공책을 벨뛸에서 발견한 것은 앙셀므 영감이었다.) 정신이 별로 온전치 못했던 사람이 쓴 것으로 치부함이 어쩌면 현명하리라. 내용을 읽어 가노라면 소위 이성적인 사람들은 시프리앵 씨를 미친 사람으로 간주할 것이다.

그러나 나는 내가 그를 사랑했던 사실을 지금도 잊지 않고 있다. 그가 불안한 인물이었음이야 난들 여기서 어찌 인정치 않을 수 있겠는가?

내 마음속에뿐만 아니라 이아생트, 그 다정한 존재에게, 그리고 여러 다른 사람들 마음에 불안한 파문을 일으킨 것, 그 사실이야 누군들 부인할 수 있을 것인가?

그런데 바로 이런 사실에 관해 쉬샹브르 신부님은 진정 어떻게 생각하셨는지 나로선 결코 알 수 없었다.

아니, 통찰력 있는 신부로서 그분께서는 시프리앵 씨의 정신에 깃든 무서운 악마의 사주를 간파하셨다. 그러나 그분은 시프리앵 씨의 영혼 깊은 곳에서, 그 늙은 뱃사람이 와서 정착한 저 척박한 땅에서 솟아나게 하려고 진력한 그 모든 것, 바로 그 '천국'을 발견치 않으셨던가?

이 '천국'으로 말하자면 신부님은 하늘에 두셨다. 아니, 아마 더 정확히 말하면 시프리앵 씨가 자제하지 못한 교만심이 닿지 않을 곳, 이 '대지'의 가장 순수한 곳과 천상의 '왕국'이 시작되는 곳 사이에 위치시키셨다. 그러나 그분은, 우리들의 시골 본당 노신부님은 이 '대지'를 사랑하셨던바, 그 대지를 오랫동안 두루 거치셨고 그분 생애 끝 무렵에는 우리 고장에 머무르셨던 것이다. 그분으로서는 모든 고상함과 전(全) 종교가 바로 그 대지에서 나왔다. 다직 마당과 과수원을 더불어 사는 시골 사람들로서는 얼마나 자연스러운 일이랴.

우리는 모두 지상 낙원을 원하며 인간은 행복하기 위해 태어났다고 믿기 마련이다. 그것이 자연스럽지 않은가? 그러나 영혼의 한 자락 정신은 욕망의 한 부분을 끝까지 유보한다. '대지'가 허락하는 선물을 수락하여 절도 있게 누린다는 것은 대지의 선물을 거부하는 것이 아니다. 그런 태도는 오히려 즐거움에 어떤 각별한 형태를 부여하려는 것이며 그 즐거움에 어떤 존엄성을 부여하려는 것이다. 열정이 끝까지 고스란히 남아 있을 수 있는 것이라면 남은 일은 '하늘'의 약속과 관계되는 일이다. 나는 하늘의 약속이 가장 아름다운 약속이라고 믿는다. 그런데 쉬상브르 신부님이 그려 보이신 이미지에 관해 말하자면 하늘의 약속은 다름 아니라 인간의 우애를 향해 열린 그런 모습으로밖에는 상상할 수 없다. 그런 하늘의 약속에는 식물들과 동물들, 물과 구름 들, 그 모두를 거느린 대지의 추억이 어울려 들어 저 높은 곳의 지평선을 형성하고 있었던 것이다.

바로 그런 연유로 나는 이 공책을 공개함에 있어, 분명 미친 것 같은 순간이 있음에도 행복에 대한 감각을 지녔고 또 그것을 내게 전해 준 적 있는 저 기이한 노인의 고백 부분을 따로 떼어 놓지 않으려는 것이다.

나보다 더 통찰력 있는 사람들은 나로선 겨우 엿볼 수밖에 없었던 상징의 매듭들을 아마 풀 수 있을지도 모른다. 왜냐하면 잘려 나가기도 한 이 짤막짤막한 일기 모음은 그 속의 말들이 겉보기엔 평범하게 보이지만 실은 한층 깊은 의미를 담고 있다는 짐작이 나에게도 들기 때문이다. 그 증거로는 바로 이 글을 미리 읽으셨던 쉬상브르 신부님에게 이 글이 불러일으킨 성찰의 단상이 연필로 여기저기 그 안에 적혀 있다는 점이다.

나로 말하자면, 여러 해가 지났어도 퇴색하지 않는 진한 감동 없이는 얼마 안 되는 이 일기를 다시 읽을 수 없다. 나는 이 글을 통하여 내가 저 순수의 동산을 접했다고 확신한 그 맑았던 시간들을 다시 발견하곤 한다.

이 글 속에서는 어떤 불안이 싹을 틔우고 차츰차츰 어둠의 조짐이 생겨나는 것이 보인다.

글 속에선 모든 것이 함축적이며 암시적으로 전개되는 듯 보인다.

무엇에 대한? 나로선 그 점에 대답할 재간은 없다. 아마 나도 그 영향력을 느꼈던, 감추어진 어떤 '현존'에 대한 것이 아니었을까.

이 글에서 단어들은 신비한 힘을 감추고, 침묵은 오히려 비밀의 왕국으로 문득 인도하는 열린 문이며 무척이나 과묵한 메시지들을 따라가노라면 정신세계는 새로운 신비의 영역으로 홀연 진입한다.

또 다른 언급 한 마디 더. 시프리앵 씨의 글이 교양 없는 사람의 글이라고는 보이지 않는다. 전혀 그렇지 않다.

'나는 미개인이 되었다.'라고 그는 어디선가 얘기한다. '왜냐하면 세상은 너무나 많은 것을 가르쳐 주긴 했지만 결코 행복은 가르쳐 주지 않았기에. 그러나 나는 오로지 그것만을 원한다. 세상은 기껏해야 그것에 대한 약속이나 했을 뿐. 사람들이 내 안에 쌓아 준 저 많은 개념의 너절한 잡동사니 무더기를 갖고서는 그 약속조차도 믿을 수 없게 되었다.

그래서 나는 모든 것을 떨쳐 버렸고 단순한 것, 순수한 것을 찾았다. 만약 내가 이 순수함을 찾게 된다면 보다 믿음 깊은 사람이 될지도 모른다는 생각이 들곤 했다……. 곧 나는 새로운 우정들을 맺었고 (남자들끼리의 우정밖에는 존재하지 않는다.) 여러 모험을 겪으며 벅차도록 세상을 두루 답사했다. 그러나 아무 성과도 없었다. 하지만 난 고집이 세고 내 계획에 확고하였다. 아아! 내가 젊었을 때 사람들이 억지로 내게 가르쳐 준 그 모든 것일랑 잊어버린 건 사실이라 해도, 그렇다 해서 세상이 곧 뒤이어 나로 하여금 행복을 납득케 해 주는 정경을 베풀어 준 것도 아니었다. 그러니 다른 사람들보다 더 나을 것이 없었다.

이런 추구가 몇 해나 계속되었다.

그러고서 나는 '협약'을 맺기에 이르렀다…….'

이 대목 아래 쉬샹브르 신부님은 손수 다음 세 마디를 덧붙여 써 놓으셨다.

이 '대지'와 함께.

일기

'새 동산'의 첫해 7월 16일. 나는 그것들이 매일 밤 배회하는 소리를 듣는다. 그들은 1시경 내려오지만 몸을 드러내 보이지는 않는다.

커다란 무화과나무 곁에 물이 있다. 3미터쯤 아래로 땅을 파 들어가다. 과수원을 일굴 수 있는 좋은 땅이, 집 뒤로 작은 낭떠러지가 둘러싼 곳에 펼쳐져 있다.

그곳을 '플뢰리아드'[48]라 부르리라.

7월 18일. 신부는 고개를 내저으며 내게 말했다.

"벨뤨은 내가 잘 알지요."

나는 아무 대꾸도 하지 않았다. 그러나 그는 벨뤨을 모른다.

---

48) Fleuriade. 꽃 피는 동산을 뜻한다.

예컨대 이 물, 정원을 산보할 때 내 발 밑 3미터 아래에서 흐르는 것이 느껴지는 이 물이라니…….

나는 이 큰 바위 아래로 산이 움푹 패어 있으리라는 생각이 든다. 거기에 물이 가득한 거대한 수원(水源)이 있음 직하다. 물은 겨울에는 석회층 안으로 스며들어 흐르는 법.

7월 19일. 당나귀가 말을 알아들었다. 아주 괄목할 만한 일이다. 일반적으로 이런 가축들보다 더 고집스레 주문(呪文)의 '힘'에 저항하는 것도 없다. 다른 동물들을 복종시키기가 더 쉽다. 그러나 이 고장에서는 가축 아닌 야생동물들조차도 경계심 속에서 고집을 피운다.

7월 20일. 7시. 오늘 아침 새벽녘에 땅을 파기 시작했다. 정오까지 단 두 번 일을 멈추었을 뿐이다. 찌는 듯한 더위. 저녁때까지 계속했다. 참을 먹으련다. 9시경 다시 시작하리라. 물줄기는 이제 멀지 않은 것 같다.

밤 11시. 물이다. 먼저 바위가 축축해 들었다. 세차게 곡괭이질을 했다. 틈으로 물이 손가락 하나 길이로 올라오더니 멈추었다. 그 물은 벌써 맑다. 다이너마이트로 바위를 치웠다. 그러자 물이 다시 솟기 시작했다. 나는 땅에 엎드려 물을 마셨다. 퍽 신선했다. 한 시간 후에 돌아오리라. 더 지탱할 수가 없다.

자정. 물은 많이 흘렀다. 이제 너비 1미터 반은 족히 될 구덩이를 가득 채운다. 달이 이 작은 저수조를 비추고 있다. 몸을 굽혀 들여다보면 공기 방울을 일으키며 저 깊은 데서 솟아나는 물이 똑똑히 보인다.

7월 21일. 저녁 9시. 낮 동안 나는 장차 과수원이 될 땅을 가로질러 물이 집에까지 닿도록 수로를 만들었다. 물을 여러 번 마셔 보았다. 매우 맑고 잘 걸러진 물이었다. 분명 집과 산기슭 사이, 벨뛸 저 위쪽 수원에서 내려오는 것이리라.

얼마나 다정한지, 이 밤과 이 '대지'는!

7월 24일. 샘은 말라 들지 않는다. 흘러나오는 물의 양은 적지만 규칙적이다. 나는 물길을 광 곁으로 끌어와 그곳에 조그만 벽을 쌓아 점토로 저수조를 만들었다. 벽 너머로 갈대를 심었다. 물은 낡은 기와 위로 떨어진다. 나는 그것을 사랑한다. 물은 씁쓸한 뿌리의 맛과 목질(木質)의 맛을, 그리고 온갖 식물들을 키우는 흙의 맛을 갖고 있기도 하다.

7월 25일. 오늘 아침, 플뢰리아드로 내 물을 다시 보러 가려고 신새벽에 일어났다. 날씨는 좋았다. 물거품 바로 위까지 저수조 안으로 몸을 기울이고 물을 마시는 산비둘기 두 마리를 보았다.

그들도 나를 보았고, 나는 그들에게로 다가갔다. 그들은 마시기를 계속했다. 나는 두서너 번 신호를 했다. 그들은 목을 부풀렸다. 푸른빛을 띤 멋진 놈들이었다. 나는 몸을 비켰다. 그러자 그들은 날아올랐고, 거대한 도마뱀이 동굴에서 나와 다가오는 것이 보였다. 이 고장에선 그것을 '유리 장신구'라고 부른다. 도마뱀은 물을 먹더니 쨍쨍한 햇볕을 쬐었다. 정오가 되도록 그는 꼼짝도 않았다.

7월 26일. 나는 당나귀와 우정을 나눈다. 기이한 일은, 감응을 요구하는 '힘'은 그에게 직접적으로 작용하지 않고 단지 그를 깨울 뿐이다. 나귀는 부름을 듣고 대답을 했지만 조심성 있게 그랬다. 나는 그가 내 시중을 들기를 원하는 것이 아니라 나와 협력하기를 원하고 또 기다리고 있다는 느낌이 들었다. 내가 '우정'이라고 말한 것은 바로 그래서다.

그는 이제 더 이상 여느 당나귀들과 같은 한 마리 당나귀가 아니다. 내 '주문'이 그를 복종시켰기 때문이 아니다. 그러나 그는 이해하는 듯한 태도를 보였다. 그 '말'의 신비한 힘에 대해서라기보다는 그 우정에 찬 의미에 감동을 받은 것이다. 맹세컨대 분명 그러하다.

몸집은 작지만 튼튼하고 침착한 산(山) 당나귀다. 당나귀는 집 뒤, 한데서 잔다.

7월 27일. 나는 행복하다. 무화과나무는 향기롭다. 플뢰리아드에 물을 마시러 오는 산비둘기는 이제 스무 마리나 된다. 그리고 때로는, 특히 아침에 여러 새들이 날아와 우짖어 대며 갑자기 수면으로 내려앉았다가 다시 따스한 소용돌이를 그리며 날아오른다.

파란 어치 한 마리가 저녁나절 어딘지 모를 곳에서 날아와, 벽 위에 멈춰 앉아 꼼짝도 하지 않았다.

7월 28일. 저녁이 내린 후 나는 마지막으로 마을로 내려갔다. 여인숙 앞을 지나며 여인숙 주인이 수탉 한 마리의 목을 비틀고 있는 것을 보았다. 그곳엔 다시는 가지 않으리라. 당나귀를 보내면 족하리라.

신부님을 방문했다. 그분은 유보적 자세를 취하셨다. 하지만 그분은 놀라운 지력과 상투적인 면모라곤 찾아볼 수 없는 진솔한 자비심을 지닌 분이다.

그분은 당신도 동물을 사랑하노라고 말씀하셨다. 나는 목이 따인 닭에 대해 말했다. 그분은 입을 다물었다. 신부님은 잠시 내 길을 배웅해 주셨다. 나는 그분에게 말했다.

"살고 있다는 사실에 별로 경탄하지들 않는 것 같아요."

그분이 대답했다.

"자네 말이 맞네. 그리고 정말이지 이상한 일은, 죽는다는 일에는 다들 놀라워하지."

나는 이런 방향으로 대화를 더 이어 보고자 했다. 그러나 그분은 침묵을 지키셨다. 헤어지는 순간 그러나 그분은 한마디 내게 말씀하셨다.

"행복하게나, 그리고 행복한 것으로 만족하고……."

그분은 다정하게 나를 떠났다. 그분 마지막 말이 아직도 나를 따라와 여전히 나를 괴롭힌다.

(여백에 신부님은 다음과 같이 써 놓으셨다.)

"그는 오해를 한 모양이다. 그는 실망한 듯 보였다."

7월 30일. 새들. 사방 새들 천지. 언제나처럼 새들이 제일 먼저 내 '말'을 들었다. 새들이란 바람을 타는 짐승들로 모험가들이고 주문에 잘 걸려드는 법이다. 아무리 사소한 부름이라도 대기 흐르는 방향만 도운다면 그들을 감응시키고야 마는 것이다.

이 고장 새들은 열대지방 새들 같은 찬란한 빛깔을 띠고 있지 않다. 소박하고도 선량한 이름에 걸맞은 산골 새들인 것이다. 그래도 여전히 매력적이다. 티티새, 장박새, 종달새, 메추라기, 그리고 제일 둔중해 보이는 놈들이 나는 좋았다. 그들은 내가 원할 때 내게로 다가오는데 그것이 기뻤다. 몇몇 자그마한 육식 조류도 다가오기 시작한다. 매 한 마리, 새매, 그리고 말똥가리 두서너 마리다. 그 새들은 처음에는 다른 새들을 질겁시켰다. 나는 그들 사이를 조정했다. 이제 그들은 서로 친근하게 무화과나무와 동굴 사이 정원 안쪽에, 물이 솟아나는 곳 주위에 함께 어울려 지낸다. 물 솟는 그곳이 바로 플뢰리아드의 심장부다.

커다란 새매 두 놈이 집 위 100여 미터 창공을 서쪽에서 동쪽으로 매일 저녁, 일몰 조금 전에 날고 있다.

신부님 말씀으로 독수리들도 있다지만 꽤 멀리 산속에 있다는 것이다.

나는 사흘 전 사이프러스에서 올빼미를 한 마리 발견했다.

이와 같이 차츰차츰 그들은 속속 도착하고 있다. 한 달 후면 나는 그들 전부를 가지게 될 것이다.

8월 16일. 어제 신부님을 찾아뵙고자 했다. 나는 9시경, 꽤 늦게야 도착했다. 그러나 그분은 아직 저녁식사를 마치지 않은 상태였다. 나는 언제나처럼 사제관 정원을 통해 안으로 들어갔다. 식당 쪽 문은 열려 있었고 그분은 내가 오는 소리를 듣지 못하셨다. 나는 테라스에 멈춰 서서 그분을 바라보았다. 그분은 조그마한 둥근 식탁 앞에 앉아서 빵을 드시고 계셨다. 접시 옆에 검정 장정 성무일도 책을 두고 계셨다. 석유 램프 하나가 식탁을 밝히고 있었다. 식사가 끝나자 그분은 포도주를 반 잔 마시고 손수 식탁을 치웠다. 그리고 식탁 앞으로 다시 오시더니 서신 채 두 눈을 내려 감고 양손을 늘어뜨리고 기도를 드리셨다. 그러고선 램프를 불어 끄시고 테라스로 나오셨다. 나는 월계수 뒤에 숨어 있었다. 하늘은 온통 별들로 총총 뚫려 있었다. 달은 없었다. 신부님은 월계수 바로 곁에 멈춰 서더니 훅 하니 숨을 내쉬셨다. 무슨 말을 웅얼거리시는 것처럼 보였다. 귀를 기울여 그분이 이렇게 말하는 것을 들을 수 있었다.

"그러나 또한 뱀은 지구상 그 어느 동물보다 간교했다……."[49)]

신부님은 한동안 테라스에 서 있다가 다시 안으로 들어가셨다. 나는 그분 방 창에 불이 켜지는 것을 보고 소리 없이 자리를 떠났다.

왜 그분은 뱀에 대해 말씀하셨을까? 왜 "들짐승 가운데 제일 간교한 것은 뱀이었다."[50)]라는 창세기 말을 인용하신 걸까?

---

49) 원문에서 라틴어임.
50) 「창세기」 3장 1절.

(신부님이 덧붙인 글)

기억이 난다. 그전 날 그는 나귀를 통해 내게 커다란 야생 금작화 다발을 보내 주었다. 나는 그것을 아이들에게 주어 성모님 제단을 장식하게 했다. 그러나 라퓌그가 달려와 꽃다발 안에 독사가 한 마리 있다고 말했다. 나는 독사를 찾지 못했다. 그러나 아이들은 저희들이 분명 그것을 보았노라고 단언했다. 정말로 그 애들은 두려움에 질린 것처럼 보였다. 나는 그들에게 말했다. "가거라, 내가 처리하마." 아이들은 달아났다. 나는 혼자 남아 생각에 잠겼다. 나는 그 꽃다발을 집어 들어 제의실에 가져갔다. 여러 날을 두고 뱀에 대해 생각했다. 그것이 전부다.

8월 25일. 처음엔 소심하게 그러나 금방 다정하니 검은 쥐 한 마리, 곧 안경동면쥐 한 놈이 다가왔다. 두더지가 집 뒤 땅을 들쑤셔 놓았다.

온갖 도마뱀들, 초록색, 회색, 안상반점이 있는 놈 등. 그들은 영리하게 군다.

비둘기들보다 먼저, 매우 이른 아침에 가끔 플뢰리아드의 샘물에까지 물을 마시러 오는 독 없는 긴 네줄 무늬 뱀 외에는 진정한 파충류라고는 없다. 나는 그것이 어디로 물러가는지 그 구멍을 안다.

어제부터 도롱뇽 한 마리와 개구리 몇 마리가 물속에 보인다. 마치 땅에서 바로 솟아난 듯하다. 그들은 어디서부터 온 걸까?

이 짐승들 중 어느 놈도 내가 다가가도 피하지 않는다. 매우 사납다고 일컬어지고 길이가 근 1미터인 거대한 '유리 장신구'도 내가 곁에 손을 갖다 놓으면 움쭉도 못하고 만다.

'주력(呪力)'은 차츰 작용하기 시작했다.

단순해야 한다. 짐승들은 단순한 자들과는 접촉해도 사납게 굴지 않는다. 나는 바위와 식물과 동물 들이 이루는 '대지'의 왕국과 약조(約條)를 맺었다.

8월 30일. 여름도 막바지다. 그러나 그 어느 때보다도 기승을 부리는 열기가 산을 불태우고 있다.

고슴도치 한 마리 출현하다. 그는 동굴에서 멀찍이 떨어진 플뢰리아드 안쪽에 자리 잡았다. 경계심이 많아 보이는 놈이라고 생각된다.

9월 2일. 커다란 부엉이를 보았다. 그는 첫 어스름 녘에 무화과나무 위로 내려와 정원을 둘러보았다.

동산은 비어 있었다. 짐승들은 모두 물러가고 없었다. 큰 부엉이는 움직이지 않고 오래 머물러 있더니 조용히 날아가 버렸다. 그는 거대했다.

9월 4일. 또 다른 야행성 동물들, 부엉이, 수리부엉이, 개호빼미, 올빼미.

모두들 소리 없이 날아와 그렇게 돌아갔다. 한데 서로 어울리는 일은 드물었다.

동산은 평화의 영토다. 결코 위협은 없다. 공격도 전혀 없다. 그 누구도 이 동산 안에서는 두려움을 느끼지 않는다. 이 정원을 친숙하게 감싸는 정신, 그것은 인간의 '우애'다.

9월 6일. 짐승들은 우리를 닮았다. 그들의 지혜, 불신, 잔인함. 왜냐하면 그들은 흔히 잔혹하며 또한 불행하기 때문이다.

그들을 사랑할지어다.

9월 9일. 벨뛸은 들판과 마을을 가려 주는 커다란 암벽에 기대어 있다.

내 집은 사람이 살지 않는 산과 계곡 쪽으로 향해 있다.

그쪽으로는 샘물도 인가도 없다. 다만 가시 많은 총림과 몇 무더기 소나무, 그리고 떡갈나무 두어 그루뿐. 더 아래쪽으로는 열린 틈을 통해 토층이 보이고 멀리, 그리고 가끔씩 말라 버린 듯 보이는, 조약돌 투성이 하천 바닥이 보인다.

내가 여기서 살기 시작한 육 개월 전 이래로 신부님만 빼고 마을에서 이 벨뛸까지 올라온 이는 아무도 없다. 그들이 도대체 무얼 상상하고 있을까? 그들에겐 호기심이 없는가? 그렇다면 기적 같은 일이지. 그런데 나귀는 저 단순한 시골 사람들에게 그 얼마나 놀라운 경이이랴……!

그런데 구릉 위에, 벨뛸에서 500미터쯤 떨어진 곳에 한 노인이 자리하고 있는 것이 보였다. 그는 양 떼를 지키고 있었다. 키가 크고 아직 정정한 노인이었다. 그는 저녁나절 오곤 했다. 그는 거기에 해가 지고도 오랫동안 머물러 있다. 내 집에서도 양 떼의 방울 소리가 들린다. 그 양 떼는 아주 늦게야 산 아래로 내려가곤 했다.

이 늙은 목자가 다음에 나타나면 내가 먼저 그에게 가서 이야기를 건네야겠다.

그는 저 마을 사람들이 보낸 첫 파견인 아니겠는가. 그리고 그자는 분명 유일한 파견인일 터이다.

그런데 그는 누가 보내어 여기에 오는 것이기나 할까?

9월 12일. 벌써 가을 기운을 느낀다. 새들은 땅 쪽으로 더 가까이 붙어 날았고 소 관목들도, 겨울이 결코 침해하지 못할 이 나무들 중 그 어느 것도 달라진 바 없건만 여름의 미덕은 역시 약해진 듯 느껴진다. 추위에 대비해서 광에 장작을 쌓는다. 그런데 짐승들은 어떻게 될까?

9월 15일. 매일 밤, 멧돼지들이 플뢰리아드를 굽어보는 작은 숲까지 내려온다. 그 소리가 들린다. 그들은 야생 양파나 뿌리를 찾으러 땅을 파면서 꿀꿀거린다. 그들은 멀리에서 온다. 그들의 굴은 여기서 두어 마장 떨어진 곳, 로슈갈라드의 골짜기 너머 있을 것이다.

내일 나는 숲에서 그들을 기다릴 것이다.

그들을 보고 싶다. 이 산의 마지막 제신(諸神)들.

9월 17일. 내가 여기 온 지 겨우 두 달째. 벌써 물이 땅에서 올라오고 땅은 활동을 시작하고 동물들은 모여든다. 새 봄에는 온 정원이 단숨에 분출하리라. 솟구치고야 말리라.

나는 말을 했고 의식(儀式) 집전의 자세를 취했다. 정확한 음성으로, 진솔한 억양으로 말을 했고 내 손은 진정한 의식의 양식을 따라 움직였다.

9월 24일. 짐승들은 아는 게 너무 많다. 그래서 행복하지 않다. 예전에는 그들이 행복하다고 믿었기에 나는 그들 곁으로 다가가기를 원했다. 그러나 이제 난 더 이상 그렇게 생각하지 않는다. 그럼에도 어쩌랴, 그들을 사랑할 뿐이다. 나는 그들을 사랑한다. 하지만 그들은 완전히 기꺼운 투를 보이면서 내게 다가오지 않는다. 억지로 이끌린 것에 불과하다. 불신하면서도 말하자면 주술의 힘에 굴복한 것이다. 나는 그들이 나에게 애정을 느낀다기보다는 단지 길들었을 뿐임을 느낀다. 그들에 대한 나의 사랑은 그들을 압도하고 내 호의는 그들을 옭아놓는다. 그러니 그들은 이제 자유로운 짐승들이 아니다. 나는 안다. 그들이 괴로워하고 있음을.

그 짐승들은 괴로워하지만 그래도 다가온다. 뻣뻣한 다리로, 계산된 걸음걸이로 그네들은 내게로 온다. 몸뚱이는 저항한다. 짐승들은 멈춘다. 그래도 결국은 복종하고 만다.

모두들 그렇다.

9월 30일. 달이 휘영청할 때 가끔 마을 끄트머리에 있는 인가까지 내려가 보기도 한다. 나는 과수원을 따라 거닐어 본다. 이 고장 사람들은 꽤 늦게야 잠자리에 든다. 문 가까이 서

너 명씩 무리 지어 평화로이 앉아 있는 사람들이 꽤 자주 보인다. 그들은 이야기를 나누고 있다. 여기저기 램프 몇 개. 어린이들은 드물다. 대화는 무척 조용하다. 바자울 뒤에 멈춰 서서 나는 그들의 말에 귀를 기울인다. 이제 나는 마을 외곽에 있는 집들은 거의 다 안다. 각 집마다 밤에 이야기하기 좋아하는 사람이 있기 마련이다. 각자 고유한 음성과 음색과 개성적인 어투로. 그 모든 집들 중에서 남쪽으로 거대한 정원에 둘러싸인 채 무척 조용한 사람들이 사는 집이 가장 아름답다. 소작인들과 그 주인이 사는데 노인 두 사람과 하인 셋, 어린 소녀와 열 살이나 열두 살쯤 된 작은 소년이 그 구성원이다. 저녁이면 두 노인은 테라스에서 시원한 바람을 쐬고 소년은 집에서 한 50미터쯤 떨어진 곳에 서 있는 거대한 사이프러스 아래에 혼자가 앉곤 한다. 저녁 10시경이면 양 우리가 열리고 양 떼가 언덕을 향해 길을 떠난다. 양치기가 그 양 떼를 몰고 가는데 벨뢰에서 멀지 않은 구릉에 머물고 있는 것을 내가 간혹 본 적 있는, 바로 그 노인네다. 그는 앙셀므라 불리며 그 집은 '사튀르닌가(家)'라고 불린다.

10월 6일. 포도 수확이 끝났다. 여름 마지막 시기는 포도를 남겨 주었다. 곧 첫 가을비가 우리를 열기의 계절에서 떼어 놓을 것이다. 나는 겨울나기 준비를 한다. 플뢰리아드의 작은 벼랑 아래에 있는 흙은 분명 앞으로도 꽤 오랫동안 따스하니 남을 것이다. 이 우정의 장소에 모여든 친근한 짐승들은 궂은 한 계절을 날 보호처를 거기에서 발견할 터이다. 나도 매일 오후 거기에 가서 늙어 시리는 등을 바위에 기대어 따습게 하리라.

10월 10일. 목자가 내게 말을 건넸다. 그는 겨울 추위가 굉장할 거라고 단언했다.

10월 15일. 벨될 집 입구 쪽 방문 맞은편으로, 땅에서 한 1미터 되는 높이에 벽감이 하나 있다. 그것은 벽의 구실을 해 주는 바위에 열려 있다. 바위 자체가 움푹하니 파여 들어가 있는 것이다. 나는 촛불로 무장하고 팔을 구멍 안에 넣어 보았다. 동굴 같다고 할까. 그러나 입구 쪽이 하도 좁아서 사람이 속으로 기어 들어갈 수는 없다. 이 구멍이 도대체 무슨 소용일지는 모르겠다. 나는 작은 목면 휘장을 달아 그걸 가려 두었다.

10월 20일. 양치기가 거의 매일 이쪽으로 온다.

그는 앉아서 벨될을 바라본다. 무얼 감시하는 걸까?

다시 그에게 말을 건네 보았다. 그는 듣기만 하고 입을 다문 채 멀리 시선을 둔다.

그는 그래도, 사튀르닌가(家) 주인집 손자가 콩스탕탱 글로리오라고 불린다는 걸 가르쳐 주었다.

10월 24일. 나는 벌써 여러 해 전부터 피도 물도 마른 늙은 심장을 속에 지닌 고독한 노인에 지나지 않는다. 그러나 그 무엇도 이것을, 이 심장을 늙게 만들지는 못했다. 이 심장은 아직도 사랑하고 있는 것이다.

부르고, 희망하고, 기다리는 것…….

나는 오랫동안 열정적으로 같은 풀포기와 같은 꽃, 같은 짐승의 눈을 들여다보았다. 나는 그것들이 어처구니없는 집중력에 꺾어 들며 자라고, 꽃피우고, 복종하는 것을 보았다. 그러나 그것들에게서 나는 어떤 사랑의 징표를 되받았던가?

요즘 도처에서 소나기가 무르익어 가는 것을 느낀다. 대지는 더운 여름 내내 쌓아 온 강력한 생명력을 이제 곧 하늘에 양도하게 될 것이다. 공기는 무거워지고 있다. 벨떨의 돌들도 폭풍의 정령과 접촉하기 시작한다.

그것들이 전율한다.

산 동산의 힘이여, 수액들이 터지는 이 시간, 여름 내내 내가 대지에 쏟아부은 정성에 그토록 예민한 너, 너는 이제 진흙과 응회암의 얇은 껍질 아래 은밀히 술렁이기 시작하겠지, 그리고 너는 그 천국을 내게 넘겨주겠지, 모든 나무들, 모든 짐승들을! 플뢰리아드에는 부족한 것은 아무것도 없으리라!

그러나 어떤 '신'이 이 '동산'의 문을 지킬 것인가?

(쉬샹브르 신부님은 이 페이지 아래에 다음과 같이 적어 놓았다.)

그렇다, 그 어떤 '신'이……?

10월 26일. 소나기가 저녁 10시경 문득 서쪽에서 일었다. 밤 내내 천둥이 쳤다. 번개가 구릉 위를 휩쓸었다. 큰 비. 자정이 조금 지나 한 번 소강상태. 바람은 잦아들고 비는 그쳤으며 벼락은 입을 다물었다. 그러자 플뢰리아드 위쪽에서, 그러나 아주 멀리서 외마디 여우 소리가 들려왔다. 분명 여우였다. 소나기는 곧이어 다시 시작되었다.

11월 3일. 오늘 아침 하얀 서리가 내렸다. 날씨는 벌써 춥다. 잠에서 깨면서 바다 건너 여러 나라들을 생각했다. 당나귀는 떨고 있었다. 나는 그에게 바지를 입혀 주었다. 그렇게 입혀 놓고 나니 조금 우습게도 보였다. 그러나 그는 따뜻해했다.

나는 가끔 곁눈질로 그를 바라본다. 인류 대대로, 오래전부터 인간과 더불어 살아 온, 신중하고도 조심스러운 당나귀. 나는 그가 날 사랑한다고 믿는다. 나는 그를 복종시킨 것이 아니라 납득시킨 것이다.

그 나귀는 쉬샹브르 신부님이 나를 위해 이른바 밀렵꾼이라 할 수 있을 피르맹에게서 사서 주신 것이다. 신부님은 말씀하신 적 있다. "이 나귀는 사람 말에 순종하지. 자네 심부름을 맡아 줄 걸세."

쉬샹브르 신부는 동물들을 사랑한다. 비둘기도 키우신다.

(이 아래, 쉬샹브르 신부님은 다음과 같이 적어 놓으셨다.)

사실이다.

11월 16일. 폭풍 같은 바람이 분다. 오늘로 내가 태어난 지 칠십이 년을 맞는다. 이처럼 가혹한 달의 거친 성좌가 바로 내 별자리다. 그 기운은 밤이고 낮이고 세세(歲歲) 동짓달을 지나며 나를 흔들어 대었지만 내 존재로부터 내가 가진 힘의 한 점 조각도 앗아 내지 못했다. 나는 살고 있다. 내 모든 생각이 내 속에, 아직 내 속에 간직되어 있다. 나는 동산을 창조하리라. 곧 혹독한 겨울이 이어지면 나는 그 동산을 통해 '대지'의 정령을 은밀히 들춰 보리라. 겨울……! 나는 그것을 미워할 수 없다. 겨울은 따스한 온실과 옛 마법, 그리고 온통 덮어 에워싼 눈 아래에서 태어나는 신들과 또한 기도의 계절이다. 나는 겨울을 기다린다.

(겨울 일기는 매우 많이 잘려 나가 있다. 겨우 몇 마디 단편적인 언급뿐.)

12월 6일. 눈이 내렸다. 여우는 또 간밤 1시경, 집 가까이 와서 울었다.

12월 21일. 들은 빙판이 되어 하얗다. 눈이 벨뙬과 마을 사이 길을 끊어 놓았다. 그러나 플뢰리아드는 따스하여 짐승들이 찾아와 몸을 덥힌다. 플뢰리아드는 한겨울에도 예외적인 곳이다. 내린 눈은 바로 녹고 물은 얼지 않는 곳이다.

새 농산 의 누 번째 해. 1월 6일. 오늘 아침, 일어나는 길에 문 앞에서 반쯤 먹혀 버린 산토끼를 한 마리 발견했다.

1월 15일. 당나귀가 사제관까지 내려갈 수 있었다. 성탄 이

후 이번이 겨우 두 번째 걸음이다. 신부님이 그간 걱정하셨을 거라는 생각이 든다.

2월.(날짜 없음.) 여우가 두 주 전부터 배회하고 있다. 눈 속에서 그 발자국을 알아보았다. 그가 나타나나 하고 지켜보았지만 실제 볼 수는 없었다.

흔적을 보아서는 힘 센 놈임에 틀림없다.

2월 20일. 사방에서 눈이 녹는다. 이틀 전부터 구릉 너머로 남쪽 바다는 오후 4시경, 한 점 아주 보드라운 미풍을 선사하곤 한다.

3월 20일. 겨울이 끝나고 대지는 전율한다. 10시경, 흙바닥이 부스러져 들고 서풍은 잠들고 집이 우선 한 번 흔들리더니 바깥에서 어떤 짐승이 소리를 질렀다.

나는 지하에서 솟구쳐 오르는 것들을 느낀다. 물, 수액, 지구 중심의 불길, 그리고 어디선지 모르게 치밀어 올라 벌써 내 늙은 혈관을 부풀려 놓는 이 피의 정령. 나는 몸을 기울여 듣는다. 도처에 가벼운 발자국들, 사방에 겨울잠에서 깨어난 짐승들이 밟고 간 흔적, 콧김, 야생 가죽과 축축한 털, 바람을 쐰 깃털의 냄새, 도처에 싹을 틔우려는 씨앗, 다시 뻗어 가는 뿌리, 몸체를 트는 둥치, 터지는 나무껍질, 그리고 동산의 흙을 치밀고 솟아오르는 천국의 머리.

3월 23일. 이 사흘 동안, 내가 사랑했던 짐승들이 사방에서 다시 달려오는 것을 보았다. 지난 가을의 내 친구들, 두더지도, 멧돼지까지도. 한 마리도 빠진 놈이 없었다. 전보다 한결 친근하게 굴었다. 그중 늦도록 겨울잠에 빠져 있던 여러 놈들도 결국 다가왔다.

그들은 동굴 냄새와 낙엽 냄새를 풍겼다.

3월 24일. 플뢰리아드가 펼쳐진 온 지표(地表) 위로 동산이 그 흙바닥을 뚫고 오른다. 그것이 올라온다. 특히 밤 동안. 뿌리들은 응회암 바닥을 찢어 열고, 벌써 아름다운 가지들이 얼마나 많은지! 나의 부름에 '대지'의 정령이 응한 것이니. 싹눈들이 스멀스멀 트고 있다. 그들이 자라는 속도는 기적과 같이 빠르다. 땅이 부푼다.

3월 25일. 아침, 플뢰리아드의 동굴 앞에서 목이 따인 산비둘기를 두 마리 발견했다. 수컷과 암컷이었다. 가슴통이 열린 채 내장은 삼켜지고 없었다. 그 불쌍한 나머지 살점이 저수조 근처에 널려 있었다. 그들이 새벽에 물을 마시는 동안 기습당한 것이다. 피는 그때까지도 선연했다.

3월 26일. 가이올 다리에 매일 오는 아이가 하나 있다. 나는 일주일 전부터 거기 내려가 버섯을 따는 중이었다. 그런데 아이는 매번 거기에 있다. 그는 다리 건너편, 난간 위에 앉아 있다.

3월 27일. 또 한 번의 살육. 어치 깃털이 이번에도 저수조 곁에 흩어져 있었다. 그러나 핏자국은 없다. 아마도 기습에 실패한 모양이다.

3월 28일. 어제저녁 그 아이를 다시 보았다. 나는 근 한 시간가량 그를 지켜보았다. 때로 그는 다리 가운데까지 나아 오다가 멈춰 선다. 그는 놀고 있는 것이 아니다. 친구라고는 한 명도 없다. 그는 혼자 남아 있다. 그 장소에는 지나가는 이도 거의 없다. 그는 산이 시작되는 개울 건너 이쪽 편에 매혹당한 채 무언가 기다리는 듯한 모습이었다. 너무 멀어서 아이 얼굴 생김새를 제대로 볼 수는 없었다.

3월 30일. 처음에 나는 어떤 뱀의 소행이라 생각했다. 그러나 플뢰리아드에 뱀이라고는 이제 세 마리가 있는데 두 마리는 독 없는 뱀으로 목에 테가 둘러 있고 하나는 초록색과 노란색을 함께 띤 뱀이다. 그 세 마리는 다 공격적이지 않으며 새들 사이에서 살고, 기어 다니고, 졸기도 한다. 오소리도 길들었고 흰 담비와 담비도 마찬가지다. 오로지 여우만이 멀찍이 거리를 두고 있다. 그는 부름에 대답하지 않는다.

3월 31일. 아이는 여전히 가이욜 다리에 온다. 어제 그 아이에게 다가가 보려 했다. 그러나 멀찍이 풀밭 속에 있던 그 애는 나를 보더니 그만 사라져 버렸다.

4월 1일. 나는 '대지'와 협약을 맺었다. 바다 저 멀리 먼 나라에서 노인네들이 내게 신비의 경지를 가르쳐 주었다. 내가 아는 것은 별로 없다. 그러나 나는 몇 마디 주문(呪文), '핵심 주문'을 알고 있다.

나는 호흡을 잘 가누고 내 심장은 더없이 순수한 절도를 보이며 박동 친다. 도처에서 나는 삶의 기운을 응축하고 증폭한다. 생명의 기(氣), 그것이 내 부름에 막 응해 왔다. 짐승과 식물 들이 내게 복종한다. 나는 그것들을 사랑한다. 그러나 여우는 왜 이끌려 들지 않는 걸까?

왜 그는 '플뢰리아드의 정원'에까지 와서 살육을 하는 것일까? 왜냐하면 바로 그가 그짓을 한 것이기 때문이다. 그러니 그를 죽여야만 할 것인가? 죽인다……?

아니다.

(쉬샹브르 신부의 덧붙임.)

바로 그렇다.

4월 2일. 덥다. 부드러운 바람이 계속 바다에서 불어온다. 그러나 바람결은 워낙 가벼운 나머지 드문드문 작은 구름 조각만 몰고 올 뿐이다.

올해는 더위가 어찌 이리 빠른지 기이하다. 봄의 막바지에 겨우 다다른 지금, 이 4월 초순은 벌써 여름의 맛을 지녔다.

추위가 곧잘 고집을 피우기 마련인 이 고장 언덕 기슭마다 샘물이 흐르고 꽃들로 덮여 있다.

따뜻한 밤이 이어진다. 나는 집 앞에 마치 7월을 맞은 양 그렇게 앉아 있었다.

어제저녁 9시경 저 아래로, 로슈갈라드에서 뻬이루레에 가는 길 연변에 야영의 불 한 더미가 지펴져 올랐다. 그것은 자정까지 타올랐다.

4월 3일. 여우의 살생 행위.

4월 4일. 나는 그 어린이가 누구인지 안다. 오늘 저녁 나는 사튀르닌가(家) 목자인 앙셀므와 말하고 있는 그를 문득 보았다. 그는 양지기 주인 댁 손자였던 것이다. 그들은 함께 떠났다.

4월 5일. 짐승들은 두려워한다. 하지만 나는 플뢰리아드에서 여우를 격리하지 않았던가. 그는 이곳에 더 이상 들어오지 않으리라 믿는다. 그러나 그는 이곳 주위를 배회하고 있다.

길목을 지키지만 쓸모가 없다. 마주치지도 못하고 있다. 그러나 짐승들은 그의 존재를 육감으로 느낀다. 그러면 그들은 그만 불안해한다. 그들이 겁에 질려 놀라 소스라치거나 조그만 부스럭 소리에도 달아나려는 몸짓을 하는 것을 보니 상심이 되었다. 나는 그들을 불러 말을 하고 진정시킨다. 그러나 내가 조금만 멀리 떨어져도 걱정이 그들을 동요시키는 것이다. 그들이 지닌 제 생명에 대한 근심이 벌써 나에 대한 사랑에서 그들을 외면하게 한 것이다. 나는 그들을 보호한다. 그네들은 그것을 이해하지만 그들의 눈길은 이제 벌써 자유로운 짐승들의 눈길이 아니다. 그들은 막연하게나마 내 힘을 의심한다.

나는 고통스럽다.

정원 가운데에서 나는 혼자인 것을 느끼며 사랑으로 내 마음이 타는 것을 느낀다.

이 짐승들을, 나는 그들을 사랑한다. 그러나 나는 여우를 증오한다. 이런 증오심이 나를 절망시킨다.

나는 그것이, 내 증오심이 두렵다. 그것은 치밀어 올라오며 뜨거워져 간다. 여우만 굴복한다면…… 언젠가는 증오심을 잊고 그 여우도 조금은 사랑할 수 있으리란 생각도 해 본다…….

그러나 계속 살생을 저지르고 달아나 버리니 이 늙은이의 우애에는 마음을 닫은 놈 아닌가.

정원 밖, 내가 있는 곳으로부터 먼 데에서 아마 담비가 사냥을 하고 있는 모양이다. 그러나 플뢰리아드 울타리 안에서는 협정이 지켜지고 있다…….

단 한 마리 짐승의 거부라니……!

이런 거부가 이 순수한 '터전'의 장래를 위협해야만 하는가? '생명'에 대한 경외의 한 표징으로서 이 지역, 이 플뢰리아드에, '천국'으로부터 비어져 나온 한 조그만 귀퉁이만이라도 경작하고 번성하는 것은 중요하지 않겠는가. 왜냐하면 '천국'은 땅 아래 있으니, '아담의 저 오래된 동산'은 범죄 후에 고스란히 그대로 파묻혀 버리지 않았던가. 수만 년 전부터 도처에서 나무들 가지 끝을 통해 그 천국은 인간의 대지를 들썩이고 있지만 인간의 땅을 완전히 뚫어 놓지는 못했다. 나는 이 플뢰리아드의 과수원 안에 그 천국의 높은 가지들을 끌어내어 활짝 드러내 보인 것이다. 그 천국은 솟아올랐다.

보다 부드러운 흙 얼마에 불과하고 내 사랑에 대답한 작은 과수원 하나에 불과한 모습으로!

그러나 그것만으로도 내가 그토록 오래 품어 온 희망에는 족한 답이 되었다. 곧 다른 곳에서도 땅은 역시 몸을 열고야 말 것이다. 내가 이 예감을 버려야 하는가? 이 행복을 헛되이 버린다고? 아니면 계속 집착만 한다면, 사랑받지 못해도 이곳에 머무르며 아무리 의당한 것이라 할지라도 어쨌든 한 가닥 증오의 부담을 진 채 이곳을 다스려 갈 수 있을 것인가?

별안간 내가 절절이 혼자임이 실감나고 또 너무 늙어 버린 것이 아닐까?

아! 다리에 서 있는 그 아이가 왔으면! 나는 그를 원한다! 나는 그에게 이 '동산'을 열어 보여 주고 동물들과의 우의를 전해 주리라. 어느 날엔가는 아마 난 그에게 '능력'을, '정확한 가락'을 전수하리라. 그리고 그는 너를, '언약'을 더욱 크게 키워 가리라……!

4월 6일. 여우가 또 살생을 벌였다.

어제저녁, 야영지는 여기까지 닿는 시골길을 따라 서쪽으로 이동했다.

분명 세 마리아 축제를 향해 길 떠난 카라크인들이리라. 그들은 조금 조금씩 여정을 밟아 그곳을 향해 간다. 그들에게는 시간이 넉넉하다. 축제는 5월 24일에야 시작되니까. 8월 말에 있을 두 번째 순례 철이 오면 그들을 다시 볼 수 있으리라.

마차가 서너 대 있었고 말뚝에는 말들이 매여 있었다. 그리고 9시경에는 늘상 같은 그 모닥불.

오늘은 아이가 다리에 오지 않았다. 플뢰리아드는 솟구쳐 개화하고 제 꽃바구니를 시간 시간 다르게 펼쳐 가고 있다.

공기는 마치 여름인 양 계속 덥다.

4월 7일. 여우의 살생.

숙영지가 좀 더 이동했다. 그러나 어쨌든 벨뛸에선 여전히 멀찍이 떨어져 있다. 족히 1킬로미터는 된다.

내일은 가서 그곳을 둘러보아야겠다.

4월 8일. 밤을 기다려 남의 눈에 띄지 않고 노숙장에 다가갈 수 있었다.

불 주위로 카라크인 남녀가 열두 명 정도 풀숲에 웅크려 있었다.

검은 옷을 입은 소녀 하나가 멀찍이 서 있었다.

내 평생 그런 얼굴을 본 적이 없다. 흑갈색 피부에 여린 콧날, 그리고 흑옥 같은 머리 아래 이마는 좁고 고집스러운, 그러나 아무것은 보이지 않았다.

몸은 어둠에 감싸인 살덩이 하나 솟아 있는 듯.

불은 평화로이 타고 있었다.

깔개 위에 노인 한 사람이 말없이 앉아 있었다.

그의 뒤로는 거상(巨像)이 하나 나무에 기대어 있었다.

아무도 움직이지 않았다.

여인네들 무리에서 한 목소리가 부드러이 노래를 시작했다. 목구멍을 울리는 슬픈 음성이었다.

모닥불이 꺼지자 나는 소리를 내지 않고 뒤로 물러섰다.

여우가 또 짐승을 죽였고, 아이는 가이욜 다리에 다시 나타났다.

4월 9일. 신부님이 벨뛸에 올라왔다.

11시에 그분이 불쑥 올라오는 모습을 나는 보았다. 모자도 없이 뙤약볕에 온통 검은 옷차림. 우선 그분은 마당에 멈춰 서서 주위를 둘러보았다. 그러고는 집 쪽으로 향했다. 거기서 그분은 나를 불렀다.

나는 나갔다. 그는 내게 악수를 청하며 손을 내밀었다. 우리는 정자에 앉아 지난겨울 이야기를 나눴다. 날씨는 좋았고 대기는 온통 싹과 어린 포도 냄새를 풍겼다. 저 아래로는 가벼운 안개가 여태 떠도는 강까지 펼쳐진 들판이 한눈에 들어왔다.

신부님은 내게 당나귀에 대해 말했다.

"마을에서는 그 나귀에게 '반바지'라고 별명을 붙였는데 알고 있는가?"라고 하셨다.

나는 까맣게 몰랐다. 우린 한바탕 크게 웃었다.

"그 별명 때문에 나귀가 고통을 겪어선 안 되지요." 하고 나는 대답했다.

그분은 몸짓을 해 보이며 말했다.

"유념하리다."

신부님은 무척 기분이 좋아 보였다.

"이렇게 좋은 아침 날씨는 십오 년 만에 처음인걸." 하고 그분은 말했다.

"이번 봄은 겨울 값을 단단히 치르는군. 여기, 자네에게도 겨울은 꽤 혹독했겠지, 안 그런가?"

나는 머리를 흔들었다.

"자, 이곳을 한번 보시지요……."

우리는 일어났고 나는 그분을 플뢰리아드에 안내했다. 그분은 놀라움에 사로잡혀 과수원 문 앞에서 걸음을 멈추었다.

동산이 거기에 있었다. 흐드러진 동산이, 솟아오른 동산이, 석 주 만에 활짝 핀 천국이 거기에, 그분 앞에 펼쳐졌다. 우리 두 사람 키보다 팔 길이로 서너 배는 족히 더 큰 생생하기 이를 데 없는 나무들과 가지가지마다 가득 앉아 바람에 목을 드러내고 노래하는 새들과 함께. 아몬드나무들이 대기를 온통 향긋하게 만들고 있었다.

그분은 당신의 커다란 손으로 문 오른쪽 기둥을 짚은 채 바라보았다. 오랫동안.

그분은 아무 말도 없었다. 나는 행복했다.

(이 대목에서 뒤상브르 신부님은 다음과 같이 적어 놓았다.)

나 역시 행복했다.

(날짜 없음.)

……나는 야영장으로 다시 갔다. 무리의 틀을 깨어 버렸다…… 내가 잘못한 걸까?

9시 약간 지나서 산 아래에 도착했다. 사람들은 보통 때처럼 원을 그리며 앉아 있었다.

불 주위에 모여서 그들은 어떤 기이한 의식을 치르고 있는 듯이 보였다. 그 신비한 의식이 나를 놀라게 해 주려고 집행되는 것은 물론 아니었다. 아무튼 내가 이 사람들의 비밀을 알리 없었다. 그들은 불을 숭배하는 듯이 보였다. 왜 이런 숭배 의식이 있는 걸까? 그들과 불은 어떤 연관이 있는 것인가?

그들은 심각하니 모닥불에서 몇 발자국 떨어져 있었다. 그러곤 가끔씩 어떤 음성이, 그 슬픈 분위기가 벌써 어제 내 마음을 사로잡은 적 있는 목 쉰 듯한 가락을 부르기 시작했다.

노인과 거상과 소녀는 보통 때처럼 각각 제 자리를 차지하고 있었다.

그러나 새로운 인물이 하나 더 있었는데 모닥불과 참석자들 사이의 땅바닥에 앉아 있었다. 그 곁에 붉은 천으로 덮인 커다란 버들 광주리가 하나 있었다.

카라크 사람들보다 왜소하게 보이는 그 남자는 다른 종족인 것처럼 보였다. 그러나 그는 카라크네 언어로 말하기 시작했다. 이따금 그는 몸짓을 하며 손가락으로 광주리를 가리켰고 그런 후 그는 필경 우두머리 격인 노인을 향해 몸을 돌렸다.

노인은 말없이 듣고 있었다.

웅크린 남자들이 그리는 원 뒤로, 세워져 있던 마차에서 몇몇 여인네들과 누더기 걸친 아이들 무리가 차츰 모여들었다.

남자는 입을 다물었다.

소녀가 앞으로 나아갔고 그에게 무얼 하나 물어보았다. 남자는 고개를 끄덕이며 마치 여쭈는 듯 노인 쪽을 건너다보았다. 노인은 동의의 표시를 해 보였다.

소녀는 물러났다.

남자는 허리춤에서 피리 하나를 꺼내 들어 입술로 가져가 양볼을 부풀렸고, 곧 그 날카로운 소리가 공기를 찢었다.

세 마디 음, 나는 그 음을 알아들었다.

바구니를 덮은 천이 부풀고 약간 물결치는 듯하더니 거기에서 머리 하나가 처음에는 망설이는 듯 솟아나왔다. 머리는 오른쪽 왼쪽 흔들거렸고 목은 땅바닥을 향해 뻗치더니 급기야 그 동물은 땅 위로 흐르듯 기어 나왔다. 그것은 조용히 풀 위로 미끄러졌고 모닥불에서 멀지 않은 곳에 똬리를 틀었는데 목은 공중으로 세우고 머리는 수평으로 한 채 사람들을 쳐다보았다.

거대한 비비뱀[51]으로서 대식가이며 뱀 중에서는 거인 격이었다. 나는 그것을 잘 알고 있었다. 한두 번 일찍이 대면한 적이 있었다. 말 그대로 괴물이다.

나는 전율하지 않을 수 없었다.

'저 사람들은 미친 게 아닌가?' 하는 생각이 들었다. '저놈을 마음대로 부릴 수 있다고 오래 믿어 온 걸까?'

---

51) Serpent hamadhyas의 자구적 번역. 아마 hamadryade(인도산 독사)와의 혼동인 듯하다.

뱀을 보자 남자는 약간 망설이다가 다시 피리를 불기 시작했다.

남자는 높낮이와 길이가 다른 다섯 음을 불었다. 그러나 내가 듣기에는 잘 부는 것 같지 않았다. 나는 음들을 너무나 잘 안다. 그 음들이 제대로 날 때 짐승은 감응을 받아 꼼짝 못하는 법이다. 그러나 불안에 사로잡힌 듯 그 남자는 자꾸 헐떡이며 너무 서둘러 그 음들을 내고 있었다.

그러자 짐승은 놀란 듯, 분노로 부풀어 오른 제 목을 뒤로 젖혔다.

때로는 너무 여린 호흡이 간신히 피리 구멍에 닿아 음이 그만 삭아 버리기도 했다.

그러면 그 동물은 거만하게 휙휙 소리를 내었다.

'저자는 놈을 제대로 장악하지 못하고 있군.' 하는 생각이 들었다.

그러나 그는 고집스럽게 연주를 했고 불안정한 가락은 완벽미의 쾌감에 그리도 예민한 뱀의 날카로워진 신경을 건드리기 시작하였다. 그것이 이 작은 모욕의 충격에 흥분을 더해 가면서 벌써 독의 분노가 밀려든 저 무서운 납작한 머리는 음악 가락의 올가미 줄에서 벗어나 쳐들고 있는 것을 분명히 느낄 수 있었다.

남자는 눈을 크게 뜨고 뱀을 응시하고 있었는데 이마에는 땀이 철철 흘렀다. 그는 악착같이 계속했다.

카라크인들은 어떤 심상찮은 분위기를 냄새 맡고 동요했다. 그러나 원을 그리며 둘러앉은 무리를 떠날 엄두는 내지 못했다. 여기저기 곳곳에서 공포로 질린 그들의 번들거리는 눈을 나는 보았다.

차츰차츰 이동하는 뱀의 은밀한 움직임에 압도된 그들은 본능적으로 서로서로 다가서며 어깨와 어깨를 맞댄 채 어떤 비밀스러운 죽음의 무도를 바라보고 있는 듯이 보였다.

뱀은 더 이상 기어가지 않았다. 그놈은 슬며시 똬리를 틀었다. 마디마디 매듭이 풀리는 것 같은 파장을 일으키며 사악한 고리 위로 몸을 솟구쳐 가며 그 끈끈한 덩어리는 사람들 쪽으로 미끄러지다가 때로는 교만에 도취한 채 두 갈래로 갈라진 혀를 내뻗치기도 했다.

잇바디까지 흥분한 뱀은 물려고 들었다. 생명력으로 부푼 검은 물체, 그 근육질 등은 반항으로 물결쳤다. 이제 마냥 초조해져 버린 불완전한 음악의 섣부른 유혹에서 벗어난 그는 죽음의 구불구불한 행진을 시작했다.

뱀은 노인을 향해 나아갔다.

눈을 내리감은 채 꼼짝 않고 있는 노인은 아무것도 들리지 않고 아무것도 보이지 않는 모양이었다.

갑자기 뱀은 몸을 풀더니 무서운 속력으로 세모진 콧등을 노인의 목에서 불과 몇 손가락 떨어진 곳으로 뾰족이 내리꽂았다.

그러나 노인은 꼼짝도 하지 않았다.

그는 마침내 눈꺼풀을 들어 올려 세상에서 가장 오래된 짐승을 고요히 들여다보았다.

그는 슬픈 기색을 한 작은 노인이었다. 흑갈빛 얼굴에 새하얀 점 두 개가 빛나고 있었다. 바로 거기 그의 시선이 살아 있었다. 처음엔 그림자 진 얼굴만 어렴풋 보였으나 이제 그 움푹한 곳에 무어라 표현할 수 없는 생명력을 뿜고 있는 두 안구가 보였다.

그즈음 그 두 눈은 괴물을 향해 몽상에서 깨어난 듯한 시선을 던지고 있었다. 그에게서, 그 사람에게서 그 시선만이, 저 차가운 두 줄기 빛만이 남아 있을 뿐이었다. 공포도 도전도 아니었다. 오직 순수한 눈길.

뱀의 대가리는 뒤로, 허영에 찬 채 또 상심한 듯 물러섰다.

노인은 경멸하는 투로 시선을 내려뜨리고는 다시 자신의 내면으로 침잠해 들어갔다.

짐승은 후퇴의 몸짓을 해 보이면서 뒤로 물러나 미끄러져서는 불 곁에서 똬리를 틀고 기다렸다.

악사는 이미 음악을 멈췄지만 피리는 아직 입술에 걸려 있었고 두 팔은 들어 올린 채 공포에 질려 뱀을 바라보았다.

뱀은 고통스러워하는 듯 보였다. 그놈은 이제 더 움직이지 않았다.

갑자기 모닥불을 가로질러 어떤 육체가 달려들었다.

소녀가 도전적인 투로 달려와 모욕받은 괴물에서 두 발짝 떨어진 곳에 털썩 앉았다.

놀란 뱀은 먼저 목을 치켜들더니 잠시 망설인 후 이죽대기 시작하는 이 새로운 얼굴을 바라보았다…….

비명……!

번개처럼 몸을 펼친 뱀은 채찍같이 앞으로 전진하여 소녀의 양다리를 휘어 감아 제 똬리 안에 그 다리를 얽어 버렸다. 그러고는 재빨리 소녀의 양팔을 엉덩이 쪽으로 묶고는 소녀 목 주위를 끈적이는 고리를 둘러 두 번 옭아매고, 분노로 번득이는 제 대가리를 소녀의 가슴팍에다가 갖다 대었다. 죽음의 독니가 빛났다.

도전으로 뻣뻣해진 육신 위로, 여위었지만 아직도 따스한 저 여린 살덩이의 위에서 아래로, 뱀은 제 검은 근육을 관능적으로 물결쳤다. 이 같은 죽음의 애무 아래 소녀는 턱을 쳐든 채 더 이상 움직이지 않았다.

노인은 꼼짝도 하지 않았다. 자기 내면에 침잠한 그는 아무것도 보고 있지 않았다.

모든 이의 가슴이 철렁 내려앉았다. 뱀 호리는 사람의 거친 숨소리가 들렸다. 그는 한 마디를, 필경 자기 무능을 고백하는 한 마디를 웅얼거렸다.

나는 더 이상 참을 수 없었다.

한걸음에 나는 카라크인 두 사람 사이를 헤치고 둘러앉은 무리를 넘어 뱀 부리는 이의 손에서 그 쓸모없는 피리를 앗아서 불 쪽으로 달려갔다.

뱀은 움직이지 않고 얼어붙었다.

나도 헐떡이고 있었다. 그러나 나는 알고 있었다!

나는 우선 부드럽게 가장 큰 갈대 대롱을 통해 아주 낮게 낮은 음정을 내려고 애쓰며 의식(儀式)에 걸맞은 선율을 길게 불었다. 그러자 더없이 장엄한 부름이, '대홍수'를 겪은 저 태고의 '대지'로부터, 뱀들의 영혼을 사로잡는 대지의 가락이 흘러나왔다. 이어서 더 강하게 땅을 스치듯 지나는 그 음을 다시 이었다. 그런 후 나는 그것을 약간 부풀리듯 끌어올렸다. 그 음이 축축한 부식토 위를 떠돌며 대지의 정령을 받아들일 수 있도록 말이다. 그런 다음 나는 거기에다 단 한 번, 진동하듯 공기 방울을 은밀하게 불어넣었는데 그것은 바로 '어머니', 그녀가 내쉬는 숨결에서 채취한 비밀스러운 몫이었다. 왜냐하면 나는 '그녀' 가까이, 대지 가까이 바싹 그 음을 끌어당기고 있었던 것이다. 나는 내 속에서 나 자신에 저항하는 내 모든 악령들을 불러 모았다. 그들의 고집스러운 저항에 내 살아있는 육신의 모든 힘줄들은 끊어질 듯이 전율했다. 그럼에도 나는 벌써 필요한 음색을 비존재(非存在)에서 끌어 내어 구사했고 이제 이 '대지'의 부름은 진흙탕에서 나온 저 가혹하고도 슬픈 아들을 동요시키고 있었다.

그 뱀을 다시 사로잡기 위해서는,(나는 그렇게 할 수 있는 신비로운 방편을 알고 있었다.) 물어뜯으려 드는 저 분노를 가라앉히기 위해서는, 여러 음 중에서도 단 하나의 음밖에는, 바로 내가 내는 이 음밖에는 없었다. 그 음은 결코 쉬이 연주되지 못한다. 왜냐하면 그 음의 경지에 도달하는 것은 드물기 때문이다. 그만큼 그 음은 깊은 곳에서 잠자고 있는 것이다. 기적적으로 그 음을 침묵 속에서 이끌어 낸다 해도 어디까지 그 음의 파장과 진동이 펼쳐질지는 모른다. 그것은 바로 심연의 힘인 것이다.

그 짐승은 그것을 들었다.

나는 뱀의 등줄기가 뻣뻣하니 굳는 것을 보고 그 사실을 알아차렸다. 나는 숨을 불어 쉬었다. 그러나 음을 놓치지는 않았다. 나는 음을 길게 끌었다. 그리고 다시 끌어들여 멈추었다. 그 은밀하고 어두운 음은 나를 지나갔다. 이 세계의 심연으로부터 들릴까 말까 하니 은밀히 솟아오르며. 그러나 나는 그 음이, 내 신경을 긁으며 척추를 타고 올라 떨리는 목덜미에까지 이르고 있는 것을 느꼈다.

뱀은 옥죄인 포옹을 풀었다. 부드러워진 체절(體節)들이 스르르 풀어졌다. 그것들은 공포로 얼어붙은 소녀의 몸을 죽 훑듯이 흘러내렸고 이어 짐승은 거의 물컹거리다시피 땅바닥으로 허물어져 내렸다.

몇 분 동안 그놈은 그곳에서 부드럽게 꿈틀거렸다. 불안에 사로잡힌 놈은 여기저기 바람 냄새를 맡더니 갑자기 무언가 느낀 듯 나를 향해 조심스레 기어왔다.

굳어 화석이 된 듯한 뱀 부리는 사람 쪽으로 나는 천천히 뒷걸음질 쳤다. 그리고 그의 곁에 멈췄다.

짐승은 완전히 몸을 풀더니 풀 위에 납작하게 엎드렸다.

나는 단숨에 그 집단에서 빠져나와 어둠 속으로 내달렸다.

한동안 아무렇게나 내달려 몸을 숨겼다. 이윽고 나는 벨뛸 쪽으로 향했다.

닿자마자 나는 집 앞 벤치 위에 털썩 내려앉았다.

그때 나는 어떤 물건을 손에 들고 있는 것을 알아차렸다. 그것은 다섯 가락 갈대로 된 피리였다. 나는 그것을 바라보았다.

큰 갈대, '대지'의 정령이 지나간 바로 그 갈대는 부러져 있었다.

나는 한동안 피곤에 짓이겨진 채 그대로 거기 앉아 있었다. 아마 11시쯤이었다. 달이 막 떠오르고 있었다.

주위는 온통 고요했다. 이따금 플뢰리아드 과수원에서 날개 부비는 소리, 나뭇잎들이 부스럭거리는 소리가 들려왔다. 밤은 따스했다. 달은 벌써 집 전면과 하얀 마당을 밝게 비추고 있었다. 평화가 차츰차츰 내 가슴을 채우며 올라왔다.

그 장소의 천진한 기운이 감미롭게 나를 감싸 주었다. 아주 가까이 내 등 뒤로 친근히 길든 내 짐승들과 나무들의 우애를, 든든한 보호처에 있음을 느꼈다. 그러나 어떤 걱정스러움이 내 마음속 미처 모르는 곳을 은밀히 저미고 있었고 나는 '대지'의 힘에 대해 생각해 보았다.

나는 그것을 불렀고 그것은 내게 대답했다. 내 입속에서 조성되었던 따뜻하고 습기를 머금은 그 대지의 음, 그 숨결은 나를 떠났다. 그러나 그것은 앞으로도 얼마간은 내 밖에서, 침묵의 연변을 계속 떠돌리란 것을 난 알고 있었다. 지금 그것은 어둡고 무서운 존재로서 들판을 건너 기어가고 있을 것이다. 그것이 분노한 짐승을 휘어잡을 수 있는 것이 사실이라면 그것은 또한 짐승들을 몽롱한 상태에서 깨워 일으킬 수도 있다. 그렇다면 어떤 일을 예견할 수 있단 말인가?

하지만 밤은 언덕들 위로 너무나 고요히 머무르고 있었고 내 근처에선 이 평화가 조만간 흔들려 버려지리라는 것을 예고하는 그 무엇도 없었다.

저 아래쪽으로 카라크인들의 불은 꺼지고 없었다. 들에 흩어져 있는 여러 마을에서도 켜진 램프라고는 하나도 보이지 않았다. 나는 그야말로 홀로였다.

너무나 피곤함을 느낀 나머지 가 자려고 결심하고 몸을 일으켰다.

마당 한가운데에서 무언가 검은 물체를 발견한 것은 바로 그때였다. 그것은 움직이고 있었다. 약간 다가가 보았다.

그것은 몸을 곧추세웠다. 나는 공포에 질려 뒷걸음질 쳤다.

처음에는 도무지 믿어지지 않았다. 그러나 정녕 그놈이었다. 달빛이 두들기듯 마당을 환히 비추고 있었고 마당 한가운데 뱀은 가만히 멈춰 있었다. 잘 볼 수 있었다. 놈은 나를 바라보고 있었다.

나는 집 쪽으로 피신했다. 놈은 기어오기 시작했다.

문은 닫혀 있었다. 등은 문짝에 기댄 채 나는 그 괴물에게서 시선을 떼지 않았다. 그는 나를 계속 바라보고 있었다. 이제 그것은 내 곁에 바싹 다가와 가만히, 꼼짝 않고 있었는데 갑자기 그것이 나를 사랑한다는 막연한 느낌이 솟구쳤다.

몸은 돌리지 않은 채, 손을 등 위로 옮겨 문을 열었다. 나는 잠시 망설였고 이윽고 뒷걸음질로 방에 들어갔다. 그러나 짐승은 나를 따라 들어오지 않았다.

놈은 몸을 반쯤 세우고 천천히, 달빛을 온몸에 받은 채 문턱 바로 앞, 문틀 쪽으로 꿈틀거리듯 향해 왔다. 밝은 달빛을 받으며 그곳에 멈춰 선 그것은 호기심에 사로잡힌 어떤 유연한 영물(靈物)처럼 보였다. 분명 그것은 '죽음'의 정령이었다.

나는 가볍게 휘파람을 불었다. 그러자 뱀은 문턱을 넘었다.

(쉬샹브르 신부님의 덧붙임.)

4월 10일자로 된 위 이야기는 사건 일보다 후에 쓰인 것이다. 이 대목에 앞선 내용들 그리고 뒤에 오는 대문들과 이 부분을 비교해 보면 그 점을 곧바로 알 수 있다. 소급 언급함이 느껴진다. 분명 시프리앵 씨는 너무 마음이 동요된 나머지 예의 그 저녁, 그 사건에 참여한 직후에, 그리고 저 무서운 손님이 자기 집에 정착하러 온 직후에 곧바로 내용을 자기 일기장에 털어놓을 수는 없었을 것이다.

그런데 그 밤에 받은 충격이 계속되었다 하더라도 내가 4월 9일 벨뙬에 올라갔을 때 느낀 바로는 그의 마음은 그때까지는 아직 침울해지지는 않았었다.

나는 그때 그의 얼굴에서 완벽한 행복의 표현을 볼 수 있었을 뿐이다. 저 산꼭대기에선 모든 것이 평화로이 숨 쉬고 있었다. 뱀은 없었다.

나는 이 기념할 만한 밤의 이야기 속에 과연 진실성이 있는 것일까 추후 생각해 보았다. 관련하여 피르맹에게 최근에 말을 건네 보았다. 피르맹은 밀렵을 한다. 그는 매일 밤 구릉 위를 배회하는 호기심 많고 비밀스러운 인물이다. 숙영지 불빛이 그의 호기심을 끌지 않았다면 외려 너무나 이상한 일일 것이다. 그는 카라크인들을 싫어한다. 이유는 알 수 없지만 늘 이렇게 말한다. '두고 보세요, 그자들은 우리에게 불행을 몰고 올걸요.'라고. 아마 바로 그런 이유 때문에 카라크인 무리가 나타나기만 하면 피르맹, 그는 들을 헤매다시피 하며 생울타리 뒤로 몸을 숨겨 가며 감시를 하는 모양이다.

내가 예견한 대로 그는 무언가 알고 있었다. 그는 현장에 있었던 것이다. 그는 내게 사건을 위의 글에서 읽을 수 있는 것과 같이 (혹은 거의 그대로) 묘사해 주었다. 그들을 죽 주시해 왔기에 순례의 길을 가면서 빼이루레를 일 년에 두 번씩 주기적으로 거치면서 노숙하는 그 방랑 무리들을 그는 다 알고 있었다.

그러나 4월 9일의 무리는 그가 이전에 전혀 만난 적이 없었다 한다.

"단단히 경계해야 할 족속일 겁니다."라고 그는 내게 털어놓았다.

"필연코 다시 돌아올 거고요."

오늘날까지도 나는 저 뱀의 야회(夜會)에 대해 수긍이 가는 시원한 그 어떤 해명도 찾지 못했는데 그는 어떻게 생각하는지 한번 물어보았다.

"그들은 귀신을 부리는 무당들입니다."라고 그는 내게 말했다.

"그렇지만 이번엔 누군가 그들에게 고약한 선물을 한 것이 분명해요, 그 선사품에 주술을 걸 수 있는 능력이 그네들에게 없었던 거죠. 누가? 왜냐고요? 그건 모르겠습니다. 어쨌든 그 자들이 그 짐승을 손에 넣은 게 오래된 것 같진 않습니다."

그의 말로는 그 사람들이 어떤 알지 못할 항구에서 서 무능력한 뱀 부리는 이를 맞아들였음 직하다는 것이다. 아마 그자는 그들에게, 자기에겐 뱀 부리는 신통력이 있노라고 허풍스레 자랑한 것이리라. 카라크인들은 신비한 일이라면 항상 덤

벼드는 족속이었으므로 그를 자기네와 함께 데려온 것이리라. 아마 그자들은 자기 종족과는 다른 그 사람에게서 무언가 이득을 끌어내리라는 희망을 품었을지도 모른다. 그럼에도 그들은 여전히 그를 경계했는데, 전혀 그른 일이 아니었다. 4월 9일 밤, 아마 그들은 그자의 능력을 실제로 체험해 보려고 하였을 것이다. 그 힘은 결국 무능으로 드러났고 그들은 뱀을 잃었다. 그런데 (피르맹은 단언하기를) 그들에게는 뱀이 소중했고 그렇기 때문에 그들은 되돌아온 것이라고 했다. 늙은 시프리앵 영감도 그들의 마음을 사로잡았을 것이고…….

내 생각에 그건 훌륭한 추측임에는 분명하지만 이성적으로는 흡족한 설명이 되지 못했다. 게다가 그 설명은 이야기 끝부분에 대해서는 아무것도 밝혀 주지 못하지 않은가. 그러나 피르맹의 다음과 같은 말은 아마도 수긍해야 할 것이다.

"설명을 찾아서 무엇하시게요? 본 건 그야말로 본 것이고 있었던 일은 있었던 거죠. 그 점에서부터 출발해야죠."

맞는 말이다. 그 후 도래했던 모든 일은 그것에서 유래한 것이다. 로슈블랑슈에서의 밤과 시프리앵과 이아생트의 실종 말이다.

피르맹은 덧붙였다.

"카라크인들은 그 노인네와 뱀 때문에 되돌아온 거예요. 이제 그자들은 우리 고장에 있는 산으로 오르는 길들은 샅샅이 알고 있으니 그들이 다시 오지 않을까 항상 경계해야 합니다. 그자들이 이 산을 뒤졌다니까요. 전 그게 싫습니다."

그는 무척 마음이 상한 모양이었다.

이 산이 기실 그의 온 생각을 다 차지하고 있었다. 나는 또한 예의 그 노인이 이 신성한 영역에 침입한 것을 피르맹은 어떤 시선으로 볼까 생각해 보았다. 내가 넌지시 암시를 하자 그는 다만 이렇게만 말했다.

"우리끼리니까 말이죠. 신부님, 그는 산을 제대로 잘 보지 못했어요. 그걸 제대로 잘 보았다면 아름답게 치장하려 들었겠어요? 무슨 말인지 이해하시겠지요……."

나는 이 글을, 시프리앵 씨의 일기 속에 언급된 여러 사건들이 지난 한참 후 평정한 이성을 되찾고 나서 쓴다.

그 일이 있은 후 카라크인들은 돌아왔고 이아생트도 노인도 자취를 감추었으며 벨뛸은 한갓 폐허에 지나지 않게 되었다. 당나귀마저도 우리 곁을 떠났다.

이 사건들의 증인으로는 이제 나와 콩스탕탱밖에 남지 않았다.

이 사건의 주인공들은 사라졌다. 그러나 그 비극은 그대로 남아 있다. 그것은 항상 저기, 우리들 앞에 침묵을 지키며 남아 있다.

나에겐, 성당이 지켜 주는 나에게는 주술은 전혀 먹혀들지 않는다. 게다가 적어도 나는 주술을 푸는 기도문을 셋 이상 안다…….

그러니 콩스탕탱은?

나는 그 아이가 이 일들을 잊지 못했으리란 점이, 결코 잊지 못하리란 것이 걱정스럽다.

이 추억이 그의 일생을 비극적으로 점찍어 놓을 것인가? 왜

냐하면 그는 당사자이니, 즉 '그는 보았던 것이다.'

이 첨언 앞, '일기'에 적힌 내용을 다시 읽노라면 내 영혼은 동요한다.

진정한 '천국'은 그(어린이)가 아니었을까?

이 생각이 나를 두렵게 한다.

(시프리앵 씨의 일기 계속.)

4월 13일. 여기 있게 된 닷새 전부터 그 짐승은 나를 더 이상 떠나지 않는다.

그 짐승은 첫날 저녁부터 내 침대 위쪽 바위 벽에 패어 있는 공간 속에 자리 잡았다. 그놈은 낮 동안은 거의 움직이지 않는다. 동이 트기 조금 전 나는 그것이 내는 소리를 듣는다. 그놈은 내가 전날 저녁, 흙을 구워 만든 단지에 준비해 놓은 우유를 마시러 기어 나온다. 나는 그 짐승에게 오로지 우유 한 가지만 먹인다. 그 짐승은 그걸 매우 맛있게 먹는다.

해가 질 때쯤, 놈은 보금자리에서 나와 한가하니 방을 가로질러 기어가서는 마당 한가운데 자리를 잡는다. 그놈은 그 텅 빈 공간을 좋아한다. 그 짐승은 달이 뜨기를 꼼짝 않고 기다린다. 달이 동쪽에 나타나자마자 놈은 목을 곧추세우고 몸을 좌우로 흔들어 대는데 그 움직임은 가끔 열락의 순간들로 부르르 떨린다.

나는 밤의 고즈넉함을 좋아하기 때문에 몇 시간이고 집 앞 포도시렁 아래 앉아 그놈을 지켜보곤 한다. 의식(儀式)과도 같은 자기 율동에 제물에 지쳐 그놈이 먼저 마당 위로 비추는 환한 달빛 원반을 떠나 내 발치까지 기어와 똬리를 틀지만 않는다면 나는 아침이 올 때까지라도 밤새워 그렇게, 달빛 아래 신비롭게 출렁거리는 이 거대한 야생 뱀을 지켜보고 있을 수 있으리라.

뱀이 다가오면 난 그를 더 잘 볼 수 있다. 그만큼 그는 내 아주 가까이 자리 잡는다. 머리는 내 무릎 높이에 둔 채 무표정하고도 확고한 눈길로 그 짐승은 나를 응시한다.

나는 한 번도 짐승들 앞에서 시선을 내리깐 적이 없었다. 그리고 그 짐승도 필경 그때까지 제 앞에서 떨리지 않는 인간의 눈길을, 카라크인들의 늙은 두목을 제외하고는 본 적이 없었으리라, 그러나 그 노두목은 죽음을 무시하고 있었다…….

나로 말할 것 같으면 나는 죽음을 무시하지 않는다. 증오한다. 축축한 밀림의 뱀은 죽음의 힘, 치명적 액으로 가득하다. 그 역시 나처럼 '대지'의 아들이다. 그런 '대지'의 아들들은 서로 사랑할 수 있으리라.

나는 처음에는 그것이 집에서 나가 버리지나 않을까 염려했다. 그는 별로 그런 생각이 없는 듯 보인다. 때로 (그러나 해가 져야만 한다.) 놈은 플뢰리아드까지 나를 뒤따라온다. 그는 결코 울타리를 넘어서는 법은 없다. 그는 문 기둥 한쪽에 몸을 휘감고 기다린다.

놈이 별밭에 온 것을 다른 짐승들이 느끼고 있는지 나는 모른다. 그러나 동요의 낌새는 없다.

플뢰리아드에서는 모든 것이 계속 번성하고 있다. 이제 진정한 기적의 동산을 이루어 꽃다발 천지, 저녁 무렵 바다에서 부드럽게 불어 올라오는 바람에 몸을 맡기는 새들 천지다. 그리고 특히 아침은 새들의 지저귐으로 가득하다.

닷새 전부터 여우는 살생을 멈추었다. 적어도 플뢰리아드 근처에서는. 여우는 저 무시무시한 존재를 냄새 맡은 것이 분명하다. 여우는 경계를 하면서도 포기하지 않았다. 왜냐하면 그것이 밤에 가끔 꽤 멀리, 로슈갈라드 쪽에서 캥캥대는 소리를 듣기 때문인데 그 울음소리는 내 심장을 얼려 놓는다.

그러니 나는 순수함이 필요하다. 왜냐하면 천국은, 동산은 무엇보다도 우선, 우리들 주위로 펼쳐진 순수함이며 우리들 마음속에 펼쳐지는 신선한 사랑이 아니겠는가……?

내가 무척 늙어 버렸다는 것이 절실히 느껴질 때가 있다! 뱀보다 아마 더 나이가 들었을 것 같고, 낙원의 앞날 때문에 절망한다.

앞으로 과연 얼마 동안이나 나는 이 늙은 두 손으로 그것을 마치 꽃과 과일과 따스한 새 깃털로 가득한 바구니인 양 공중으로, '대지' 위로 떠받들고 있을 수 있을까?

모든 것을 삼켜 버리는 '대지' 위로…….

천국의 존속을 위하여 난 그 누구에게 이 신비한 '말'들을 전수할 것인가? 잘 읊조리기만 해도 이 천국을 오래도록 암흑으로부터 지켜 줄 수 있는 '비법의 말들'을?

우리 천국 중심에 사람이 하나 필요하다. 인간의 아름다움 없이는 지상 낙원이란 있을 수 없는 법. 식물들이 자라나고 동물들이 모여드는 것도 우선 그 사람 안 열망의 차원일진대.

어쩌면 내 열망이 약해진 것일까? 어떤 젊은 힘이 날 도와

주어야 한다는 것을 느낀다.

닷새 전부터 아침저녁으로 그 애가 가이욜 다리에 거듭 오곤 한다. 그는 거기서 몇 시간이고 시간을 보내곤 한다. 그의 시선은 산을 떠나지 않는다.

4월 14일. 여우가 간밤에 살육을 저질렀다. 그러나 멀리서. 밤 2시경 나는 그놈에게 목이 따이는 짐승의 비명을 들었다.

플뢰리아드는 평화 속에, 뱀이 지켜 주는 평화 속에 쉬고 있다. 그놈은 몸을 보이지는 않는다. 그래서 놈은 내가 길들여 놓은 짐승들을 조금도 놀라게 하지 않는다.

그가 우연히 나오는 적이 있긴 해도 나를 따라오기 위한 것일 뿐, 결코 집에서 멀리 벗어나는 일이 없다.

내가 마당 경계선을 넘어서기만 해도, 혹은 내가 플뢰리아드 서쪽 덤불숲에 들어가기만 해도 그는 곧바로 멈춰서 망설이다가 획 몸을 돌려 집의 보금자리로 되돌아간다.

그것은 거대하다. 거의 4미터는 될 것이다.

검은빛과 황금빛.

열대산 독 코브라.

그자들은 어디서 이 짐승을 손에 넣은 걸까? 왜 여기까지 데리고 온 걸까?

그 동물은 심삭하나.

당나귀가 놈을 보았다. 뱀은 마당에서 몸을 녹이고 있는 참이었는데 그때 당나귀가 길에서 나와 들어섰던 것이다.

당나귀는 약간 불안한 듯 멈춰 섰다. 뱀은 빈정거리는 듯한 제 머리를 약간만 들어올렸을 뿐이다. 나는 움직이지 않았다.

당나귀는 내 앞에 있었다. 당나귀를 그때처럼 잘 바라본 적은 없었다.(이 나귀는 저 아랫마을 바스떼르의 나귀가 아니라 들판에 사는 나귀, 목자들과 동행하는 나귀류다.)

당나귀는 꼼짝 않고 고작 제 조그만 네 발로 땅에 버티고 서 있었다, 그는 단순히 그렇게 있었다. 그는 마을에서 오는 길이었다.

괴이한 짐승, 저 뜻밖의 장애물 앞에서 나귀는 곰곰 생각에 잠긴 듯. 그는 자기가 '죽음'과 마주하고 있음을 알아차렸다. 짐승들은 그것을 금방 알아차리는 법이다.

나귀가 띤 임무는 나한테까지 오는 일이었기에 그는 다시 작은 걸음으로 뱀에게서 겨우 두 발짝 떨어진 채 관례대로 마당 가운데를 가로지르더니 내가 기다리는 문앞에 와서 멈춰 섰다.

나는 광주리를 내렸다. 잔등이 홀가분해진 당나귀는 다가올 때와 같은 행로를 다시 거쳐 플뢰리아드 한 곁으로 가서 풀을 뜯기 시작했다.

밤이 내리고 있었으므로 나는 램프를 켰다.

나는 슬프다. 내겐 그 아이가 필요하다.

4월 15일. 내겐 그 아이가 필요하다.

나는 오늘 그를 가까이서 보려고 했다. 오후 4시경 가이욜에 내려갔다. 그는 그때까지 도착하지 않았다.

그래서 한껏 마음대로, 다리 근처 떡갈나무가 작은 숲을 이룬 곳에 몸을 숨길 수가 있었다.

조금 있자니 그가 보였다. 그는 솔밭을 가로질러 마을에서 오는 길이었다. 그 아이는 개울까지 곧바로 오더니 난간 위에, 물 이쪽 건너편을 표시하는 커다란 포플러나무 바로 밑동 근처에 앉았다.

그는 내게서 겨우 10여 미터 정도 떨어져 있었다. 나는 그를 잘 보았다.

그는 오랫동안 거기에, 돌 위에, 등을 포플러나무에 기댄 채 안장 타듯 걸터앉아 있었다.

그 아이 쪽으로 다가가고 싶은 유혹이 먼저 일었다. 그러나 곧이어 그를 놀라게 하지나 않을까 염려되어 그냥 그대로 덤불 속에 숨은 채 머물러 있었다.

그는 아마 열두 살 정도인 것 같다. 그러나 키는 훤칠했고 몸은 튼튼했다.

약간 야생적인 모습.

얼굴은 짤막했고 강해 보였다. 온통 열정을 드러내는 그런 모습. 가끔 그는 어떤 내적 고통에 사로잡힌 듯 몸을 움츠리듯 떨었다. 그러곤 곧이어 얌전히 긴장을 푸는 것이었다.

두 눈과 순진한 작은 입 사이로 동물적인 어떤 힘이 떠돌고 있었다. 그 점이 나를 사로잡았다. 그 기색은 낯이 움직이지 않을 때 잘 드러나 보였다.

검은 피. 나는 이 피를 안다. 바로 나의 피. 그 피는 짐승들의 몸속으로도 흐르고 있다.

저 아이는 필경 '마법의 현혹적인 힘'에 민감하리라…….

……마치 늑대나 새매나 혹은 뱀처럼.

그런데 내가 무슨 생각을 하려 드는가? 내 정신이 어찌 된 것일까. 이 조그만 인간 아이를 내가 그런 식으로 끌어당겨 올 수 있을까? '마법의 말'을 잘 써서, 제대로 불어진 정확한 '음정'으로, '음악'으로, 아마는? 한데 내게 저 아이를 정복할 권리가 있는 것인가?

나는 저 아이를 사랑한다, 난 그걸 느낀다. 따스하고도 강하며, 섬세하면서도 가혹하고 휘어들지 않으면서도 충실한 그 어떤 것이다.

저 아이는 내 영혼이다. 그리고 인간들의 영혼이기도 하다. 그러나 난 인간들의 영혼에 대해, 내 영혼에 대해 도대체 무얼 알고나 있는가?

나는 벌써 뱀의 몸체 아래에서 나를 넘어서는 어떤 힘을 지펴 올렸지 않은가. 그 짐승은, 그 뱀은 나를 사랑한다. 그러나 그를 정복하기 위해서 나에게는 오로지 이 사랑만이 있을 뿐…….

저 아이를 낚아 들이려면 무엇을 말해야 하는가? 무슨 '말'을? 어떤 '음조'로?

그가 내게 복종하고 플뢰리아드의 동산으로 들어온다면, 내 온 심장이 불타고 있는 바로 이곳에서 그는 무엇이 될 것인가?

뱀은 — 나는 느낀다. — 내게 여전히 충실할 것이다. 한데 뱀만큼 순수한 인간의 아들이 있을 수 있는 것인가?

그렇지만 바로 저기, 아직도 더러워지지 않은 순수가 있다.

내가 그에게 천국을 닫아 버릴 것인가?

4월 16일. 고뇌 속에서 밤을 지냈다. 아이의 모습이 뇌리를 떠나지 않았다. 나는 내내 내 눈앞에, 가이욜 다리에 와 있던 그의 조그맣고 진지한 얼굴을 떠올리곤 했다.

여우는 어제처럼 아주 멀리서 또 살생을 했다. 나는 한밤중에 저 위로, 저 언덕 위로 달려가 그놈을 장총 한 발로 쏘아 눕혀 버리고 싶은 욕망에 사로잡혔다.

그러나 나는 그런 욕망을 밀쳐 버렸다.

뱀은 밤 내내 잠들어 있었다. 정말 외로웠다.

산에는 소리 한 점 없었다. 나는 내 방에, 램프를 켜지 않고 문을 열어 둔 채 있었다.

달은 매우 천천히 떠올랐다. 플뢰리아드 안쪽으로 커다란 탄식 소리가 올라왔다. 나무들 사이로 산들바람이 스쳐 갔다. 그러고선 사위가 입을 다물었다.

나는 다시 고통스러워졌다.

내가 '대지' 쪽으로 돌아온 후 나에게는 나 자신에게서 얻을 수 있는 도움밖에는 없다. 나는 대지를 섬기고 바로 거기서 행복을 끌어내고자 한다. 아아! 나는 그 대지의 여러 아들 중 한 아들에 지나지 않는다. 이 늙은 '어머니'의 가슴으로부터 내 부름을 듣고 나무들과 짐승들이 올라온다. 하지만 그녀는 내게 그 어떤 다사로운 말을 해 주었던가? 언젠가는 사라지고 말 한 인생에만 상관 있는 것이라면 엄청난 힘도 결국 무슨 소용이랴! 그것을 지탱하는 많은 사랑이 어떤 '절대적 사랑'에 의해 자양을 얻지 않는다면 그것 역시 결국 필멸의 것이 아닌가?

나는 떠날 것이다.

그러나 나는 마치 한 바구니인 양 얼마 되지 않는 이 나무들과 길들인 짐승들을 구원하고 싶다. 나는 그렇게 하겠다. 이유도 없이, 마치 사람들이 희망에 집착하듯. 왜냐하면 플뢰리아드의 이 소박한 정원, 그것은 하나의 희망에 지나지 않는 것이기 때문이다. 그러나 그 어떤 약속에 둔 희망이던가……!

난 그 아이가 필요하다.

나는 그 아이에게 모두 넘겨주리라. 결정을 내렸다. 그는 올 것이다. 거리낌은 있지만 그걸 달리 재울 길도 없다. 결심은 섰다. 내 늙은 야생의 영혼은 욕망으로 떨린다.

4월 16일 밤. 그는 내일 올 것이다. 운명의 주사위는 던져졌다.

나는 마법의 계획을 세웠다. 그를, 나는 직접 나서지 않고 그를 기다리리라. 나 스스로 그를 건드려서는 안 되고 그런 걸 원하지도 않는다. 그러나 그는 올 것이다.

성지주일(聖枝主日)인 내일.

당나귀가 아침 일찍 가이욜에 가 있을 것이다. 당나귀는 아이를 여기까지 데려올 것이다. 나는 모든 것을 다 준비했다.

들을 수호하는 신께 나는 어떤 봉헌물을 올려야만 할 것이다. 이 고장 들을 수호하는 신은 인간적이다.

마을 한가운데 작은 성당이 하나 있고 신부님이 한 분 있다.

제향을, 남성적이고 순수한 향을 이 시골 성소(聖所)에 우정의 표시로 보내려 한다. 아이가 그것을 내일 플뢰리아드에서 내려가면서 전달할 것이다.

밤은 부드럽게 깊어 간다. 이처럼 고요한 밤은 본 적이 없다. 달도 막 잠이 들었다.

가끔 서쪽으로 별이 하나씩 떨어진다. 천체들이 비처럼 하늘을 가로지르며 내린다.

뱀은 자고 있고 정원엔 아무 미동도 없다.

나는 램프를 끌 것이고 밖에 나가 마당 옆 귀리 밭 속에 가서 몸을 누이리라.

자지 않을 것이다. 나는 아침을 기다릴 것이다.

(4월 17일. 쉬샹브르 신부님의 덧붙임.)

콩스탕탱이 성지주일인 4월 17일 아침나절, 벨떨에 올라갔다.

(일기의 계속.)

4월 17일. 그가 왔다.

내가 '주문'을 걸어 그를 꾀어 들였던 것이라면 그는 품위를 잃었을 것이다. 그 주문이 그를 지배한 것일 터이니까. 그러면 그는 후일 그것의 주인이 되지 못할 것이리라.(사람들은 단 한 번 자유를 잃는다. 그러나 한 번은 영원을 말한다.)

그가 왔다.

그는 스스로 왔다. 나는 그에게 단지 기회를 제공했을 뿐.

이제 그는 플뢰리아드를 보았고 플뢰리아드의 매력이, '대지' 자체가 그를 사로잡았다.

좋은 일이다.

그는 다시 떠났다. 그러나 그는 신선하고도 생기 있는, 제 나뭇가지들을 온통 흔들고 있는 '동산'을 자기 속에 지닌 채 떠나갔다.

그 '정원'이 말해 주리라.

기이한 아이였다. 물론 가이욜에서 내가 엿본 바로 그였다. 말이 없으면서 온통 사랑에 넘치는.

그러나 심각하고 어떤 영에 사로잡힌.

그는 행복감에 떨었다.

나는 그가 다시 올 것을 믿는다. 그를 기다리는 것으로 족하다.

4월 18일. 여우가 보통 때보다 더 가까이에서 울부짖었다. 여우가 다시 집에 접근하려는가?

누군가 간밤에 마당 가까이 잡목 속을 배회했다. 1시쯤 되어서였다.

나가 보았으나 달이 벌써 이울어 버려서 아무것도 볼 수 없었다.

오늘 아침, 플뢰리아드 문 앞에서 어떤 발자취를 보았다. 작은 발자국.

내가 옳았다. 짐승 것이 아니었다. 그럼 누군가? 어린 아이 발자국이다.

소년이 다시 왔던 걸까? 간밤에?

아니다. 그는 그러지 못했을 것이다. 그랬다 하더라도 필경 길을 잃었을 터이다. 뻬이루레에서 벨뗄까지의 길은 멀다.

그러나 누군가가 왔었다.

4월 19일. 두 번에 걸친 여우의 살생 행각.

두고만 보자면 이 단말마의 비명들이 나를 미치게 하고 말겠지.

왜 이런 학살이? 나는 그에게도 동산 문을 열어 놓지 않았던가?

피, 그리고 거부의 정신 탓이다. 그 여우는 이 거친 산 속에서 '아니다!'라고 말하는 그 무엇이다.

반천국(反天國). 악. 죽음.

그 여우를, 나는 그놈을 없앨 수 있으리라. 무기는 여기 있다.

단 한 번의 신호, 그리고 저 무기가 그를 무(無)로 돌려 버릴 것이다.

그러나 나는 내 계획을 생명에 근거해 세우지 않았던가?

나는 '대지'의 아들들 모두를 길들여야 하지 않는가? 그리고 그 대지로부터는 오직 평화만을, 행복만을 끌어내야 하지 않겠는가?

단 한 번이라 할지라도, 그리고 방어가 목적이라 할지라도 이 조그만 곳에서, 경이롭기는 하지만 아직 이토록 작기만 한 이 구석에서 살상이 벌어져야만 하는가?

아니다.

인내하자. 기다리자.

4월 20일. 누가 간밤에 다시 왔다. 나는 똑똑히 들었다. 살그머니 미끄러져 든 소리.

이어 누가 플뢰리아드의 문을 열었다. 문은 약간 신음 소리를 냈다.

나는 일어났다. 이번에는 달이 아직 지지 않았다. 거의 지평선에 다다르긴 했지만 달은 그 빛으로 마당과 사이프러스들, 그리고 정원 문을 환히 비추고 있었다.

나는 맨발로 소리 없이 다가갔다. 그리고 나는 길 끝, 동굴 근처에서 환하게 빛나는 작은 형상을 하나 보았다.

저수조 안으로 떨어지는 물방울 소리가 들렸다. 그 외에는 아무런 소리도 없었다.

그 작은 형상은 움직였다.

얼굴을 분간하기에는 내가 너무 멀리 있었다. 그런데 남자아이는 아니었다.

나는 동산에 들어가 볼 엄두를 내지 못했다. 왠지 모를 일이었다. 필경 이 조그만 아이를 놀래지나 않을까 염려되어서였으리라. 아이는 춤을 추고 있었다.

아, 춤이랬자 그냥 아주 작은 몸짓일 뿐! ……유희하듯 아이는 사뿐한 움직임으로 가볍게 간들거리다가 변덕에서인가, 아니면 황홀해서인가 갑자기 멈추더니 더할 나위 없이 다소곳하니 몸을 늘어뜨리는 것이었다…….

마흔 그루에 달하는 꽃이 가득 핀 아몬드나무들에서 풍겨 나는 달콤한 향기가 산 정기와 어울리며 떠돌고 있었기에 폴뢰리아드에서 건너오는 공기는 너무나 감미로웠다…….

가슴속 심장이 크게 뛰었다. 문 곁에 몸을 숨기고 서 있으면 조그만 날개라도 단 듯한 그 아이가 내 앞으로 지나가는 걸 볼 수 있으리라는 생각이 들었다. 정원 저 안쪽에서 나무들 아래로 마지막 달빛을 받으며 그리도 천천히 몸을 흔들고 있는 저 아이가…….

'내가 미친 것일까?' 하고 생각도 해 보았다. 고독에 지친 정신은 혼란스러웠다.

생각과 달리 움직일 수가 없었다. 어떤 경이가 나에게서 폴뢰리아드를 닫아걸어 버린 것 같았다. 나는 목책 너머 위로, 내 손으로 창조되었고, 이틀 전부터는 내가 모르는 새 누군가가 침입해 들어온, 꽃핀 저 영역을 바라보았다. 그런데 바로 저기에서, 내가 잠든 사이에 저 아이는 내 나무들이 풍기는 향기에 도취해 있지 않았는가?

불현듯 어떤 막연한 경각심이 내 고개를 돌리게 했다.

마당 한가운데서 나는 뱀을 보았다. 뱀은 내 뒤로 거의 곧바로 기어 나온 모양이었다.

그는 나를 두렵게 했다. 그는 기다리고 있는 것 같았다. 나는 과수원의 문가를 떠나 뱀에게 다가갔다. 그러나 그와 몇 걸음 떨어진 곳에 닿자 나는 걸음을 멈추고 휘파람을 불었다.

집까지 그는 나를 따라왔다. 나는 집 안에 들어왔다. 나는 내 뒤로 문을 꼼꼼히 걸어 잠갔다.

그는 한가로이 제 거처로 돌아갔고 나는 귀를 곤두세운 채 자리에 누웠다.

잠시 후 누가 걷는 소리가 들렸다. 어떤 이가 집 앞을 지나갔다. 이어 그 발자국 소리는 들판을 향해 내려가는 오솔길로 사라졌다.

여우가 조금 후 또 살생을 했다. 오늘 아침에 벌써 목이 따인 산토끼 한 마리가 집에서 50미터 되는 곳에 쓰러져 있었다.

4월 21일. 아무 일도 없음. 고요한 밤.

4월 22일. 여우가 살생을 저질렀다. 아이는 다시 오지 않았다.

나는 기다린다.

오늘 밤, 정원을 살펴보았지만 허사였다.

4월 23일. 나는 기다린다. 나는 내 작업을 계속한다. 잊거나 지치지 않고. 언제나 같은 성의와 같은 사랑으로.

그러나 난 내가 기다리고 있음을 안다.(기다리기 시작하면 사람은 초조해지는 법이다.) 나는 서두르지 않고 내 거동과 생각은 무작정 치닫지 않는다. 아무것도, 내 속에서도, 내 밖에서도 초조함을 드러내지는 않는다. 그러나 나 자신에겐 그게 느껴진다.

플뢰리아드의 날씨는 점점 더 온화해진다.

4월 24일. 내게 그 아이가 필요하다. 나는 계속 길 쪽으로

귀를 곤두세운다. 아무도 올라오지 않는다.

그가 올까?

바로 저기에 그는 앉아 있었지. 그 아이는 나무들, 새들, 그리고 다섯 마리 도마뱀을 보았고 나는 그에게 '대지'의 소리들에 대해 얘기해 주었지. 그 눈에는 얼마나 큰 경탄의 빛이 어리었던가!

하지만 아이는 다시 오지 않았다. 저 아랫마을에서 그가 외출금지를 당한 걸까?

내가 가 볼까? 밤에 찾아왔던 아이도 그 아이였을까? …… 그건 아니다……! 그럼 그건 누군가? ……내가 꿈을 꾼 건가 보다…….

이 늙은 심장이 이제 좀 노망을 부리는가 보다…….

(쉬샹브르 신부님의 덧붙임.)

부활대축일이었다.

4월 25일. 여우가 마당까지 와서 살생을.

4월 26일. 오후 5시. 아이는 오지 않는다.

기도를 드릴까? ……하지만 누구에게……?

'대지'에게 기도를 드린다……?

4월 26일 계속. 자정. 아니다! 기도는 드리지 않겠다.

혹시 마법의 갈대 피리를 써 보면…….

(갈대 한 대롱만으로 장중하고 매우 부드러운 세 음을 불면, 사람들 귀엔 두꺼비 소리로나 들리리라.)

……내가 그걸 시도해 본다면…… 아니, 안 된다! 짐승을 휘어잡는다는 것은 있을 수 있다. 그러나 저 피를, 인간의 순수한 혈통에서 온 저 아이를 그렇게 홀린다는 것은 합법적인 일일까?

……그 아이는 올 것이다, 난 그가 오리라고 믿는다.(그도 '주문'에 끝내 저항하지 못하리라.)

……그러곤 저기에, 그는 저기에, 홀로, 내 앞에, 영이 사로잡힌 채 서 있으리라!

그래, 그러나 그렇게 되면 실추를 의미하고야 말리라. 그건 결코 안 된다……! 하지만 그는 저기에 나타나고 말아야 한다…….(나는 신의 영역을 침범하는 게 아닐까 두렵다. 기도를 드려야 할 것이다…….)

그러나 그럴 수 없다. 누구에게 기도를 올린단 말인가? 아무 바람 없이 기도한다고……? 그저 기도가 좋아서 기도한다고……?

4월 27일. 그가 더 이상 나타나지 않을 것만 같아 염려가 된다. 기도 생각이 나를 떠나지 않는다. 기도 역시 신비의 처방이지 않은가?

어린아이였을 땐 나도 기도를 하곤 했다. 나 역시 시골 외딴집에서 살았고 혼자 집에 남겨지는 때가 자주 있었다.

왜냐하면 모두들 축제에 가곤 했기 때문이다.

숲 기슭에 있는 커다란 건물이었고 일층에는 방이 열네 칸 있었는데 온통 검은 가구들로 가득 차 있었다.

내 방에는 열쇠가 없었다.

다들 나가면서 램프를 껐다. 벽감 속에 들여놓은 침대에서 나는 도저히 잠을 이룰 수가 없었다. 나는 의자에 앉아 기다리곤 했다.

여름엔 때로 폭풍우가 갑자기 오는 때가 있다. 그럴 때면 두려웠다. 나는 혼잣말을 하곤 했다. '식구들이 떠나고 나면 누군가 아래층에서 서성이고 마루판자가 삐걱이고 조금 있으면 곧 문이 저절로 획 하니 열리고 말 거야.'

그래서 다른 방으로 피신하고 싶었다.

'배회하는 저자들은 내가 어디에 있는지 알 거야, 저자들을 혼란에 빠뜨리게 어머니 침대에 가서 누울까?' 하고 생각하기도 했다.

아닌 게 아니라 그 침대는 비어 있을 때도 내 마음을 끌어당겼다. 그러나 나는 어머니가 돌아오시는 길에 어쩌면 잠든 나를 거기서 보게 되면 어쩔까 하는 생각에 두려워졌었지…….

그 아이가 결코 다시 오지 않으리라는 생각이 든다…….

4월 28일. 저녁 5시. 아이가 정원에 있다. 그는 방금 도착했다. 움푹 파인 길로 그가 걸어오는 소리를 들었을 때 나는 집 뒤 우물 곁으로 피하여 그를 엿보았다.

소년은 닫혀 있던 플뢰리아드의 문 앞에서 잠시 망설였다. 잠시 후 그는 조심스레 문을 밀었다.

이제 그는 정원 안에 있다. 나는 그를 따라가 그곳으로 들어가지는 않았다. 그러나 난 그가 그곳에 있음을 안다. 이토록 늦은 시각에 무엇을 하러 여기 온 것일까?

밤이 내리고 있다.

플뢰리아드로 가 보아야 한다.

콩스탕탱 글로리오가 덧붙인 글

'일기'는 4월 28일부터 중단되어 있다.

쉬샹브르 신부님은 그에 이어 약간의 글을 덧붙여 놓으셨다. 그 글 여기저기에 그분은, 시프리앵 씨가 쓴 몇몇 대목을 원문 그대로 고스란히 넣어 놓으셨다.

나는 신부님이 어디에서 그 대목들을 발견하셨는지 알아낼 수 없었다. 그 대목들은 '일기' 본문에는 없었기 때문이다.

쉬샹브르 신부님이 덧붙이신 글

4월 28일 저녁 무렵에 플뢰리아드에서 심각한 사건이 발생했다.

정확하게 어떤 사건인지 결코 알아낼 수 없었지만 어쨌든 콩스탕탱이 저 위에 있었다.

이 사건은 우선 벨뗠에, 이어 뻬이루레의 사튀르냉 글로리오가(家)에 비극적인 결과를 초래했다.

나는 콩스탕탱이 일종의 독신적(瀆神的) 행동을 했으리라는 심증이 간다. 시프리앵 영감이 플뢰리아드의 선택받은 추종자들에게 요구한 어떤 의식, 어떤 암묵적인 금기를 그 아이가 아마 깨뜨린 것 같다는 생각이 든다.

이 조그만 지상의 천국이 바로 그 아이에게 지향을 두고 창조되었던 만큼 한층 심각한 일이다. 그는 그곳의 희망이었고 장래의 주인이었던 것이다.

그의 침해 행위는 곧 처벌을 받았다. 4월 26일 바로 그날 저녁 콩스탕탱을 꼬스트벨로 유배 보낼 것이 결정되었다. 겉보기엔 온건한 것처럼 보였지만 내가 알았더라면 말렸을 조처였다. 왜냐하면 그가 여기 그대로 머물러 있었다면 나는 분명 고해성사의 힘을 빌려 콩스탕탱이 입을 떼게 했을 터이니까. 그럼 그가 내게 했을 고백은 그를 위협해 들던 악령들로부터 그를 일찌감치 해방하면서 이 일련의 사건들에 있어서 우리가 내릴 수 있는 가장 합당한 태도 결정을 허락하였을 터이니까 말이다.

그러나 불행하게도 나는 여러 주 동안 마을에 없었고 따라서 아이가 떠나간 것도 몰랐다. 석 달 후, 저 기이한 동물, 나귀에 의해 잠이 깬 그날 밤에야 그 사실을 알게 되었고 앙셀므와 함께 나는 저 위, 산마루, 삐에르블랑슈에서 100미터가량 떨어진 곳에서 정신을 잃었지만 목숨은 남아 있었던 그 아이를 발견했던 것이다.

여하튼 콩스탕탱이 떠나간 것은 불행한 일이었다. 모두들 그 때문에 마음이 아팠다. 그의 가족들과 시프리앵, 그리고 어린 이아생트도.

누구보다 콩스탕탱 자신이 그러했다. 우리들은 그를 제대로 잘 몰랐던 것이다. 나마저도 그러했다. 하지만 난 그를 사랑했다.(누군들 그 아이를 사랑하지 않을 수 있으랴?) 오직 그 아이만이 시프리앵에게 평온을 줄 수 있고, 이아생트를 붙들어 놓을 수 있었던 것을. 그는 모든 것을 할 수 있었다.

나는 몽상에 무능한 그저 늙은 신부에 지나지 않는다. 그러나 여기서 나는 이 증언을 해야겠다. 즉 이 아이의 오른편에는 천사의 날개가 벗하여 있는 것만 같다는 사실이다.

시프리앵 영감의 날카로운 눈이 그 날개를 본 걸까? 그런 것 같다.

왜냐하면 내가 '독신적 행동'라 부른 그 일이 시프리앵에게 고통을 안겨 준 이후 아이가 그렇게 떠나간 일은 결국 그 노인으로 하여금 홀로 자기 자신과 대면하게 만든 것이다. 그러자 그는 제 안의 확실한 악령에 사로잡히게 된 것 같다. 그가 그렇다고 말하지는 않았다. 그러나 나는 여기, 내 눈 바로 앞에 그 즈음의 일에 관련된, 따로 떨어져 있는 그 일기 서너 쪽을 갖고 있다. 그 일 후, 세상으로부터는 고립되고 하늘로부터의 도움에는 무관심한 채 노인은 홀로 이렇게 독백했다. 그리고 이제 쇠락을 맞은 저 외로운 은둔자의 여전히 감동적인 어조에는 문득 '다른 어떤 자'의 예기치 못한 한 목소리가 진동하고 있다.

'동산'의 과일은 쓰다……. 나무들의 경이로움은 눈에만 그러할 뿐……. 그러나 이제 그 무슨 감미로움이 있으랴? 순수가 네게 가져다 준 건 무엇인가? ……아이는 배반했고 여우는 살생을 한다.

너는 혼자일 뿐이다…….

……투쟁과 시련으로 이어진 그 수많은 세월 이래 처음으로 나는 쓰디쓴 맛을 느낀다…….

……너는 홀로이다. 잘 알아두어라. 너는 홀로이다. 하루에도 수백 번 이런 소리를 듣지 않는가……. 이제 그만!이라는…….

영원히 고독할 때만 진정으로 고독하다고 할 수 있다. 고독이란 한 시간 정도 외따로 떨어져 있는 것이 아니라 영원한 사막인 것이다. 나는 내일 다른 인간들을 만날 수도 있으리라. 그러나 그들과 더불어 있어도 나는 외로울 것이다.

봄의 이 꽃바구니를 나는 이제 더 이상 전달할 수도 없고, 그것은 시들어 가리라…….

여우는 이해한 것일까……? 이제 그는 한층 잔인하게 죽인다. 쉬는 법도 없다. 사방에서 그는 다른 짐승들의 목을 따고 있다…….

흘러내린 이 모든 피의 냄새가 벌써 벨펠까지 닿아 뱀을 동요시킨 것이 아닐까 걱정된다. 나는 그를 지켜본다. 뱀은 때로 은밀한 불안감을 드러내 보인다. 겨우 눈에 뜨일까 말까 한 변모지만 나는 짐승들의 '낌새'를 잘 안다. 물고 싶다는 저 신비한 욕구가 지금지금 그 뱀을 동요시키고 있다. 나는 그를 경계한다…….

이처럼 4월 29일에서 7월 30일에 이르는 이 시기 동안 플뢰리아드는 아직은 손상당하지 않은 제 찬연함의 한가운데에서 자신의 황폐를 야기하고야 말 첫 기세를 형성해 가고 있었던 것이다. 여우는 살생을 저지르고 뱀은 죽이기를 원하고 노인은 살해 생각에 젖어들어 간 것이다.

그는 그 생각에 벌써 현혹되어 있었다. 왜냐하면 불안 때문에 상해 가고, 실망 때문에 동요되던 그의 육신을 가로지르며 '대지'의 광기가 올라오고 있었던 것이다.

그는 '대지'의 정기를 손아귀에 넣었다. 그의 끈질긴 초혼(招魂)의 부름에 의해 그 기류들은 차츰차츰 그에게로 향하며 모여들었다. 플뢰리아드로 집결한 자장(磁場)의 강력한 파장은 그를 사로잡고, 침투하고, 온통 엄습하여, 초월을 향한 돌파구가 없고 천상을 향해 열려 있지 않아 너무나 편협할 수밖에 없던 그의 영혼은 밀려닥치는 이 힘에 급기야 무너지고 찢어진다. 벌써 그는 현기증을 느낀다. 정신이 어지럽다. 악령은 말한다.

> 뱀이 필연코 살생을 해야 한다면,(왜냐하면 나는 그를 더 이상 막지 못할 형편이기 때문이다.) 그리고 그가 노획물을 원한다면 여우가 있다……. 이 괴물을, 죽음에 대한 저 태곳적부터의 욕망을 일깨운 잔인한 짐승 쪽으로 유도하는 것이 어이 합법적인 일이 아니겠는가……!
>
> 그러나 내가 그렇게 할 수 있을까? 그 어떤 힘을 나는 아직 간직하고 있는 것일까?

신비로운 목신의 피리를 이루는 다섯 갈대 대롱 중에서 네 대롱밖에는 남아 있지 않다. 그것들은 대수롭지 않은 주력만을 행사할 뿐.

가장 위력 있는 갈대는 부러져 버렸다.

아마…….(내가 대체 무슨 말을 하려는가? 가장 위험한 야수성을 부추기는 일 아닌가?)

아마 나는 짐승들을 모두 '집결'할 수 있는 가락을 아직까지도 떠올릴 수 있을지도 모른다. 그 부름에는 그 무엇도 거역할 수 없다. 짐승들은 모두 달려들 나오게 되어 있다.(나는 바로 그것이 두렵다…….)

그러나 내가 제대로 '그 음'을 불 수 있을까? 내가 그럴 수 있다면 과연 어떤 사변이 벌어질 것인가……?

이날까지 나는 감히 그 피리를 사용할 엄두를 내지 못했다. 나는 여우에게만 원망스러운 생각이 들 뿐인데 그 여우를 내 힘 아래 두기 위해서 이미 모여든 모든 짐승들과 내가 맞서야 한다는 것인가……? 그들 모두와……!

그가 죽는 것을 보러 그들이 모두 모여든다면…….

그는 바로 '그 음'을 불었다.

우리가 아이를 먼저 발견하고 앙셀므가 잠시 후 뻬에르블랑쥬에서 목 따인 여우를 발견한, 바로 그날 밤 일이었다.

유랑객들의 첫 행렬이(세 군데 야영 모닥불이 보였다.) 그 일주일 후 지나갔다.

플뢰리아드와 벨뗄은 7월 31일 저녁, 불에 타 버렸다. 마을에서도 연기가 솟아오르는 것이 보였다. 그러나 아무도(나조차도) 시프리앵 노인이 자기 영토를 불태워 버린 것이라고는 생각지 않았다. 아무도 그곳에 가 보지 않았다.

그다음 날 아침, 나는 사제관에 한 쌍의 비둘기를 맞아들였다. 그 비둘기들은 여기에 8월 15일까지 머물러 있었다.

그날 후에야 참극에 대해 알게 되었다. 그전 석 주 동안 아무도 당나귀를 본 적이 없었다. 성모승천 대축일[52] 전날 밤, 난 예의 그 노인이 아무리 작은 축일이 있어도 꼭꼭 내 성당에 보내는 봉헌물을 등에 지고 당나귀가 나타나지 않았던 점을 깨닫고 놀랐다. 왜냐하면 그 노인은 우리 축일들을 사랑했고 그럴 때마다 그가 나에게 보내오는 가장 아름다운 꽃 봉헌은 항상 성모님 제단 앞에 바쳐지곤 했기 때문이다.

그런데 바로 성모님의 영광에 바쳐진 이 대축일을 그가 꽃 한 송이도 잎새 한 점도 보내지 않고 건너뛰어 버렸다는 사실이 나를 무척 놀라게 했다.

나는 이틀 후 벨뗄로 올라가 보았다. 나는 그곳에서 다만 폐허만을 발견한 것이다. 시프리앵은 자취를 감추고 없었다.

멀리서 당나귀가 자유로이 언덕들 위로 방황하고 있는 것을 보았노라고 내게 말한 앙셀므에게만은 제외하고 나는 내가 발견한 이 사실을 그 누구에게도 말하지 않았다.

앙셀므가 이어서 당나귀 곁에 접근해 보려 했지만 헛일이었다.

---

52) 8월 15일.

소년이 불경스러운 일을 저지른 후 시프리앵 씨는 곧바로 자기 마음속에서 이미 플뢰리아드를 처단한 것이다. 그런 후, 그가 살생을 하게 된 것은 운명적으로 정해진 일이었다.

갑자기 그는 영원토록 홀로인 것을 느꼈던 것이다. 나쁜 유혹에 빠지게 하는 그 고독…… 불과 석 달 만에 악령이 그를 살상으로 몰아붙인 것이고 그 살상 행위는 그 자신을 동산에서 축출하였다. 그는 나무들에 불을 지르고 사라져 버렸다.

그가 얼마나 격렬한 절망을 느꼈을지 나는 충분히 짐작이 간다.

그러나 이 파멸의 몇 달 동안 교만심이 꼿꼿하게 머리를 쳐들었고, 필경 자기만의 내밀한 비밀이겠지만 그자는 패배를 자인하지 않았다. 그가 플뢰리아드를 파괴하긴 했어도 자기의 '천국'에 대한 생각을 포기하지는 않았다. 그렇지 않다면 왜 그가 우리에게서 이아생트를 납치해 갔겠는가?

정말 그는 그 소녀가 원하지 않았는데도 그 아이를 우리에게서 앗아가 버렸다. 이 같은 확신에 처음부터 대번에 다다르게 된 것은 아니다. 그러나 내 맘속에 그 확신이 자리 잡은 지금은 시프리앵 씨가 그 작은 영혼을 사로잡고자 저 주문(呪文)의 도구를 치켜들었던 것이라고 믿어 마지않는다.

콩스탕탱의 정신을 유혹하기 위한 목적으로는 그는 결코 '마력'을 쓰지 않았다. 그가 지닌 (그토록 야성적이며 또 그토록 부드러운) 사랑과, 남성의 존엄성에 대한 거의 종교적이기까지 한, 내가 채 헤아리지 못할 존중의 마음이, 그로 하여금 그런 행위를 하지 못하게 막았던 것이다. 그는 콩스탕탱을 사랑했다. 이아생트는 사랑하지 않았다.

'일기'에는 그 소녀에 대해선 분명한 언급이 전혀 없다. 그러나 그 소녀에 관해서 내가 달리 수집할 수 있었고 내가 이 아래에 토씨 하나 바꾸지 않고 옮겨 놓는 이 기이한 글 세 편을 보면 알 수 있지 않겠는가. 분명 이 쪽지들은 '일기'에서 떨어져 나온 것들이리라.

똑같은 음조이지만 이제 여기에서는 씁쓸하고도 강팍해진 어투로 그는 말한다.

쪽지1

남자는 배신하지 않는다. 그렇다. 배신하는 것은 항상 여자이다.

나는 그 사실을 안다.

어린 소년이라 할지라도 여자에겐 진다. 정말 그렇다.

그러고 나면 모든 것은 무너진다.

연유?

허망한 변덕…….

쪽지2

나는 늙었다. 나는 살생을 했다.

그러나 나는 죽기 전에 한 번 더 시도해 보련다…….

다른 곳에다 건설하리라…….

그리고 내 영토를 물려주리라…….

그 영토는 사라지지 않으리라……. 내일, 다른 플뢰리아드를…….

'지상'에서 가장 뛰어난 곳으로…….

쪽지3

……내가 할 수 있는 한 가장 부드럽게 나는 그녀를 사로잡고 있다…….

가벼운 피조물…… 영혼 위에 얹힌 겨우 한 줌 살점으로 이루어진…….

……밤에 몰래 플뢰리아드에 와서 춤을 춘 바로 그 조그만 모습…….

피리를 단 한 번 부는 것으로, 세 음으로 충분했다.(갈대 하나를 낮게, 매우 부드럽게 불었는데 사람들에겐 두꺼비 소리로 들렸으리라.)

이제 난 그녀를 사로잡았다. 그렇다. 소녀는 어디에서든 나를 따르리라.

그래야 한다. 꼭.

그러나 나는 그 아이에게 '행복'을 안겨다 주지는 않는다.(행복, 그것은 내가 사랑했던 다른 아이를 위한 것이었다.)

하지만 이 무슨 경이로운 보화이랴…….

나는 이 소녀에게 그 애의 뜻과 상관없이, 아아! 자유로운 영혼의 저 자유는 배제되었으나, 그래도 이 '힘'을 주리라.(그러니 나는 더 이상 그럴 수 없다. 정녕 나는 고통 당했고 플뢰리아드는 한 자유로운 영혼에 의해 죽음에 이른 파멸을 당하지 않았는가.)

……그런 다음 '동산'을! 그것을!

(내겐 선택의 여지가 없다. 이제 내겐 이 소녀밖에 없다. 난 이 아이를 저들의 품에서 지체 없이 앗아 오리라. 내일, 내일 하고 꾸물거리면 너무 늦으리라.)

……마침내 난 그 아이에게 중요한 '비법'을 전수하리라. 나는 그 아이를 '제식(祭式)의 양식(樣式)'에 입문시키리라.

그 소녀는 '마력'과 효력을 발휘할 몇 가지 '가락'들을 소유하게 될 것이다…….

……단 하나, 이 가락만은 제외하고. 즉 오로지 남자 입으로만 불 수 있는, 내밀한 물줄기와 지하 공기를 들추어내고 뱀들의 머리 또한 산란케 할 수 있는 가락, '어머니를 부르는 가락'만 빼고서…….

이 '주술'의 힘은 나 홀로 간직하리라. 은밀히, 내 속에. 그 어떤 속내 이야기를 하는 경우에도 나는 그에 대해선 입 다물리라.

나는 그것을 마지막으로 단 한 번 사용하리라. 어느 날인가, 아마 내가 죽기 전 다시 되돌아오는 날…….

이는 '정원'의 저 노창조주가 우리에게 남긴 마지막 말, 아마 영원한 하직의 인사말이리라.

나는 이 말들이 적혀 있는 쪽지 세 장이 연결되도록 서로 가까이 대어 보았다. 그렇게 하는 것이 분별없는 일은 아니라고 본다. 그렇게 해 보니 각 쪽지는 모호한 부분을 다소 없애 주리만큼 서로 적잖이 조명해 주는 것 같다.

애초 혼돈의 어둠에서 떨어져 나온 듯 보였던 그 글 조각들은 이제 나름대로, 우리가 겪은 비극의 어떤 운명성이 또 다른 비극, 곧 인간의 불길한 행위들이 늘 갖게 마련인 파급 효과들을 연이어 초래할 수도 있다는 것을 내게 경각시켜 주었다.

그러나 사제인 나에겐, 인간에 대한, 착오에 빠지기도 하는 이 오죽잖은 내 통찰력이 간파한 바를 드러내 보일 권리가 과연 있는가? 그리하여 아주 오래전부터 '대지'의 열정과 제대로 일치할 줄 몰랐던(어쩌면 적어도 그래서는 안 되었던) 한 영혼의 움직임을 드러내 보일 권리라도 지녔단 말인가?

나는 그렇게 생각하지 않는다. '요청을 받았기로 이처럼 입을 떼었노라. 앞으로는 기꺼이 침묵을 택하리라.'[53]

글로리오 일가는 콩스탕탱을 데리고 8월 중순경 떠났다. 앙셀므, 브리지트, 그리고 이아생트만 뻬이루레의 커다란 집에 남아 있었다.

겨울은 혹독했다. 눈이 마을 아주 가까이까지 내려왔다. 나는 당나귀가 자꾸 걱정되었다. 가끔 나는 가이욜 다리 너머, 더 멀리까지도 뻣뻣한 다리를 좀 풀어 보기 위해 가 보기도 했다. 정말이지 걷는 것을 좋아했고 피부에 알알한 추위가 상쾌했기 때문이다. 한번은 벨뛸로 난 길을 걸어 내려오는 이아생트를 만났다. 나를 보자 그 애는 작은 숲으로 달려 도망쳤다.

그 며칠 후 그 애는 심하게 앓아누웠다. 폐렴이 자칫하면 생명을 앗아 갈 뻔했다. 사뒤르닌 할머니가 친히 돌아오셔서 그 애를 간호했다. 나는 그분을 뵈러 간 길에 내가 이아생트에 대

53) 원문은 라틴어임.

해 아는 모든 것을 얘기했다. 내 기억으로는 그게 12월이었고 저녁 식사 후였던 것으로 생각된다. 밖에서 매서운 삭풍이 불고 있었고 우리는 불 가까이 있었다. 글로리오 노마님은 말이 없었다.

"그 애는 저 위에 갔다가 감기 든 거죠." 하고 나는 그분께 얘기했다.

"그 아이는 일주일에 적어도 한 번은 올라갔어요. 그 애가 다 낫거든 뻬이루레를 떠나게 하십시오."

"난 그 애를 데려갈 수 없어요." 하고 그분은 대답했다.

"콩스탕탱이 그 애를 좋아하지 않아요. 그 녀석은 이아생트를 괴롭게 할 것 같아요……."

나는 고개를 내저었다. 나는 콩스탕탱이 이아생트에게 반감을 지녔다고 믿지 않았다. 그러자 노부인은 놀라는 표정이었다.

"그래요." 하고 나는 그분께 말했다.

"할머님 병환 때 확신이 든 생각이지요……."

그리고 나는 내 견해를 표명했다. 그분은 내게 잘 알아보겠노라고 다짐했다.

이아생트는 기적적으로 죽음을 모면했다. 그 애는 꼬스트벨에 있는 사촌들 집에서 요양을 하도록 보내졌고, 그곳에서 평화로운 회복기를 보냈다.

콩스탕탱 글로리오
이야기의 마무리

쉬샹브르 신부님이 덧붙이신 글은 이아생트의 회복기에 관한 언급에서 갑자기 중단되었다.

그 후에 일어났고, 그 심각성이 분명 그분 마음을 흔들어 놓았을 사건들에 대해선 아무런 견해도 남겨 놓지 않으셨다. 신부님께서 당신의 추적을 더 진척해 보신 것 같지 않다.

하지만 나는 차츰차츰 그분께서 신비의 열쇠를 찾고야 마셨다는 확신이 들었다. 어쩌면 그분은 시프리앵과 이아생트가 훗날 어떻게 되었는지도 알고 계셨던 것 같다. 그러나 나로선 알 수 없지만 어쨌든 당신에게는 꼭 지켜야 할 절실한 필요성이 있는 것처럼 보인 어떤 이유로, 내게 그것을 가르쳐 주는 것은 마땅치 않다고 생각하셨던 것 같다. 그렇지만 당신이 지니셨던 오죽잖은 전 재산을 다 넘겨 주신 것은 바로 나에게이다. 소박한 유산이지만 내 마음엔 너무나도 귀한 것들이다. 책

몇 권과 원고 뭉치 약간, 앞서 인용한 글과 손으로 친히 쓰신 짧은 기도문 모음집이다.

그분은 매우 연로하셔서 타계하셨다. 삶의 끝 날까지 그분은 건강한 육신과 아주 명료한 정신을 간직하셨다. 돌아가시기 전날도 그분은 원기 왕성한 모습으로 당신의 채소밭을 갈고 계셨다.

8월 15일 아침 7시, 그분을 가장 먼저 발견한 것은 오렐리 부케이롤이었다.(그녀는 성당 비질을 맡고 있었다.)

그분은 당신의 고해실과 성모 제단 사이에 쓰러져 계셨다. 넘어지시면서 머리가 제단 첫 번째 계단에 부딪혔던 것이다.

사람들이 우리에게 즉각 소식을 알려왔다. 나는 달려갔다. 그분 몸은 하도 무거워서 옮겨 모시는 데 장정 네 사람이 필요했다.

나는 그분의 기도서를 주워들었다.

내가 그것을 펼쳤을 때 나는 거기에서 네 쪽으로 접힌 쪽지를 하나 발견했다.

그 종이에는 다만 이렇게 적혀 있었다.

매일 저녁, 너는 그의 천국을 위해 기도할지어다.

그리고 다음과 같이 날짜가 적혀 있었다. 7월 31일.

작품 해설

아몬드나무 꽃가지를 진 반바지 당나귀를 따라서

산기슭 시골 마을에 사는 한 어린 소년의 시선과 온 마음이 문득 저 높은 산 위에 자리 잡은 어떤 신비한 영토로 우러러 향한다. 그곳에는 어디에서 왔는지 모르는 수수께끼 같은 노인이 살고 있다. 그는 아랫마을에는 내려오지 않은 채 은둔자로 사는데 필요한 일이 있을 때면 대신 당나귀를 내려보낸다. 겨울 추위가 시작될 즈음이면 바지를 걸쳐 마을 사람들의 부당한 놀림의 표적이 되는, 이 겸손하고 조용한 당나귀는 주인인 고독한 노인에 대한 궁금증을 더해 준다. 그 의외의 동물, 반바지 당나귀 뒤를 따라가다가 소년은 자기도 모르는 새 '신비의 성역'을 침범한다. 그가 발을 들여놓은 곳, 그곳은 기실 지상 낙원 창조를 꿈꾸어 온 시프리앵 씨가 꽃피운 봄 동산 플뢰리아드다…….

저 아랫마을에선 사람들이 남부 프랑스 특유의 목가적인

삶을 옛날처럼 이어 가고 저 높은 곳, 하늘과 맞닿는 그곳에선 척박하기 이를 데 없는 땅을 뚫고 솟아나온, 꽃을 가득 단 아몬드나무들과 함께 '천국'이 막 피어 있다. 그러나 예견치 못한 유혹에 이끌리는 시프리앵의 영적 모험의 여정 속에 불길한 괴물이 이 신비의 현장에 유입되니 그 낙원은 끝내 어떻게 되어 갈 것인가?

문득 한 가닥 사랑의 그림자가 마을과 이곳을 이으며 스친다. 가이욜 다리 너머부터 시작되는 새로운 경지의 기슭을 끊임없이 기웃거리던 두 아이, 콩스탕탱과 이아생트는 자기네들도 모르는 사이에 자신들의 운명을 마법에 걸린 산 위 동산의 운명과 서로 잇게 된다. 그 두 아이는 오래 헤어져 있게 될 것이고(진정 축성된 대지의 낙원이 새로운 모습으로, 성년의 연인으로 다시 만나게 될 두 사람 앞에 새로운 땅에서 — 그것은 보편의 대지와 다름 없음을 미리 말해 두기로 하자. — 망울을 터뜨릴 때까지) 플뢰리아드는 사라진다…….

작가 앙리 보스코(1888~1976)의 초기 작품 중에서 가장 유명한 『반바지 당나귀』(1937)는 일견 소박한 시골을 배경으로 한 동화나 성장소설같아 보이는 이야기 속에서 인간미 넘치는 따스한 시선에 포착된 전원적 삶의 풍경을 그려 보이는 것을 넘어서 서정미 넘치는 경이와 신비 속에 소용돌이치는 어떤 비가시적인 세계의 심연(수직적으로 무한히 열린 인간의 정신적 모험의 심연)을 주시하고 있다.

남프랑스 아비뇽에서 태어나 향토 프로방스 지방과 그곳에서 보낸 유년의 추억에 뿌리를 둔 훌륭한 작품들을 많이 남긴 보스코는 부계로는 이탈리아계 조상을 둔 프랑스 작가로서, 살레지오 수도회를 창립했으며 실업 야간학교들을 설립하여 형편이 어려운 청소년 교육에 헌신했던 이탈리아의 성인 사제 요한 보스코, 곧, 돈 보스코(1815~1888)를 가문의 선조로 두었던바 그에게서 강한 정신적 영향을 받고 평생 문학을 통해 다양하게, 그러나 한결같이 영성(靈性) 세계에 대한 추구를 지향하였다.

그럼 우선, 그 어느 작가의 경우보다 더 긴밀히 개인의 체험과 내적 연관성을 지닌 상상계를 펼쳐 보인 앙리 보스코의 삶을 추적해 봄으로써 그의 작품 세계에 접근해 보자.

돈 보스코에 대한 앞선 언급이 시사하듯 보스코 집안은 원래 프랑스 사람들이 아니었다. 이탈리아에서 농사일을 했던 작가의 증조부가 세상을 뜬 후 증조모는 농가를 전전하며 아들과 함께 양을 쳤는데 작가의 할아버지인 이 자크 보스코가 19세기 초, 프랑스로 국경을 넘어옴으로써 이 집안은 프랑스에 정착한다.(돈 보스코는 이 할아버지의 사촌이다.) 마르세유에 터를 잡은 그에게서 난 자녀들 중 막내가 작가의 부친, 루이 보스코다. 뛰어난 테너가수로서 아비뇽 음악원에 속하여 남프랑스 여러 도시와 파리 무대에도 오른 이 부친은 성악가의 길은 오래지 않아 포기하고 현악기를 제작, 취급하였다. 작가의 모친도 남프랑스 태생이었고 양친은 거의 향토를 뜨지 않았기 때문에 작가의 유년시절은 그야말로 프로방스 지방 특유의 빛깔로 온통 채색되었다. 양친에게는 네 자녀가 있었으나 아주 어린 나이에 모두 세상을 뜬 후에야 마지막으로 태어난 아들이 다섯째, 앙리다. 앙리가 세 살 때 양친은 아비뇽 근교, 외진 농가로 이사를 했다. 몸이 약했던 소년은 집에서 어머니로부터 읽기와 쓰기를 배웠다. 그 적적한 집에서 열입곱 살이 될 때까지 지냈던 강한 추억을 작가는 『테오팀 농가』를 비롯한 여러 작품에서 떠올린다. 부친의 순회공연 때 양친이 출타하면 홀로 시골집에 남아 있던 어린 보스코를 집시 혈통의 한 여인이 돌보아 주곤 했는데 『마르틴 아주머니』라는 저 유명한 소설에 등장하는 동명 여인네는 그 집시 여인에 대한 추억이 작가의 상상력 속에서 새롭게 화육한 경우라 하겠다. 열 살이 되어서야 아비뇽의 학교에 들어간 그는 잊지 못할 스승을 한 분 모시게 되고 후일 『트리니테르의 정원』이라는 작품에서 그를 타미지에 선생으로 옮겨 놓는다. 시골 초등학교를 지키는 선생님의 또 다른 모습은 『반바지 당나귀』 속에서 단순하면서도 너무나 인간적인 면모를 지닌 샤마로트 선생님으로 변주된다. 고전에 대한 보스코의 탁월한 교양, 그리스, 라틴 문학에의 깊은 심취는 아비뇽의 중고교 시절부터 비롯되었다. 부친의 피를 이어받아 음악에도 남다른 흥미와 재능을 가졌던 그는 화성학, 작곡, 바이올린 등을 배우기도 했는데 『앙토냉』이란 소설에 나오는 오르간 주자는 바로 그의 음악 스승이 모델이다. 평생 음악을 깊이 사랑한 그는 성탄절 기념 성가를 작곡하여 향리 음악회에서 직접 부른 적도 있다.(『반바지 당나귀』에서 대지의 정령을 일깨우는 마법의 피리에 대한 뛰어난 언급도 음악에 대한 그의 능력과 무관치 않을 것이다.) 문학가로서의 그의 길은 모험담 이야기를 창작한 적 있는 일곱 살 나던 해부터 벌써 준비되고 있었다. 이 유년기의 습작 추억은 후일 그가 『아이와 강』이라는 유명한 아동 소설을 쓸 때 되살아나기도 했다. 열세 살 때 스위스 문학 잡지사의 문학상을 탄 것이 후일의 화려한 수상 경력에 첫 금을 긋는다. 그르노블 대학에서 문학사 학위를 취득한 그는 곧 이탈리아로 건너가 이탈리아어 교수 자격 시험에 합격하고 여러 고등학교에서 프랑스어, 이탈리아어, 고전 문학들을 가르치게 된다. 그가 스물여섯 살 되던 해 1차 대전이 발발, 통역병으로 그리스 전선에서 종군하는데 그 땅에 무수히 남아 있던 역사의 흔적, 특히 신비로운 비밀에 싸여 잠자고 있던 고대 명문(銘文)의 해독에 깊은 관심을 가진다. 평생 수미일관하게 지중해의 아들이었던 그는 두 번에 걸친 전쟁 중에도 지중해 하늘 아래를 떠나지 않는다. 1차 대전 후 십 년간 그는 나폴리에 체류하면서 특히 '신비의 관저' 방문이 그에게 큰 정신적 충격을 준 폼페이 기행의 영향으로 고대 그리스의 밀교(密敎), 오르페우스교에 입문하는 한편 고대 철학과 단테와 페트라르카에 깊이 경도하여 그들의 영향 아래 철학적 상징시, 극시 들을 발표하는데 '인간, 영웅, 고행자' 삼부작 「희망의 시」는 무려 이천 행에 이른다. 나폴리 프랑스 문화원에서 강의하면서 당대 지식인들과 많은 교분을 맺은바, 막스 자코브 및 카뮈의 스승이며 그 또한 뛰어난 철학가요 문인이었던 장 그르니에와의 친분이 두드러진다. 십 년을 지낸 이탈리아에서 귀국한 그는 마흔두 살이 되던 해인 1930년 결혼하였고 다사로운 신혼 중 보스코는 프랑스어 문장 연습 시간에 후일 『반바지 당나귀』로 발표될 이야기의 초안을 받아쓰기 과제로 학생들 앞에 내어놓는다. 이때 수업 시간을 통해 '반바지' 이야기를 처음으로 접한 학생들의 반응은 이야기가 아직 완전한 틀을 갖추지 않은 상태였음에도 굉장한 것이었다. 삼연작 마지막 편 『이아생트의 정원』과 같은 해 나온 『테오팀 농가』 역시 큰 성공을 거두어 소설가로서 작가적 기량을 가장 잘 발휘할 수 있으리란 자신감을 얻은 그는 오랜 시작(詩作) 생활을 접고 소설에만 전념한다. 하기는 1924년에 이미 그는 『피에르 랑페두즈』라는 바로크적 소설을 성공리에 처음으로 간행한 적도 있었다.

결혼 첫해를 모처럼 프랑스에서 보낸 그는 1931년 지중해 건너편, 모로코로 건너가 장장 이십사 년을 지내게 된다. 작가로서 가장 풍요로운 수확은 바로 이 모로코의 수도 라바트에서 활동하던 동안의 일이다. 고전 문학 교사직과 알리앙스 프랑세즈 현지 총재직 중에 그는 십여 년 동안 발간된 《아그달》이란 문학잡지를 창간하였고 『반바지 당나귀』가 바로 이 잡지 1936년 3월호부터 부분적으로 연재되기 시작하였다.

한편 다시 터진 세계 대전의 충격은 그를 한층 다양하고 깊은 영적 추구를 지향하는 인간으로 다듬어 놓는다. 회교 국가에서 생활하던 그리스도교인인 그는 회교 신동에 눈을 뜨고 특히 수피교를 통해 또 다른 비교(秘敎)의 상징 세계에 입문한다.

여러 이교가 그에게 미친 영향을 언급하기 앞서 여기서 우리는 벌써 그의 소설 세계의 일단을 정리해 볼 수 있다. 즉 시인에서 이제 소설가로서 진정한 길을 발견한 과도기라 볼 수 있는 초기에 발표한 그의 작품들은 한결같이 목가적이면서도 영원히 종교적인 기다림의 풍광(風光), 다사로우면서도 장렬한 긴장감이 감도는 남프랑스의 깡마른 땅, 오뜨프로방스의 뤼베롱 산협(山峽) 일대를 배경으로 삼는다. 그 대표작이 바로 '이아생트 삼연작'으로서 『반바지 당나귀』(1937), 『이아생트』(1940), 『이아생트의 정원』(1945)이다. 세 작품에 한결같이 등장하는 이아생트보다도 오히려, 첫 작품에서 모습을 드러낸 신기한 당나귀의 생생한 인상으로 더욱 알려진 이 삼연작에 이어 작가로서의 공식적 명성을 다시금 확인해 주었던 소설로는 르노도 상을 수상한 『테오팀 농가』(1945)가 있다. 이 성공을 계기로 그는 교직까지 접고 창작에만 전념하는데 모로코 체류 후반 십 년간을 점하는 이 시기에 작가는 정신세계의 심각한 변모를 겪는다. 그것은 다름 아니라, 앞서 말한 여러 이교(異教)의 발견과 긴밀히 관계된다. 고귀한 혈통의 피 한 방울이 갖는 의미가 후일 이른바 격세유전되어 후손에게서 되살아남으로써 선조와 같은 정신적 모험의 여정을 다시 걷는 주인공을 다룬 『말리크로와』(1948)를 위시하여 그의 모든 작품 중에서 밤에 대한 가장 깊은 신비적 명상을 보여 준다고 말해지는 『밤의 잔가지』(1950)에 이어, 비교(秘教)에의 입문을 드러내는 『골동 전문가』(1954)에 이르면 이제 그는 남프랑스의 그 찬연한 햇빛 속에 사물들이 명료한 모습을 드러내는 빛 밝은 세계를 떠나 저 암묵의 밤, 이교의 세계로 열린 어두운 지하 계단을 내려가는 듯하다……. 소설가로서 상대적으로 후기를 볼 수 있는 이 시기에도 국가 문예 대상, 청소년 문학 대상을 비롯한 여러 문학상이 그때까지 발표된 작품 전반에 걸쳐 주어졌다.

1955년, 칠순을 앞둔 보스코는 그토록 사랑한 모로코 땅을 떠나 귀국하여 니스에 거주하지만 그 국제도시의 번잡함을 피해 진정한 프로방스의 풍경을 여태 부둥켜안고 있는 듯 여겨지는, 허적(虛寂)한 꿈과 명상의 요람, 뤼베롱 산협에 안긴 한촌(閑村) 루르마랭에 자주 은거했다. 이 사실도 그의 정신세계 이해에 시사적이다. 1976년 5월 4일, 죽음이 덮쳐 오던 날까지도 집필을 멈추지 않았던 그는 형이상학적 신비의 그림자가 한층 짙게 드리운 일련의 작품을 마지막으로 남겼는데, 그중 『암초』(1971)와 60여 매 정도의 미완부를 남겨 놓은 『어떤 그림자』(1978년, 사후 간행)를 꼽을 수 있다. 오랫동안 작품에서 제교혼효(諸敎混淆)의 경향을 짙게 풍긴 그가 이제 정신적으로 가장 성숙한 단계에 다다랐을 때에야 비로소 펜을 들어 탁월한 영성 세계를 구현한 그의 조상, 성 돈 보스코를 인간적 긍지를 지닌 성인의 모습으로 조명한 전기를 내어놓은 것도 그의 영적 편력이 어디로 귀결하는지 이해하는 데 시사적이다. 말년의 그에게도 프랑스 학술원(아카데미 프랑세즈) 소설 대상 등 많은 문학상이 주어져 끝까지 왕성하였던 창작 활동에 대한 객관적 평가를 가늠할 수 있게 한다.

생존 시 벌써 그의 연구에 바쳐진 재단이 설립되고 니스 대학 안에 기념 자료관이 개관되었던 이 예외적인 작가는 세계적 규모의 동우회의 탄생을 직접 보기도 하였다. 그에게 크나 큰 찬탄을 보낸 상상력의 철학자, 20세기 문학비평에 코페르니쿠스적 혁명을 가져온 가스통 바슐라르가 대저 『공간의 시학』(1957)에서 그를 "현대의 가장 위대한 몽상가"라 일컬은 데 이어 『초의 불꽃』(『촛불의 시학』, 1961)이란 말년의 연구서를 보스코에게 헌정한 이래 그의 진면목, 그 섬세한 상상계는 더욱 주목을 받고 있다.

그럼 전기 작품 세계의 주축이기도 하며 '이아생트 삼연작' 중에서 가장 유명한 『반바지 당나귀』의 세계를 살펴보자.

> 그는 당나귀 특유의 가벼운 발굽을 다리에 깔린 포석 위에서 또닥거리며 건너오고 있었다. 그의 등 위에서 양쪽으로 흔들리는 광주리들은 꽃 핀 아르즐라스 가지들로 넘치도록 가득 채워져 있었다. 2월에 피는 이 식물은 가시가 있는 금작화의 일종이다. 당나귀가 지고 있는 그 짐에 나는 깜짝 놀랐다. 멀찌막이 나는 그를 따라갔다.
>
> 그는 곧바로 신부님 댁으로 향했다. 거기에선 나귀를 기다리고 있었음이 분명했다. 왜냐하면 쉬샹브르 신부님이 사제관에서 금방 나오시더니 아르즐라스 꽃다발을 성당으로 옮겨 가셨기 때문이다. 그러신 후 그분은 반바지 당나귀에게 몇 마디 다정한 말을 건네시곤 그의 엉덩이를 한 번 쳐 주셨다. 당나귀는 몸을 돌려 산을 향해 다시 떠났다.(35쪽)

소설 앞부분에 나오는 속도감 있는 이 한 대목은 간결하고 소박한 언어에도 불구하고 이 작품의 이해에 긴요한 적지 않은 열쇠들을 감추고 있다. 이 대목의 화자는 마을에 출현한 기이한 나귀를 길목에 숨어 엿보는 호기심 많은 소년이다. 그는 콩스탕탱으로, 대부분의 이야기는 바로 훗날 성년이 된 그에 의해 추억된다.

소년이 바라보다가 급기야 뒤따라가는 짐승은 겨울 추위에 반바지를 걸친 당나귀다. 사람들의 눈총을 받게 하는 그 옷은 누가 입혔을까? 그 나귀는 마을의 여느 나귀가 아니라 산 위에 은거하는 노인이 보낸 나귀임에야 바지도 그 노인이 입혔으리라. 아랫마을과 등을 지고 살고 있는 그는 이른 봄을 앞당기며 핀 아르즐라스를 왜 나귀 등에 실어 마을 본당 신부님에게만 선사하려는 걸까? 신부님은 무슨 이유로 이 봄꽃을 기다렸다는 듯 성당 안으로 맞아들이는 걸까? 신부님만큼은 저 기이한 당나귀를 익히 알고 계신 걸까? 그렇겠지, 그러니 그분은 나귀를 얼른 맞았고 꽃 배달 온 그 나귀에게 다정히 해 주시지 않는가. 나귀가 얌전히, 의연히 다시 향해 가는 저 높은 산에는 아직 겨울 위세가 대단할 터인데 그 깡마른 땅에 그럼 시골 사람들이 아르즐라스로 부르는 가시양골담초 봄꽃이 벌써 피어났단 말인가? 놀라운 일이지 않은가, 이 추위와 그 척박한 토양에 비추어 보아…….

독자들은 이 책을 읽어 가면서 콩스탕탱과 함께 이 같은 의문을 무수히 품게 되리라. 일견 별 중요성이 없는 듯 보이는 이런 언급들 뒤에 숨어 있는 어떤 '비밀스러운 존재'로 우리가 우리도 모르게 문득 접근해 들어가게 되는 것은 바로, 단순히 세부적인 것인 듯 보이는 저 무수한 삶의 조각들에서 감각 이상의 초감각적인 의미를 짚어 내는 데 뛰어났던 보스코가 바로 그 조각들로 엮어 짜고 있는 징표와 상징의 세밀한 그물을 통해서다. 위 대문의 콩스탕탱처럼 보스코적 인물은 무엇보다 '기다림'의 인물들이다. 주목하고, 관찰하고, 이 세계의 길목을 지키며 엿보고, 해석하려 애쓰는 가운데 그들은 어떤 내밀한 존재에 예민해져 간다. 우리는 보스코적 세계의 도처에서 자기 내면과 우주의 소리에 귀를 기울이며 무언가를 기다리는 고독한 인간들을 만난다. 그들은 종종 홀로이지만 결코 무료하지 않다. 천국의 현시체(顯示體)로서의 봄꽃을 피워 내기 위하여 진력하는 시프리앵에게서 보듯이 그들이 자연과 생명, 혹은 천지만물에 대해 보이는 관심은 심심한 인간들의 '기분풀이'(파스칼적인 의미에서의)가 아니라 지상의 크고 작은 징표들이 신호하는 가운데 감춰진, 어떤 진정한 세계에 관한 관심, 혹은 열정으로서, 본질적으로 수직적이고 존재론적이다. 보스코적 인물들의 열정적 기다림은 끝내 형이상학적 전환을 하고야 만다. 그런 그들 앞에 펼쳐진 '모든 것'이 징표가 된다. 그것은 때로는 자연적인 것들로서 봄꽃, 흙, 샘의 연원, 당나귀, 여우, 뱀이기도 하고, 때로는 인간적 풍경 속 모든 사물들로서 램프, 집, 피리, 제향(祭香), 연기이기도 하다. 이 작품에서 시프리앵이 자기 동산에 우연히 깃든 거대한 이국 뱀을 돌보면서도 내심 불안히 여기는 이유는 바로 그 뱀에서 노인이 인간 최초의 낙원이며 자기가 건설한 플뢰리아드 동산의 모델이었을 에덴 동산의 파괴를 필연화할 '뱀'의 징표를 냄새 맡았기 때문이다. 한편 보스코 상상 세계의 깊이를 처음으로 발견한(!) 바슐라르는 보스코의 작품에 나타난 불 켜진 '램프'에서 인간의 형이상학적 기다림, 초월을 향한 꺼지지 않는 내밀한 갈증의 상징을 읽어 내었다. 뱀이나 램프뿐이랴, 살아 있는 모든 것과 사물들 속에는 우주적 영혼이 깃들어 있는 것이니 그것들은 그것들을 주의 깊게 지켜보는 인간들에 의해 깨어나고 주목받을 욕구를 지니고 있다. 보스코의 세계에 암호 문자처럼 박혀 있는 저 조그맣고 잔다란 수많은 징표들은 이리하여, 육신적이고 구체적인 존재 속에 감춰진 어떤 비가시적 존재를 향해 빛을 던진다. 깜박이는 듯 보이는 곧잘 섬약한 징표들의 손짓을 따라 신비의 세계로 입문하는 것, 그것이 바로 보스코의 독자들 앞에 펼쳐진 모험의 여정이다. 그런데 신비는 한꺼번에 완전히 그 알몸을 드러내지 않는다. 신비는 바로 저 수줍은 징표들의 손짓에 이끌려 드는 자에게만 차츰 그 모습을 조금씩 벗어 보이는 것이다. 그렇기 때문에 보스코의 시학은 긴장의 시학이다. 그것은 때로는 탐정소설처럼, 같은 사건이 여러 목격자들의 관점에 따라 각기 달리, 종합적으로 조망되어 가면서도 언제나 미결인, 앞으로 더 벗겨 보아야 할 갈증이 남아 있는 관계들의 움직임, 바로 그것이다.(여러 사람이 차례대로 증언한 바를 모아 놓은 책인 듯 작품이 그려진 이유의 비밀이다.)

이런 보스코의 세계는 세계와 영혼, 인간과 사물들, 크고 작은 모든 것들이 신비로운 화응의 끈으로 서로 묶인 채 어울려 진동한다. 봄바람에 향기를 풍기는 아몬드나무 가지 하나가 낙원 혹은 천국의 구체적인 표상으로 그것을 피워 내는 작업에 혼신의 정열을 바쳤던 한 인간 영혼(시프리앵)과, 그 낙원의 비밀스러운 신비에 이끌려 든 호기심 많은 소년과 (그 나뭇가지를 산에서 마을로 실어다 내림으로써) 마을의 영적 어버이인 성당의 신부님께 새로운 천국을 경작하는 기이한 사나이의 우정을 전해 드리는 당나귀의 정신적 역할 등을 한꺼번에 모두 집결하면서.

새 동산(新庭園)으로 새와 짐승 들을 모으기 위해 어떤 마법의 말과 전례적 손짓을 펼쳐 보이고 아몬드나무를 키워 내려고 진력하는 시프리앵에게서나 그가 선사한 꽃가지를 성당 제단 앞에 바치는 노신부의 손길에서뿐만 아니라 우리는 보스코의 세계 도처에서 어떤 전례, 혹은 의식이 베풀어지고 있음을 볼 수 있다. 작품에 차례차례 등장하는, 일상적 인간의 시간을 종교적으로 축성하는 많은 축일의 행렬에서도 우리는 이 세계를 향한 전례적 축성 의지를 느낀다. 본 작품에서 언급되는 여러 가톨릭 축일은 교회와 소원한 오늘날의 많은 프랑스인들에게는 그저 매년 반복되는 교회 달력 날짜에 지나지 않을 수도 있겠지만 보스코가 굳이 이들을 언급하고 있음은 그가 설정한 뻬이루레 마을이 아직은 그런 축일들이 공동체적으로 기념되었을, 세계 대전을 겪기 전 전통 사회의 모습을 많이 간직한 마을이기 때문이기도 하다. 그러나 그 실제적인 농촌 전통 사회의 빛깔을 그려 보이기 위해서라기보다는 사실은 영원히 순환되며 이 인간의 땅을 되찾아오는 신적 축성을 여전히 기다리는 듯 보이는 풍광의 프로방스 마을을 통해 인간 마을의 한 전형적 표상으로 빼이루레를 제시하고 싶었기 때문이리라. 이런 맥락에서 가장 두드러지는 축일은 주의 수난 성지주일(聖枝主日)이다. 긴 사순절을 마감하면서 예수 수난 성주간을 여는 성지주일은 벌써 부활의 푸른 기운을 예감케 한다. 복음서[1]에서 그 원형을 볼 수 있는 이 축일은 본 작품의 핵심적 사건, 콩스탕탱에 의한 또 다른 입성(入城)의 배경이 된다. 즉 콩스탕탱이 신비로운 동물, 예의 그 나귀 등에 올라타고 시프리앵 씨의 지상낙원으로 올라가는 행진을 하게 된 것은 바로 예수가 어린 나귀를 타고 예루살렘 성으로 입성한 사건을 기념하는 성지주일 그날의 일이다. 당나귀라는 한갓 소박한 짐승이 수난과 죽음을 향하여 예루살렘 성전으로 올라가던 예수의 선택을 입음으로써, 바로 그 나귀가 표상하는 인간들의 남루한 삶 전체가 축성받게 된 이 다정한 복음적 삽화는, 보스코와 같은 해에 태어나 작품 활동을 한 베르나노스(1888~1948)의 저 영성 깊은 세계 속에서도 문득, 잠시, 따스한 음조로 들려오니, 『어느 시골 신부의 일기』라는 유명한 작품 속에서 다혈질이면서 강직한 노신부, 토르시의 신부님은 이제 막 본당 사목을 시작한 젊은 신부에게 작은 일의 위대함, 겸손의 덕목, 삶의 기쁨에 대한 긍정을 이렇게 깨우친다…….

유대 백성들은 머리가 둔했어. 그렇지 않았더라면 인간성의

1) 「마태」 21장, 1~11절.

완성을 실현하면서 인간이 되신 하느님이 눈에 띄지 않을 염려가 있는 만큼 눈을 크게 뜨고 있어야 한다는 것을 깨달았을 텐데 말이야. 그래, 바로 저 예루살렘 개선 입성 이야기를 보세. 나는 그것이 더없이 아름답게 생각되네! 우리 주님은 이제 당신께 남아 있는 것, 곧 죽음과 마찬가지로 개선(凱旋)도 맛보시기를 물리치지 않으셨네. 그분은 우리 인간의 기쁨은 어느 하나 물리치지 않으셨네. 그분은 오직 죄만 물리치셨지. 하지만 당신의 죽음에는 정말이지 정성을 들이셨어! 무엇 하나 소홀히 하지 않으셨어. 그런데 그분의 개선은 아이들을 위한 개선 행렬 같지 않은가? 어린 암나귀 새끼, 푸른 종려가지들, 손뼉을 치는 시골 사람들을 새겨 놓은 에피날 판화[2] 그림 같은 것이지. 황제의 호사스러운 위풍을 약간 풍자적으로 얌전하게 옮겨 놓은 것이랄까. 우리 주님은 웃음을 띠고 계시지. 우리 주님은 곧잘 미소를 지으시지. 그분은 우리에게 이렇게 말씀하시는 거야. "이런 일을 너무 심각하게 생각하지 말거라. 요컨대 정당한 개선이 있는 것이니 개선 행진 자체가 금지된 것은 아니란다. 잔 다르크가 금실로 수놓은 천으로 만든 아름다운 군복을 입고 꽃과 프랑스 국왕 행렬 깃발에 파묻혀 오를레앙에 입성하게 될 적에 그녀가 스스로 잘못한다고 생각지 않기를 나는 바란다. 내 자녀들아, 너희들이 그토록 애착을 가지는 만큼 나는 너희들의 개선을 성화(聖化)했고, 내가 너희들의 포도밭의 포도를 축복하였듯이

2) 보쥬 지방 에피날 출신 펠르랭(1756~1836)이 유명한 통속 판화 인쇄 제작소를 고향에 세운 이래 에피날은 통속 판화 그림의 대명사가 되었다.

나는 그 개선도 미리 축복하느니라."[3)]

보스코의 '반바지 당나귀'와 이처럼 베르나노스 소설의 한 대화 속에 삽화로 끼어든 '그날의 당나귀'에 이어 우리는 가난한 삶의 의연한 수용을 묵시하는 듯 보이는 이 가여운 동물에게 무한한 애정을 발견한 또 한 사람의 남프랑스 시인, 프랑시스 잠의 전원시에서도 보다 보편적인 의미에서 정신적 가치를 구현하는 듯한 나귀들을 만나게 된다. 잠이 먼지 이는 시골길을 걸어 천국에 이르고자 한 것은 인간 나날의 수고와 함께하는 저 가여운 짐승, 측은한 나귀들과 함께, 그들을 거느리면서다! 그것은 달리 말하면 잠에 있어서 죽음이란 이 남루한 이승 삶에서의 탈출이나 결별이 아니라 당나귀와 함께 끝내 일상의 길을 걸으려는 희망이 상징하듯이 바로 그 가난한 세상에 대해 끝까지 지킬 사랑을 증언하는 방식이기 때문이다.[4)] 이처럼 죽음을 향한 길을, 나귀들을 거느리고 한 평화에서 다른 평화에로의 이행인 듯 걸어가게 해 달라고 기도하는 전원시인 잠에게는 성지주일을 맞아 시골 본당에서 곧잘 축제처럼 펼쳐지던 성지주일 행렬(나무로 조각한 나귀 탄 예수상을 수레 구름판 위에 모시고 끌며 행진하기도 한다…….)이 그의 목가적 정서의 바탕으로 필경 자리 잡고 있는 것이리라.

---

3) 『어느 시골 신부의 일기』(베르나노스 지음, 정영란 옮김, 민음사) 293~294쪽 참조.
4) 「당나귀와 함께 천국에 가기 위한 기도」, 『새벽의 삼종에서 저녁의 삼종까지』(프랑시스 잠, 곽광수 옮김, 민음사, 108~113쪽.)

이처럼 각기 뛰어난 개성적 작품 세계를 보여 주는 보스코, 잠, 베르나노스가 각자 당나귀에 대해서 말할 때만큼은 — 그 나귀가 반바지를 입었든 혹은 입지 않았든 — 한결같이 그 동물을 그리스도교적 가난의 정신과 이웃하는 정신적 가치를 표상하는 동물로 맞아들이고 있음은 무척 시사적이다. 그들이 나귀에게서 발견하는 덕목은 소위 고집이나 바보짓 따위를 나귀와 연결하는 세상 통념과는 그 얼마나 거리가 먼 것이랴![5] 그들에게 있어 당나귀는 그들 사랑에 넘친 시선 앞에 열린, 축성받을 수 있는 이 세상을 응시할 수 있게 하는 하나의 창이다. 보스코의 나귀로 다시 돌아와 보자. 이 겸손한 동물의 각별한 옷차림은 그로 하여금 겨울이 다시 왔음과 구주가 다시 탄생하실 것을 알리는 전령으로 만든다. '불을 지펴요, 눈이 내리려 해요, 신부님은 당근을 들여놓으셨고 나귀는 반바지를 걸쳤어요…….'로 이어지는 마을 아이들의 노래에 나타난 예의 그 나귀는 거듭 다가오는 성탄 축일[6]의 전조가 아닐까. 한편 그 문제의 반바지를 벗게 되는 따스한 봄날, 성지주일의 당나귀에서 보스코는 한 전형(典型)으로서의 당나귀, 순수한 당나귀, 당나귀의 이상(理想) 그 자체로서의 당나귀 찬가

---

5) 도스토예프스키, 『백치』의 순결한 주인공 미쉬낀 공작도 당나귀에 대한 의미 깊은 사랑을 여러 번 토로한다.(김근식 옮김, 열린책들, 61~62쪽)

한편 1956년 노벨 문학 수상 작가, 스페인의 후안 라몬 히메네스는 그의 자전적 산문 시편집에서 안달루시아 고향에서 살던 시절의 실제 동반자인 은빛 나귀를 불멸화했다.(『플라테로와 나』, 박채연 옮김, 을유문화사)

6) 성탄의 외양간을 지켜 본 동물은 나귀와 황소로서 이들은 성탄 구유 장식으로 영원히 기념되고 있다.

를 부른다.

그 기이한 당나귀는 앵초와 금어초, 꼬리솔나무, 야생 산토끼꽃, 수레국화, 그리고 잠두 들이 융단처럼 펼쳐진 곳으로 나아갔다.

윤이 나고 신선하게 빗긴 털에, 향기 머금은 이슬에 덮인 그는 너무나 멋있어 비현실적으로까지 보였다. 그는 땅에 붙어사는 당나귀, 마을에서 볼 수 있는 그런 당나귀가 아니었다. 그와 반대로 그는 한 전형으로서의 당나귀, 순수한 당나귀, 당나귀의 이상(理想) 그 자체였다. 그 고상한 거동을 주목해 본 적은 예전엔 한 번도 없었다. 걸음은 조용했고 목은 침착하게 움직였으며 두 귀가 무심히 달린 모습은 얼마나 너그러워 보였는지. 이처럼 대자연 속에서 자유롭게, 길마도 바지도 걸치지 않은 채, 산에서 피는 기다란 수선화들 속에 가슴팍까지 잠긴 채 서 있는 그는 어떤 신비경에서 나온 듯 보였다. 그는 매혹적인 당나귀, 경이의 당나귀였다. 그에겐 나이도 없었다. 온 세상 당나귀들의 모든 전설을 한 몸에 실은 채, 그러면서도 그 모든 전설을 뛰어넘으며 당나귀들의 역사 저 깊은 곳에서 이제 막 나온 것이다. 그는 종려주일의 당나귀, '성지주일'의 당나귀였다.

그는 머리를 들어 나를 보았다. 난 결코, 여태껏 날 향해 들린 짐승의 눈길 중에서 가장 깊었던, 그 사려 깊은 눈길을 잊지 못할 것이다. 체념도 어두운 인내심도, 수천년 이래의 그 오랜 노예 상태에서 오는 우울도 아닌, 그러나 일종의 동물로서의 긍지, 겸허한 정신과 원한 없는 선함 바로 그것이었다. 굴종적인 짐승의 시선이 아니라 자유로운 짐승, 인간의 동반자로 선택된 짐승의 시선이었다. 그리고 그 커다란 청록색 눈망울 뒤로는 또 다른 어떤 힘들이 어려 있었다. 보잘것없는 외양간에서 잠든, 여느 당나귀들의 꿈속에 나타나는 초장(草場)의 부드러운 식탁인 개자리속, 토끼풀, 누에콩풀 들일랑 그저 한갓 추억인 양 얼핏 그 눈망울을 스쳐 갈 뿐이었다. 이 당나귀의 눈길 속엔 그것들보다 더 강한 색깔이 하나하나 지나가고 있었다. 이제 막 피어나는 샐비어와 봄철을 맞은 백리향의 은근한 보랏빛, 물어뜯긴 뿌리의 선 붉은 빛, 그리고 젊은 꿀벌들이 맹렬하게 실어 나르는 꿀의 단맛 나는 줄기를 가진 스페인 금작화의 그 황금 빛깔들이 말이다.

당나귀는 내 가까이에 있었다. 그는 나를 바라보았다.

'반바지 당나귀…….'

바로 내 곁에, 닿을 듯이.(52~54쪽)

그런데 이 반바지 당나귀는 영원히 그 미덕을 가질 수 있을까? 시프리앵의 낙원이 폐허로 돌아가고 그 나귀도 여느 나귀와 다름없이 평범해져 버렸다는 이야기의 후반부 한 대목으로 미루어 결코 속단해서는 안 된다. 왜냐하면 이 나귀는 『이아생트의 정원』 마지막에서 오랜 이별의 시간을 마감하며 다시 해후하는 콩스탕탱과 이아생트 앞에 마침내 새롭게 꽃핀 아몬드가지를 지고 문득 다시 나타나기 때문이다. 시프리앵 씨에 의해 영혼을 결박당했던 이아생트가 깊은 심연의 어둠 속에서 떠오르며 삶을 되찾은 바로 다음 날 아침, 문을 열자 그곳에는 나귀 한 마리가 와 있고 그는 다름 아니라 예의 그 나귀이니, 당나귀가 지고 있는 광주리 한쪽에는 '오늘 아침 보리솔 땅에서는 물이 솟고 아몬드나무 한 그루가 꽃을 피우다.'라는 쪽지가 들어 있으며 다른 바구니에는 정성스레 깔아 놓은 짚방석 위에 꽃망울 세 개와 꽃 세 개를 단 작은 아몬드나무 가지가 하나 담겨 있다……. 이 같은 『이아생트의 정원』 끝 대목을 빌어 반바지의 귀추를 이야기함에 『반바지 당나귀』만으로는 완성된 작품이 혹 아니지 않느냐고 물을지 모르지만 그렇지 않다. 삼연작의 각 작품은 발표 연대도 서로 상당히 떨어져 있어 집필 시간상 연계가 없음을 말해 주기도 하지만 그 속에 등장하는 인물들도 꼭 같지 않다. 특히 현묘한 고독의 몽상인 『이아생트』[7]는 『반바지 당나귀』의 속편으로 미리 계획된 것도, 『반바지 당나귀』에서 못다 한 이야기를 하기 위한 작품도 아니다. 보스코는 미리 설정한 테마를 집성하기 위해 삼연작을 집필한 것은 아니다. 각기 고유한 생명을 지닌 세 소설은 각기 완결된 작품으로 따로 읽을 수 있다. 다만 창조적 몽상의 흐름 속에서 작가는 때로 앞서 발표한 적 있는 이야기의 세계를 부분 부분 발전시키기도 했는데 특히 『이아생트의 정원』과 『반바지 당나귀』와의 관계가 그러하다. 요컨대 보스코의 작품 중 가장 명랑하고 밝은 소설이라 할 『이아생트의 정원』은 그 끝에서, 당나귀와 두 주인공의 귀추를 밝히지 않은 채 끝난 『반바지 당나귀』 이야기를 다시 감싸 안으면서, 낙관

7) 최애리 역으로 2014년 국내 초간(워크룸프레스).

적인 일출과 함께 진실한 천국, 혹은 기적은 마법 능력에 있는 것이 아니라 진솔한 인간의 사랑 안에 있는 것임을 시사하며 삼연작의 결어로 삼는다.

그럼 다시 본 작품으로 돌아와 대별되는 두 테마를 중심으로 이 상상 세계의 면모를 더듬어 보자. 그 하나는 '유년의 집'을 중심으로 한, 인간적 현실에 관계되는 테마들로서 향토 마을, 램프, 부엌과 식탁 등 부차적 테마들을 거느리고, 다른 하나는 인간의 희원 속에 자리 잡고 있는 '낙원에의 꿈'으로서, 동산 혹은 정원, 대지, 주술, 여우, 뱀 등의 테마들이 그에 속한다. 그 사이에는 전자 속에서 후자의 꿈을 그리는 인간들의 '기다림'이 각개 위치하고, 기다림은 '밤'과 '고독' 속에서 더욱 강렬해진다. 우선 작품 속 전체 공간은 가이욜 '다리'를 사이로 '마을'과 '산'이 대립되면서 수직적 위상 차이를 보이는 동시에 전자와 후자에 각각 대응하고 있음을 기억하자.

작품 속에 나타난 구체적 거주 공간이며 유년의 공간으로 가장 작으면서도 의미심장한 장소는 누아르아질(어두운 은신처)이란 이름이 붙은 버려진 개집으로서 이아생트는 이곳을 정감 어린 장소로 꾸미고 그 속에 즐겨 스스로를 은폐한다. 보스코의 어린 주인공들이 비밀스러운 은신처에 숨어드는 것으로 맛보는 기쁨은 제 홀로를 위한 우주를 이뤄 주었던 어머니의 자궁 속에라도 다시 들어와 있는 듯한 느낌에서 비롯된다. 고아 이아생트는 이 혼자만의 도피처에서 각별히 그 욕구를 채운다. 이아생트는 사랑하는 주인댁 할머니와 콩스탕탱이 집을 비우자 한층 심각하게 느껴지는 허허로움에서 스스로를 위로하려는 듯 누아르아질을 떠나려 들지 않는다. 한편 이아생트가 정양(靜養) 차 집을 비우자 이제는 콩스탕탱이 결핍감에 서성이다가 그 개집이 있는 장소의 은밀한 매력에 이끌려 든다. 그가 후일 누아르아질을 일러 '유년 시절 겪은 가장 심각한 공간'이라 고백하는 이유는 여기에 있다. 누아르아질, 그것은 하나의 축소된 '집'으로서 집의 모든 정신적 가치를 응축하는 공간이다.(바슐라르는 작은 것 속에야말로 한층 강력히 응축된 상상적 핵이 깃들어 있다 하지 않았던가.) 누아르아질이 대표하는 보스코적 집은 이처럼 어떤 정신성, 내면성, 혹은 어떤 운명의 모습이다. 콩스탕탱은 이아생트가 없는 집은 더 이상 집이 아니었다고 절절해하고 그가 산 위로 올라가 처음 보게 된 시프리앵 씨의 집도 단순한 사람의 집을 뛰어넘는 무언가를 감추는 것처럼 보였다라고 말한다. 이처럼 어떤 특정한 집에 대해 느끼는 견인력은 잃어버린 낙원에 대한 향수와 평행을 이룬다. 그런데 보스코에게 있어서 특권적인 방위, 낙원이 있을 곳은 단연 남쪽이다. 그는 언제까지나 남쪽, 지중해 사람이며 그 빛 명랑한 향토에 대한 사랑은 그로 하여금 뻬이루레 마을을 '남쪽을 향한 인간적 천국'이라고 선언하게 만든다. 보스코의 정신적 집들이 집단화된 모습인 뻬이루레, 곧 프로방스의 마을은 미루어 보건대 1차 대전 전 세기 초 프로방스지만 영원성의 모습을 지닌다. 소설 속에 시간 좌표를 밝히지 않는다는 점은 뒤집어 말하면 작가가 표상하는 프로방스의 비

시간성, 곧 영원성을 역설적으로 강조한다. 보스코에게 있어 프로방스 마을은 작열하는 태양과 세찬 바람 미스트랄을 견디며 정신적 집들이 서로 부둥켜안고 있는 공간, 순수한 기다림, 열린 기다림의 고장이다. 그곳에서 콩스탕탱은 기다린다. 이아생트도, 쉬샹브르 신부도, 시프리앵 씨도. 하늘을 향해 솟구친 프로방스 사이프러스처럼 그런 기다림의 수직성을 더 웅변적으로 말해 주는 것이 또 있을까.(콩스탕탱은 수백 년 묵은 팡탈레옹 사이프러스에 기대어서 이아생트를 기다린다.) 이 고장에서는 음식물마저도 정신성, 나아가 성사적(聖事的) 의미를 띤다. 부엌을 점령하고 음식을, 특히 차례차례 모두를 위한 회복식을 만들기에 열중하는 라 페기노트를 방해할 권리를 가진 이는 아무도 없다. 가혹한 겨울 내내 기다린 봄의 구현물인 아몬드나무 가지가 급기야 성스러운 것으로까지 여겨지는 이유를 우리는 여기서 알게 된다. 햇볕과 대지와 대기의, 그렇다, 우주의 새로운 혼인에서 피어난 이 꽃 핀 가지는 실과까지를 예고하는 것이므로 불모에서 창조로의 이행을 웅변하는 기적과 같은 것이다.[8] 그것은 겨우내 오래 기다렸던 그 고

---

8) 지중해 문화권에서 아몬드나무 꽃이 신(神) 존재를 상징함을 더없이 생생한 어조로 여러 기회에 환기한 이는 바로 프란치스코 교황이다: "성경의 가르침에 따르면 주님은 '아몬드나무(편도나무)의 꽃과 같으신 분'이라고 말할 수 있습니다. 왜 그럴까요? 아몬드나무의 꽃은 봄에 가장 먼저 피기 때문입니다. 주님은 언제나 '프리메로'이십니다!"(『교황 프란치스코, 자비의 교회』, 66~67쪽. 바오로딸(2013. 9. 27일 강론); "하느님은 항상 앞서 계시며, 하느님은 '선수(先手)를 치시지요.(첫걸음을 내딛지요, primerear.)' 하느님은 어찌 보면 신부님의 고향 시칠리아의 아몬드 꽃 같아요, 안토니오 신부님,

장 사람들이 마침내 목격하는 '천국'의 구체적인 모습이기에 그 나무에 대한 범접은 용서되지 않는다. 콩스탕탱이 아몬드 나무 가지 사건 때문에 마을을 떠나 유배 보내어지는 것은 그러기에 너무나 자연스러운 일이다.

그러나 여기서 주의해야 할 것은 프로방스 마을은 하나의 한정된 지리적 공간만으로 머무는 것이 아니고, 보스코가 무엇보다 정신적인 형태로 파악한 온 인간 세상의 한 표상이라는 점이다. 실제적 프로방스를 들먹여 특수에의 취향을 고집하려는 것이 아니라 그가 체험한 공간 속에서 보편을 이야기하려는 보스코이기에 그를 그저 향토 작가로 제한, 분류한다면 부당한 일이라 아니 할 수 없다.

뻬이루레로 이름 붙은 프로방스 마을이 단순한 취락 단위가 아니라 정신적 단위가 될 수 있는 것은 그 마을 한가운데 있는 정신적 구심점, 성당 덕분이기도 하다. 성당의 존재 덕분에 평범한 인간 마을은 본당 마을이 되고 진정한 기다림, 희망, 혹은 소망의 공간이 된다. 이 마을의 진정한 어른이 본당 신부임은 그러니 너무나 당연치 않겠는가.(가톨릭 교회의 가시적인 조직은 마을 단위 별로 세워지는 본당 성당을 기본 단위로 하고 있음을 기억하자.) 그러나 이 소설은 결코 사제의 입을 빌려 그 어떤 교화나 늘어놓기를 의도치 않는다. 후일 콩스탕탱이 추억하듯이 '인간에 대한 후애'야말로 이 시골마을 노신부가

아몬드 꽃은 항상 먼저 피지요. 예언서들에 그런 이야기가 나옵니다."(『나의 문은 항상 열려 있습니다 — 프란치스코 교황의 첫 공식 대담집, 안토니오 스파다로와의 대담』, 솔, 154~155쪽)

몸소 보여 주신 하늘의 약속이었고 그런 하늘의 약속에는 나무들과 동물들, 물과 구릉들을 거느린 '대지'의 추억이 어울려 들어 저 높은 곳의 모습을 형성하는 것이다. 그는 천국 나라를 다름 아닌 바로 자기 본당 마을의 모습으로 그려 보임으로써, 우리가 지금 발을 딛고 있는 대지와 인간 마을이야말로 진정한 사랑의 화육 현장임을 깨우쳐 준다. 그가 자애로운 음조로 묘사하여 아이들에게 안겨 주는 천국은 바로 자신이 사목하는 본당 마을의 모습이란 사실은 뒤집어 말하면 인간의 대지가 천국 동산을 예감케 하는 곳임을, 아니, 현장이어야 함을 뜻한다. 우리는 이제 여기서 보스코의 가장 핵심적 테마인 천국, 혹은 되찾아야 할 낙원의 테마가 불거지는 것을 보는데, '대지'의 아들 보스코에 있어서 그것은 대지에서 자양을 얻어 꽃 핀 '정원' 혹은 '동산'의 모습으로 파악됨은 상상적 논리의 필연이다. 더욱이 그리스도교인인 보스코에게는 창세기에 언급된 에덴 동산의 모습이 천국의 원형임은 두말할 나위가 없다. 보스코는 깊은 형이상학적 비전을 서정적 문체 속에 무르녹인 최후의 대작, 『어떤 그림자』에서도 장년 가브리엘의 입을 빌려 인간에게서 도저히 지워 버릴 수 없는 천국에 대한 꿈을 장렬한 음조로 토로한다.

> 나는 저 다사롭던 내 젊은 날 이래로, 인간들에게 출입이 금지된 그 정원을 내내 꿈꾸어 오지 않았던가, 그리고 뛰어넘을 수 없는 벽들 뒤로 감춰진 저 상상 속, 태고의 숲을 찾아 나는 동쪽으로 헤매어 다니지 않았던가. 그 벽 뒤에서 들려오는 이름

모를 짐승들의 울부짖음을 나는 내 유년시절 동안 몇 번인가 듣지 않았던가. 그리고 '대천사'가 남자와 여자를 내쫓던 '그날', 그 남녀가 버려진 장소가 바로 그곳이 아니었던가?

그러나 천사는 문을 약간 열어 놓은 채 내버려 두고 떠나갔다. 그것은 깜빡 잊고서일까, 아니면 행복감과 순수함으로 넘쳐 있었던 이 두 피조물을 한때 사랑했던 천사가 그들을 측은히 여겨 베푼 어떤 은밀한 원의에서일까. 그 천사는 이 놀라운 왕국을 찾아 나설 어떤 미래의 여행객을 그 순간 생각했음이 분명하리라. 그리하여 '영원자'의 뜻에도 불구하고 그는 이 열린 문틈을 통하여 그 왕국의 장관을 엿볼 수 있는 기회를 미래의 방문객에게 남겨 놓은 것이다. 이 지상에 처음으로 생겨나와 아직도 살아남은 동물들이, 태고의 숲과 원시의 기슭으로 이뤄진 우수젖은 이 세계에서 나무들이 뒤덮고 있는 고요히 흐르는 물가를 거닐고 있지만 그 동물들은 고적한 오솔길에서 이제는 예처럼 남자와 여자의 발자국이 패어 있는 것을 발견할 수 없음으로 인하여 상심한 채, 위로받지 못하고 있는 터이다.

내 앞에 열려 있는 이 문은 '천사'가 막 떠나 하늘로 올라간 그 문이 아닐까, 그리고 이 기회를 누릴 저 미래의 여행객은 바로 내가, 나 자신이 아니었을까? 내가 바로 그런 자격을 누릴 수 있음은 내가 시종 성실하게 하나의 희망을 품어 왔던 사실에 근거하고 있는 것이 아닐까? 내 삶의 가장 아름다운 그 희망은 단순한 희망이기를 높이 뛰어넘은 그런 것이었음에야. 왜냐하면 그것은 차츰 이 세계의 아름다움에 둔 믿음으로 화한 것이기에.

평탄하고 따스한 유년 공간의 한계점을 경계 짓는 가이욜 다리 너머로 높고 험준한 산의 비밀스러운 매력에 끌려들며 그 너머를 기웃거리는 『반바지 당나귀』 속 콩스탕탱은, 이 동산, 혹은 낙원을 향해 그 온 마음이 달려가는 저 '미래의 여행객'에 다름 아니다. 다리 난간에 몇 시간이고 걸터앉아, 산의 정기에 이끌려, 급격히 오르는 저 미지의 길을 탐색하는 콩스탕탱은 초자연적 비밀과 신비에 민감하고 미처 알지도 못하면서 그것을 파고드는 정열의 인물이다. 가이욜 다리는 신부님의 본당, 혹은 천국과, 마법사 시프리앵 씨의 마의 동산이 대치되는 경계점이다. 모든 짐승들을 길들여 복종시키며 황폐한 대지에서 봄꽃을 피우고야 말겠다는 꿈을, '원래의 동산'이 매몰되었을 저 '대지'에서 '새로운 동산'을 다시 이끌어 내겠다는 꿈을 빼이루레 마을 뒤 험산에서 일궈 가는 시프리앵 씨의 교오(驕傲)는 원죄 이전의 에덴동산을 재건하리라는 계획, 가위(可謂) 신에 대한 도전이다. 창조된 모든 짐승들 중에서 유독 뱀만은 신의 뜻을 거역한 에덴에서의 사건과 달리, 시프리앵의 동산에서는 겉보기에는 놀랍게도 뱀마저도 복종하고 있는 듯 보인다.(시프리앵의 피리 소리에 끌려 들어온 저 거대한 이국 뱀에 대한 삽화(挿話)를 되읽어 보라.) 예외적인 존재는 오히려 '당나귀'다. 그 당나귀만큼은 복종과 지배의 법칙에서 벗어나 있다. 시프리앵이 더불어 벗한 당나귀만큼은 노인의 주술에 복종한 동물이라기보다는 순수와 우정만이 지배하는 동산을 만들리라는 시프리앵의 애초의 뜻을, 시프리앵이 건네는 말의 '우정에 찬 의미'를 이해한 유일한 동물이라고 시프리앵마저도 느끼고 있음은 시사적이다. 그건 바로, 일면 교만하기 이를 데 없는 시프리앵의 천국 사업을 이해하고 그 정신적인 의미, 순수에 대한 욕구에 우정 어린 시선을 보내던 또 한 사람의 정신 세계 경작자, 바로 쉬샹브르 신부님이 예의 그 당나귀를 선사하셨다는 사실과 관계된다. '악령을 쫓고 주문을 풀 수 있는 기도문'을 여럿 알고 계신다는 신부님이 보내신 당나귀였기로 그 당나귀는 시프리앵의 동산이 파괴되고 난 후에도 살아남으며, 그 언젠가는 진정한 봄의 사자(使者)로 다시 나타날 수 있는 것이리라…….(「이아생트의 정원」 끝 대목을 다시 기억하자.)

여기서 동물들을 길들이는 사람의 모습으로 나타나는 시프리앵과 동물들, 그리고 동산의 운명, 그 관계를 잠시 살펴보자. 이 '동산'을 건설하려, 시프리앵이 다름 아니라 '원숭이가 사는 고장'에서부터 흘러 들어왔다는 사실에서 벌써 우리는, 마치 원숭이가 인간 행위를 흉내 내지만 결코 인간 행위 그 자체를 행할 수 없듯이, 신의 행위를 드잡이하려는 그의 행동도 결국은 미수에 그치고 말 운명임을 시사받는다. 대지의 정령을 움켜잡아 자연을 제 뜻대로 휘어잡고야 말겠다는 남자의 교만 어린 꿈을, 짐짓 길든 듯 동산 내 거하지만 끝내 암종(癌腫)처럼 노리고 있는 존재, 그것은 대지의 가장 친애하는 아들이자 태곳적부터 죽음에 대한 복방으로 일깨워진 '뱀'이다. 최후까지 저항하던 심산의 여우마저 그의 마적 소리, 그 주술의 힘에 굴복하여 이끌려 들던 날 밤, 시프리앵의 집에 그때까지 수호신인 양 똬리를 틀고 있던 뱀은 바로 그 여우를 살생하고 만다. 즉 에덴을 파괴한, 저 영원히 저주받은 뱀이 시프리앵의 집에 기거했다는 사실 자체가 사내의 놀라운 주술력을 증거하기보다는 사실 플뢰리아드 동산의 위협이었던 것인데, 그 뱀은 시프리앵의 집 안에서도 다른 곳 아닌, 가장 내밀한 곳에 자리 잡고 있었음을 간과해서는 안 된다. 남자의 침대 위, 벽에 뚫려 있던, 휘장을 친 일종의 벽감 속에 그 뱀은 자리 잡지 않았던가. 성당의 핵심 공간이 그리스도의 성체를 모셔 두는 감실(龕室)이라면 신의 사업에 도전하는 시프리앵의 집에 깃든 뱀이 똬리 튼 벽감은 바로 감실의 반전된 상징이다. 벽감 앞 가리개 천, 그것은 따라서 성소와 지성소(至聖所)를 구별 짓는 휘장의 역(逆)이다.

그러나 비록 왜곡되어 버렸다 하더라도, 집요한 힘과 정성으로 모든 동물들 간 우애의 동산을 추구하였던 시프리앵의 영적 추구에 우리는 여전히 감동하게 된다. 왜냐하면 그 자신의 고백처럼 그가 집착한 플뢰리아드의 꽃 핀 동산, 그곳은 순수한 인간이라면 그 누구나 속에 가진, 잃어버린 천국을 되찾고자 소망하는 영적 '희망'의 구현체이기 때문이다. 그러기에 그의 동산은 물질적이라기보다는 정신적인 동산이다.

한편 시프리앵의 작업을 보자. 그는 대지 위에 꿈을 모종하듯 이식하는 것이 아니라, 저 혼돈과 열정으로 범벅이 된 이 세계 지하 깊숙한 곳에서부터 천국을 꽃피울 수 있는 정령이, 힘이 솟구쳐 지표를 뚫고 올라올 수 있도록 어머니-대지의 가슴을 열어젖히려 애쓴다. 마침내 '천국의 머리'는 동산의 흙을 뚫고 솟구쳐 오른다. 그러나 솟구쳐 오른 그 대지의 영은 '천상과 초월을 향한 돌파구'를 갖지 못한 시프리앵의 영혼을 급기야 찢어 놓는다. 그것이 바로 비극의 서두다…….(신부님이 '그의 천국을 위해 기도할지어다.'라는 메모와 함께 적어 놓은 의미심장한 날짜, '7월 31일'은 열화(熱火)와도 같은 정열로 일구어 냈던 자신의 동산에 시프리앵 스스로 불을 지른 비극의 날 아니던가.) 산으로 처음 올라가는 콩스탕탱의 몸을 들어올리는 신비한 대지의 취기처럼, 땅 껍질을 뚫고 솟아오르는 '천국의 머리'처럼, 보스코의 상상 세계 속에서는 모든 것이 수직적이다. 맑은 연원을 찾기 위해 파내려 드는 삽질에 이제 막 천국의 머리가 땅을 뚫고 솟아오르려는 즈음의 봄날, 시프리앵 씨의 집으로부터 더 힘차게 솟구치는 연기는 하늘로 빨려드는 것처럼 오른다. 그 봄날, 한층 가볍게 하늘로 솟아오른, 인간적 삶의 증거로서의 이 '푸르고 투명한' 연기는 어쩌면 시프리앵의 일생의 작업에 대한 긍정적 조망, 혹은 그의 영적 구원까지 시사해 줄 수 있지 않겠는가……. 마을 사람들의 한결같은 몰이해와 달리 쉬샹브르 신부만은 시프리앵을 이해했다는 사실도 잊어서는 안 된다.

그런데 대지의 힘을 거의 장악했다고 자부하는 바로 그 순간, 노인의 마음에 깊은 실망과 절망이 파고드는 이유는 시프리앵 자신도 자각하고 있듯이 대지가 그 비밀스러운 가슴을 열어 보여 준 것은 자기 자신이라는 하나의 필멸의 인간에게만이라는 사실에서 비롯된다. 그래서 그는 이 천국이 자기 자신에게만 상관되는 것이라면 결국 이 천국도 필멸의 것 아니겠는가 하고 신음한다. 여기서 그는 천국 사업의 존속을 위해

'새 동산'을 양도할 수 있는 아들의 필요성을 느낀다. 가이욜 다리 너머, 자기 영토로 호기심 많은 시선을 보내고 있는 콩스탕탱을 그가 주목하는 이유는 바로 여기에 있다. 노인이 본 콩스탕탱, 그는 천국의 주인에 합당한, 순수한 '기다림'의 인간, 자기와 같은 피, 곧 대지에의 사랑으로 뜨거운 피를 지닌 정열적인 대지의 아들이며 급기야 자기의 영혼이라 믿기에 이른다. 혈연에 의한 상속이 아니라 정신적 동질성에 근거한 천국의 상속 의도는 소년이 동산의 꽃가지를 훼파하는 이른바 성역 침해, 신성 모독 행위를 저지름에 따라 무산되고 만다. 콩스탕탱에게 건 기대가 무너진 허망감을 채우려는 듯, 노인은 소년 대신 걸려든 이아생트를 낚아채 사라져 버린다…….

이런 일련의 사건들을 겪는 시프리앵의 비통한 심경이 토로된 그의 일기는 콩스탕탱의 시선에 의해 앞서 그려진 사건들을 새로운 각도로 조망하면서 감추어진 어떤 현존에 대한 암시와 비유로 가득하다. 노인의 일기를 볼 때 형이상학적 의미로 충전된 모든 사건들은 늘 '밤'에 위치한다. 사방에서 뭇짐승들이 몰려오고 급기야 여우가 살해되는 사건도 돋아 오르는 달과 함께 신비감이 최고로 고조된 밤의 일이다. 시프리앵과 마찬가지로, '신비에 대한 나의 취향을 만족시켜 주는 밤'이라 토로한 콩스탕탱도 밤의 온갖 계시에 귀를 기울인다. 대지를 휘덮은 밤의 장막 속에서 귀를 곤두세우고 있는 콩스탕탱의 모습을 우리는 얼마나 자주 보게 되는 것일까. 그들, 기다리는 인간들에 있어서 밤은 특권적인 '기다림'의 시간이다. 기분 전환거리가 난무하여 인간의 관심과 주의력을 앗아

가는 대도시가 아니라(대도시를 배경으로 하는 보스코의 소설은 없다.) 대자연에 잠긴 깊은 외딴곳이야말로 기다림의 장소이며, 고독은 기다리는 인간의 정황이고, 밤은 고조를 더해 가는 고독의 장으로, 가장 예민한 기다림의 시간이다. 보스코가 짙은 색깔로 밤의 정경을 그려 내고 있음은 밤의 암묵에 대한 의지, 악의 힘, 지옥의 상징들에 대한 관심 때문에서만이 아니고, 밤이 지닌 긍정적 면모에 또한 민감했기 때문이다. 어둠이야말로 명상과 관조, 신적 도래의 특권적 조건이며 새로운 세계로의 건널목을 이루지 않겠는가. 시프리앵에게 납치되어 사라지는 이아생트가 겪을 지옥에서의 한 철, 그 어두운 심연 속에서의 시간(「이아생트」)은 콩스탕탱이라는 새로운 오르페우스의 부름으로 다시 빛의 세계로 진입하기 위해서 요구되어지는 시간이다.(「이아생트의 정원」) 콩스탕탱과 이아생트처럼 보스코의 인물들은 플라톤적 동굴과 밤, 지옥, 지하 세계, 겨울을 거쳐서야 빛과 램프, 불, 입문(入門), 봄의 대지, 특히 우정의 의미로서의 사랑으로 이행한다. 모든 우위의 세계로 진입하기 위해선 이 불안한 밤의 터널, 혹은 건널목을 통과해야 한다.

지금까지 우리는 몇몇 중요한 테마들만을 중심으로 『반바지 당나귀』의 상상 세계를 살펴보았다. '가시적인 것의 작은 꿀 방울을 열심히 모아들여 비가시적인 것의 커다란 금빛 벌통에 쌓아 가는' 보스코의 작업에서 모든 가시적 풍경은 어떤 영혼의 상태, 움직임을 지시하고 있음은 물론이려니와 보스코적 경이는 해묵은 상징을 젊디 젊게 하는, 일견 순진하나 치밀한 이미지들이 환기하는 감각의 섬세함에 있다. 보스코는 삶의 장소에 바탕한 상상계, 그러나 모든 것이 자기(磁氣)를 띤 듯 서로서로 부르며 끌어당기는 상상계를 통하여, 바로 이곳이야말로 우리가 원하고, 기다리고, 귀 기울인다면, 하늘, 땅, 물, 벗과의 우정을 회복한다면, 잃어버린 낙원을 어쩌면 예감할 수 있는 현장이라는 것을 매력적으로 암시해 온다. 낙원을 앞당겨 맛볼 수 있는 그 기적은 특히 우애의 의미로서 사랑의 힘에 의한 것임을, 이 세계의 작디 작은 손짓에까지도 애정 넘친 눈길을 보내는 순수한 영혼들의 움직임을 통해 또한 시사(示唆)하기에 이른 작가적 역량은 얼마나 놀라운 것이랴.

번역 대본은 Henri Bosco, *L'Âne Culotte*, Gallimard 1937년 간(刊)에 의한 Folio, 2008년 판(版)을 썼다.

2014년 11월

정영란

작가 연보

1888년　11월 16일 프랑스 남부 고도(古都) 아비뇽에서 출생. 이탈리아 토리노에서 살레지오 수도회를 창립한 성 요한 보스코(돈 보스코)가 작가의 재종조부. 조부 자크 보스코가 프랑스로 유민(流民). 부친 루이 보스코는 아비뇽 음악원에 속한 테너 가수. 모친 루이즈 파레나는 니스 출신. 작가의 유년 시절 부친은 공연 여행으로 자주 출타하였으나 오래지 않아 성악가의 길을 떠나 현악기 제작 장인으로 정착. 앙리는 어머니로부터 읽기와 쓰기를 배운 후 10세에 취학.

1909년　프랑스 그르노블 대학에서 문학사. 이탈리아에서 이탈리아어 교수 자격 취득. 여러 고등학교에서 프랑스어, 이탈리아어, 고전 문학 등을 가르침. 1차

세계 대전 중 통역병으로 지중해 근역 여러 나라 종군.

1920년 나폴리 프랑스 문화원에서 십 년간 강의.

1924년 첫 번째 소설 『피에르 랑페두즈(Pierre Lampédouze)』 발표.

1928년 『바다 찬가(Eloge de la mer)』, 『이레네(Irénée)』 출간.

1929년 『지혜의 영역(Le Quartier de sagesse)』 출간.

1930년 마들렌 로드와 결혼. 자녀가 없음.

1931년 이십사 년간 모로코 라바트 체류. 문학 교사로 일하면서 왕성한 작품 활동.

1931년 『반바지 당나귀(L'Âne Culotte)』를 자신이 라바트에서 창간한 문학 잡지 《아그달》(1936~1945)에 1936년 3월호부터 연재 시작.

1932년 『멧돼지(Le Sanglier)』 출간.

1935년 『트레스툴라(Le Trestoulas)』, 『시베르그의 거주민(L'Habitant de Sivergues)』 출간.

1937년 『반바지 당나귀』* 단행본 발표.

1940년 『이아생트(Hyacinthe)』* 발표.

1942년 『성 요한의 묵시록(L'Apocalypse de Saint Jean)』 출간.

1944년 『프로방스의 목가(Bucoliques de Provence)』 출간.

1945년 탕지 알리앙스 프랑세즈 총재에 임명.
『테오팀 농가(Le Mas Théotime)』, 『이아생트의 정원(Le Jardin d'Hyacinthe)』, 『아이와 강(L'Enfant et la Rivière)』* 출간. 『테오팀 농가』로 르노도 상을 수상

하고 창작에 전념하고자 교사직에서 조기 은퇴.

1947년 『시골의 카르브누아 씨(Monsieur Carre-Benoît à la Campagne)』 출간.

1948년 『말리크루아(Malicroix)』*, 『실비우스(Sylvius)』 출간.

1949년 『갈대와 샘물(Le Roseau et la Source)』 출간.

1950년 『밤의 잔가지(Un Rameau de la Nuit)』, 『알제, 이 놀라운 도시(Alger, Cette Ville Fabuleuse)』, 『바다의 모래 — 모로코 기록(Des Sables à la Mer-Pages Marocaines)』 출간.

1951년 『경관과 신기루(Sites et Mirages)』 출간.

1952년 『앙토냉(Antonin)』 출간.

1953년 『아이와 강』* 출간. 작품 전반에 대해 국가문예대상 수상.

1954년 『골동전문가(L'Antiquaire)』 출간.

1955년 영구 귀국. 니스 거주. 오뜨프로방스의 뤼베롱 산협(山峽)의 한촌(閑村) 루르마랭에 자주 은거.

1955년 『발레스타(Les Balesta)』 출간.

1956년 『섬 안의 여우(Le Renard dans l'Ile)』, 『땡땡이(La Clef des Champs)』 출간.

1957년 『사비누스(Sabinus)』, 『바르보슈(Barboche)』 출간.

1958년 『바르가보(Bargabot)』 출간.

1959년 전기(傳記) 『성 요한 보스코(Saint Jean Bosco)』, 『무쇠팔(Bras-de-Fer)』 출간.

1961년 회고록 『덜 깊은 망각(Un Oubli Moins Profond)』 출간.

1962년　두 번째 회고록 『몽클라르의 길(Le Chemin de Monclar)』 출간.

1963년　『새매(L'Epervier)』 출간.

1966년　세 번째 회고록 『트리니테르의 정원(Le Jardin des Trinitaires)』 출간.

1967년　『꿈의 동반자(Mon Compagnon de Songe)』 출간.

1968년　작품 전반에 대해 프랑스 학술원(아카데미 프랑세르) 소설 대상 수상.

1970년　『마르틴 아주머니(Tante Martine)』 출간.

1971년　『암초(Le Récif)』 출간.

1973년　국가 최고 훈장 수훈.

1976년　5월 4일 니스에서 타계. 루르마랭 묘지에 안장.

1978년　『어떤 그림자(Une Ombre)』(1980), 『구름들(Des Nuages)』 사후 간행.

* 표시 작품은 국내 번역.

세계문학전집 327

반바지 당나귀

1판 1쇄 펴냄 1988년 6월 20일
2판 1쇄 펴냄 1994년 9월 10일
3판 1쇄 펴냄 2014년 11월 7일
3판 6쇄 펴냄 2023년 1월 13일

지은이 앙리 보스코
옮긴이 정영란
발행인 박근섭, 박상준
펴낸곳 (주)민음사

출판등록 1966. 5. 19. (제 16-490호)
서울특별시 강남구 도산대로1길 62(신사동) 강남출판문화센터 5층 (우편번호 06027)
대표전화 02-515-2000 팩시밀리 02-515-2007
www.minumsa.com

ISBN 978-89-374-6327-3 04800
ISBN 978-89-374-6000-5 (세트)

민음사 세계문학전집

세계문학전집 목록

94 **차라투스트라는 이렇게 말했다** 니체 · 장희창 옮김 국립중앙도서관 선정 청소년 권장도서
95·96 **적과 흑** 스탕달 · 이동렬 옮김 국립중앙도서관 선정 청소년 권장도서
97·98 **콜레라 시대의 사랑** 마르케스 · 송병선 옮김 노벨 문학상 수상 작가 | BBC 선정 꼭 읽어야 할 책
99 **맥베스** 셰익스피어 · 최종철 옮김 서울대 권장도서 100선 | 미국대학위원회 선정 SAT 추천도서
100 **춘향전** 작자 미상 · 송성욱 풀어 옮김 서울대 권장도서 100선
101 **페르디두르케** 곰브로비치 · 윤진 옮김
102 **포르노그라피아** 곰브로비치 · 임미경 옮김
103 **인간 실격** 다자이 오사무 · 김춘미 옮김
104 **네루다의 우편배달부** 스카르메타 · 우석균 옮김
105·106 **이탈리아 기행** 괴테 · 박찬기 외 옮김
107 **나무 위의 남작** 칼비노 · 이현경 옮김
108 **달콤 쌉싸름한 초콜릿** 에스키벨 · 권미선 옮김
109·110 **제인 에어** C. 브론테 · 유종호 옮김 BBC 선정 꼭 읽어야 할 책
111 **크눌프** 헤세 · 이노은 옮김 노벨 문학상 수상 작가
112 **시계태엽 오렌지** 버지스 · 박시영 옮김 《타임》 선정 현대 100대 영문소설 | 《뉴스위크》 선정 100대 명저
113·114 **파리의 노트르담** 위고 · 정기수 옮김 미국대학위원회 선정 SAT 추천도서
115 **새로운 인생** 단테 · 박우수 옮김
116·117 **로드 짐** 콘래드 · 이상옥 옮김 《뉴스위크》 선정 100대 명저
118 **폭풍의 언덕** E. 브론테 · 김종길 옮김 미국대학위원회 선정 SAT 추천도서
119 **텔크테에서의 만남** 그라스 · 안삼환 옮김 노벨 문학상 수상 작가
120 **검찰관** 고골 · 조주관 옮김
121 **안개** 우나무노 · 조민현 옮김
122 **나사의 회전** 제임스 · 최경도 옮김 미국대학위원회 선정 SAT 추천도서
123 **피츠제럴드 단편선 1** 피츠제럴드 · 김욱동 옮김
124 **목화밭의 고독 속에서** 콜테스 · 임수현 옮김
125 **돼지꿈** 황석영
126 **라셀라스** 존슨 · 이인규 옮김
127 **리어 왕** 셰익스피어 · 최종철 옮김 서울대 권장도서 100선 | 《뉴스위크》 선정 100대 명저
128·129 **쿠오 바디스** 시엔키에비츠 · 최성은 옮김 노벨 문학상 수상 작가
130 **자기만의 방 · 3기니** 울프 · 이미애 옮김
131 **시르트의 바닷가** 그라크 · 송진석 옮김
132 **이성과 감성** 오스틴 · 윤지관 옮김
133 **바덴바덴에서의 여름** 치프킨 · 이장욱 옮김
134 **새로운 인생** 파묵 · 이난아 옮김 노벨 문학상 수상 작가
135·136 **무지개** 로렌스 · 김정매 옮김
137 **인생의 베일** 서머싯 몸 · 황소연 옮김
138 **보이지 않는 도시들** 칼비노 · 이현경 옮김
139·140·141 **연초 도매상** 바스 · 이운경 옮김 《타임》 선정 현대 100대 영문소설
142·143 **플로스 강의 물방앗간** 엘리엇 · 한애경, 이봉지 옮김 미국대학위원회 선정 SAT 추천도서
144 **연인** 뒤라스 · 김인환 옮김
145·146 **이름 없는 주드** 하디 · 정종화 옮김
147 **제49호 품목의 경매** 핀천 · 김성곤 옮김 《타임》 선정 현대 100대 영문소설

148 **성역** 포크너 · 이진준 옮김 노벨 문학상 수상 작가 | 퓰리처상 수상 작가

149 **무진기행** 김승옥

150·151·152 **신곡(지옥편 · 연옥편 · 천국편)** 단테 · 박상진 옮김 《뉴스위크》 선정 100대 명저

153 **구덩이** 플라토노프 · 정보라 옮김

154·155·156 **카라마조프가의 형제들** 도스토옙스키 · 김연경 옮김

157 **지상의 양식** 지드 · 김화영 옮김 노벨 문학상 수상 작가

158 **밤의 군대들** 메일러 · 권택영 옮김 퓰리처상 수상 작가

159 **주홍 글자** 호손 · 김욱동 옮김 서울대 권장도서 100선 | 미국대학위원회 선정 SAT 추천도서

160 **깊은 강** 엔도 슈사쿠 · 유숙자 옮김

161 **욕망이라는 이름의 전차** 윌리엄스 · 김소임 옮김

162 **마사 퀘스트** 레싱 · 나영균 옮김 노벨 문학상 수상 작가

163·164 **운명의 딸** 아옌데 · 권미선 옮김

165 **모렐의 발명** 비오이 카사레스 · 송병선 옮김

166 **삼국유사** 일연 · 김원중 옮김 서울대 권장도서 100선

167 **풀잎은 노래한다** 레싱 · 이태동 옮김 노벨 문학상 수상 작가

168 **파리의 우울** 보들레르 · 윤영애 옮김

169 **포스트맨은 벨을 두 번 울린다** 케인 · 이만식 옮김

170 **썩은 잎** 마르케스 · 송병선 옮김 노벨 문학상 수상 작가

171 **모든 것이 산산이 부서지다** 아체베 · 조규형 옮김 《타임》 선정 현대 100대 영문소설

172 **한여름 밤의 꿈** 셰익스피어 · 최종철 옮김 미국대학위원회 선정 SAT 추천도서

173 **로미오와 줄리엣** 셰익스피어 · 최종철 옮김 미국대학위원회 선정 SAT 추천도서

174·175 **분노의 포도** 스타인벡 · 김승욱 옮김 노벨 문학상 수상 작가 | 《타임》 선정 현대 100대 영문소설

176·177 **괴테와의 대화** 에커만 · 장희창 옮김

178 **그물을 헤치고** 머독 · 유종호 옮김 《타임》 선정 현대 100대 영문소설

179 **브람스를 좋아하세요...** 사강 · 김남주 옮김

180 **카타리나 블룸의 잃어버린 명예** 하인리히 뵐 · 김연수 옮김 노벨 문학상 수상 작가

181·182 **에덴의 동쪽** 스타인벡 · 정회성 옮김 노벨 문학상 수상 작가

183 **순수의 시대** 워튼 · 송은주 옮김 《뉴스위크》 선정 100대 명저 | 퓰리처상 수상작

184 **도둑 일기** 주네 · 박형섭 옮김

185 **나자** 브르통 · 오생근 옮김

186·187 **캐치-22** 헬러 · 안정효 옮김 《타임》 선정 현대 100대 영문소설 | 《뉴스위크》 선정 100대 명저 | BBC 선정 꼭 읽어야 할 책

188 **숄로호프 단편선** 숄로호프 · 이항재 옮김 노벨 문학상 수상 작가

189 **말** 사르트르 · 정명환 옮김

190·191 **보이지 않는 인간** 엘리슨 · 조영환 옮김 《타임》 선정 현대 100대 영문소설

192 **왑샷 가문 연대기** 치버 · 김승욱 옮김 퓰리처상 수상 작가

193 **왑샷 가문 몰락기** 치버 · 김승욱 옮김 퓰리처상 수상 작가

194 **필립과 다른 사람들** 노터봄 · 지명숙 옮김

195·196 **하드리아누스 황제의 회상록** 유르스나르 · 곽광수 옮김

197·198 **소피의 선택** 스타이런 · 한정아 옮김 퓰리처상 수상 작가

199 **피츠제럴드 단편선 2** 피츠제럴드 · 한은경 옮김

200 **홍길동전** 허균 · 김탁환 옮김

201 요술 부지깽이 쿠버 · 양윤희 옮김
202 북호텔 다비 · 원윤수 옮김
203 톰 소여의 모험 트웨인 · 김욱동 옮김
204 금오신화 김시습 · 이지하 옮김
205·206 테스 하디 · 정종화 옮김 미국대학위원회 선정 SAT 추천도서 | BBC 선정 꼭 읽어야 할 책
207 브루스터플레이스의 여자들 네일러 · 이소영 옮김
208 더 이상 평안은 없다 아체베 · 이소영 옮김
209 그레인지 코플랜드의 세 번째 인생 워커 · 김시현 옮김 퓰리처상 수상 작가
210 어느 시골 신부의 일기 베르나노스 · 정영란 옮김
211 타라스 불바 고골 · 조주관 옮김
212·213 위대한 유산 디킨스 · 이인규 옮김 서울대 권장도서 100선 | BBC 선정 꼭 읽어야 할 책
214 면도날 서머싯 몸 · 안진환 옮김
215·216 성채 크로닌 · 이은정 옮김
217 오이디푸스 왕 소포클레스 · 강대진 옮김 서울대 권장도서 100선
218 세일즈맨의 죽음 밀러 · 강유나 옮김
219·220·221 안나 카레니나 톨스토이 · 연진희 옮김 서울대 권장도서 100선
222 오스카 와일드 작품선 와일드 · 정영목 옮김
223 벨아미 모파상 · 송덕호 옮김
224 파스쿠알 두아르테 가족 호세 셀라 · 정동섭 옮김 노벨 문학상 수상 작가
225 시칠리아에서의 대화 비토리니 · 김운찬 옮김
226·227 길 위에서 케루악 · 이만식 옮김 《타임》 선정 현대 100대 영문소설 | 《뉴스위크》 선정 100대 명저
228 우리 시대의 영웅 레르몬토프 · 오정미 옮김
229 아우라 푸엔테스 · 송상기 옮김
230 클링조어의 마지막 여름 헤세 · 황승환 옮김 노벨 문학상 수상 작가
231 리스본의 겨울 무뇨스 몰리나 · 나송주 옮김
232 뻐꾸기 둥지 위로 날아간 새 키지 · 정회성 옮김 《타임》 선정 현대 100대 영문소설
233 페널티킥 앞에 선 골키퍼의 불안 한트케 · 윤용호 옮김 노벨 문학상 수상 작가
234 참을 수 없는 존재의 가벼움 쿤데라 · 이재룡 옮김
235·236 바다여, 바다여 머독 · 최옥영 옮김
237 한 줌의 먼지 에벌린 워 · 안진환 옮김 《타임》 선정 현대 100대 영문소설
238 뜨거운 양철 지붕 위의 고양이 · 유리 동물원 윌리엄스 · 김소임 옮김 퓰리처상 수상작
239 지하로부터의 수기 도스토옙스키 · 김연경 옮김
240 키메라 바스 · 이운경 옮김
241 반쪼가리 자작 칼비노 · 이현경 옮김
242 벌집 호세 셀라 · 남진희 옮김 노벨 문학상 수상 작가
243 불멸 쿤데라 · 김병욱 옮김
244·245 파우스트 박사 토마스 만 · 임홍배, 박병덕 옮김 노벨 문학상 수상 작가
246 사랑할 때와 죽을 때 레마르크 · 장희창 옮김
247 누가 버지니아 울프를 두려워하랴? 올비 · 강유나 옮김
248 인형의 집 입센 · 안미란 옮김
249 위폐범들 지드 · 원윤수 옮김 노벨 문학상 수상 작가
250 무정 이광수 · 정영훈 책임 편집 서울대 권장도서 100선

251·252 **의지와 운명** 푸엔테스 · 김현철 옮김
253 **폭력적인 삶** 파솔리니 · 이승수 옮김
254 **거장과 마르가리타** 불가코프 · 정보라 옮김
255·256 **경이로운 도시** 멘도사 · 김현철 옮김
257 **야콥을 둘러싼 추측들** 욘존 · 손대영 옮김
258 **왕자와 거지** 트웨인 · 김욱동 옮김
259 **존재하지 않는 기사** 칼비노 · 이현경 옮김
260·261 **눈먼 암살자** 애트우드 · 차은정 옮김 《타임》 선정 현대 100대 영문소설
262 **베니스의 상인** 셰익스피어 · 최종철 옮김
263 **말리나** 바흐만 · 남정애 옮김
264 **사볼타 사건의 진실** 멘도사 · 권미선 옮김
265 **뒤렌마트 희곡선** 뒤렌마트 · 김혜숙 옮김
266 **이방인** 카뮈 · 김화영 옮김 노벨 문학상 수상 작가 | 미국대학위원회 선정 SAT 추천도서
267 **페스트** 카뮈 · 김화영 옮김 노벨 문학상 수상 작가 | 국립중앙도서관 선정 청소년 권장도서
268 **검은 튤립** 뒤마 · 송진석 옮김
269·270 **베를린 알렉산더 광장** 되블린 · 김재혁 옮김
271 **하얀 성** 파묵 · 이난아 옮김 노벨 문학상 수상 작가
272 **푸슈킨 선집** 푸슈킨 · 최선 옮김
273·274 **유리알 유희** 헤세 · 이영임 옮김 노벨 문학상 수상 작가
275 **픽션들** 보르헤스 · 송병선 옮김 서울대 권장도서 100선
276 **신의 화살** 아체베 · 이소영 옮김
277 **빌헬름 텔 · 간계와 사랑** 실러 · 홍성광 옮김
278 **노인과 바다** 헤밍웨이 · 김욱동 옮김 노벨 문학상 수상 작가 | 퓰리처상 수상작
279 **무기여 잘 있어라** 헤밍웨이 · 김욱동 옮김 미국대학위원회 선정 SAT 추천도서
280 **태양은 다시 떠오른다** 헤밍웨이 · 김욱동 옮김 《타임》 선정 현대 100대 영문 소설
281 **알레프** 보르헤스 · 송병선 옮김
282 **일곱 박공의 집** 호손 · 정소영 옮김
283 **에마** 오스틴 · 윤지관, 김영희 옮김
284·285 **죄와 벌** 도스토옙스키 · 김연경 옮김 미국대학위원회 선정 SAT 추천도서
286 **시련** 밀러 · 최영 옮김
287 **모두가 나의 아들** 밀러 · 최영 옮김
288·289 **누구를 위하여 종은 울리나** 헤밍웨이 · 김욱동 옮김 노벨 문학상 수상 작가
290 **구르브 연락 없다** 멘도사 · 정창 옮김
291·292·293 **데카메론** 보카치오 · 박상진 옮김
294 **나누어진 하늘** 볼프 · 전영애 옮김
295·296 **제브데트 씨와 아들들** 파묵 · 이난아 옮김 노벨 문학상 수상 작가
297·298 **여인의 초상** 제임스 · 최경도 옮김 미국대학위원회 선정 SAT 추천도서
299 **압살롬, 압살롬!** 포크너 · 이태동 옮김 노벨 문학상 수상 작가
300 **이상 소설 전집** 이상 · 권영민 책임 편집
301·302·303·304·305 **레 미제라블** 위고 · 정기수 옮김
306 **관객모독** 한트케 · 윤용호 옮김 노벨 문학상 수상 작가
307 **더블린 사람들** 조이스 · 이종일 옮김

308 **에드거 앨런 포 단편선** 앨런 포 · 전승희 옮김 미국대학위원회 선정 SAT 추천도서
309 **보이체크 · 당통의 죽음** 뷔히너 · 홍성광 옮김
310 **노르웨이의 숲** 무라카미 하루키 · 양억관 옮김
311 **운명론자 자크와 그의 주인** 디드로 · 김희영 옮김
312·313 **헤밍웨이 단편선** 헤밍웨이 · 김욱동 옮김 노벨 문학상 수상 작가
314 **피라미드** 골딩 · 안지현 옮김 노벨 문학상 수상 작가
315 **닫힌 방 · 악마와 선한 신** 사르트르 · 지영래 옮김
316 **등대로** 울프 · 이미애 옮김 《타임》 선정 현대 100대 영문소설 | 《뉴스위크》 선정 100대 명저
317·318 **한국 희곡선** 송영 외 · 양승국 엮음
319 **여자의 일생** 모파상 · 이동렬 옮김
320 **의식** 노터봄 · 김영중 옮김
321 **육체의 악마** 라디게 · 원윤수 옮김
322·323 **감정 교육** 플로베르 · 지영화 옮김
324 **불타는 평원** 룰포 · 정창 옮김
325 **위대한 몬느** 알랭푸르니에 · 박영근 옮김
326 **라쇼몬** 아쿠타가와 류노스케 · 서은혜 옮김
327 **반바지 당나귀** 보스코 · 정영란 옮김
328 **정복자들** 말로 · 최윤주 옮김
329·330 **우리 동네 아이들** 마흐푸즈 · 배혜경 옮김 노벨 문학상 수상 작가
331·332 **개선문** 레마르크 · 장희창 옮김
333 **사바나의 개미 언덕** 아체베 · 이소영 옮김
334 **게걸음으로** 그라스 · 장희창 옮김 노벨 문학상 수상 작가
335 **코스모스** 곰브로비치 · 최성은 옮김
336 **좁은 문 · 전원교향곡 · 배덕자** 지드 · 동성식 옮김 노벨 문학상 수상 작가
337·338 **암 병동** 솔제니친 · 이영의 옮김 노벨 문학상 수상 작가
339 **피의 꽃잎들** 응구기 와 시옹오 · 왕은철 옮김
340 **운명** 케르테스 · 유진일 옮김 노벨 문학상 수상 작가
341·342 **벌거벗은 자와 죽은 자** 메일러 · 이운경 옮김 퓰리처상 수상 작가
343 **시지프 신화** 카뮈 · 김화영 옮김 노벨 문학상 수상 작가
344 **뇌우** 차오위 · 오수경 옮김
345 **모옌 중단편선** 모옌 · 심규호, 유소영 옮김 노벨 문학상 수상 작가
346 **일야서** 한사오궁 · 심규호, 유소영 옮김
347 **상속자들** 골딩 · 안지현 옮김 노벨 문학상 수상 작가
348 **설득** 오스틴 · 전승희 옮김
349 **히로시마 내 사랑** 뒤라스 · 방미경 옮김
350 **오 헨리 단편선** 오 헨리 · 김희용 옮김
351·352 **올리버 트위스트** 디킨스 · 이인규 옮김
353·354·355·356 **전쟁과 평화** 톨스토이 · 연진희 옮김
357 **다시 찾은 브라이즈헤드** 에벌린 워 · 백지민 옮김
358 **아무도 대령에게 편지하지 않다** 마르케스 · 송병선 옮김
359 **사양** 다자이 오사무 · 유숙자 옮김
360 **좌절** 케르테스 · 한경민 옮김 노벨 문학상 수상 작가

361·362 **닥터 지바고** 파스테르나크 · 김연경 옮김 노벨 문학상 수상 작가
363 **노생거 사원** 오스틴 · 윤지관 옮김
364 **개구리** 모옌 · 심규호, 유소영 옮김 노벨 문학상 수상 작가
365 **마왕** 투르니에 · 이원복 옮김 공쿠르상 수상 작가
366 **맨스필드 파크** 오스틴 · 김영희 옮김
367 **이선 프롬** 이디스 워튼 · 김욱동 옮김 퓰리처상 수상 작가
368 **여름** 이디스 워튼 · 김욱동 옮김 퓰리처상 수상 작가
369·370·371 **나는 고백한다** 자우메 카브레 · 권가람 옮김
372·373·374 **태엽 감는 새 연대기** 무라카미 하루키 · 김연경 옮김
375·376 **대사들** 제임스 · 정소영 옮김
377 **족장의 가을** 마르케스 · 송병선 옮김 노벨 문학상 수상 작가
378 **핏빛 자오선** 매카시 · 김시현 옮김
379 **모두 다 예쁜 말들** 매카시 · 김시현 옮김
380 **국경을 넘어** 매카시 · 김시현 옮김
381 **평원의 도시들** 매카시 · 김시현 옮김
382 **만년** 다자이 오사무 · 유숙자 옮김
383 **반항하는 인간** 카뮈 · 김화영 옮김 노벨 문학상 수상 작가
384·385·386 **악령** 도스토옙스키 · 김연경 옮김
387 **태평양을 막는 제방** 뒤라스 · 윤진 옮김
388 **남아 있는 나날** 가즈오 이시구로 · 송은경 옮김
389 **앙리 브륄라르의 생애** 스탕달 · 원윤수 옮김
390 **찻집** 라오서 · 오수경 옮김
391 **태어나지 않은 아이를 위한 기도** 케르테스 · 이상동 옮김 노벨 문학상 수상 작가
392·393 **서머싯 몸 단편선** 서머싯 몸 · 황소연 옮김
394 **케이크와 맥주** 서머싯 몸 · 황소연 옮김
395 **월든** 소로 · 정회성 옮김
396 **모래 사나이** E. T. A. 호프만 · 신동화 옮김
397·398 **검은 책** 오르한 파묵 · 이난아 옮김 노벨 문학상 수상 작가
399 **방랑자들** 올가 토카르추크 · 최성은 옮김 노벨 문학상 수상 작가
400 **시여, 침을 뱉어라** 김수영 · 이영준 엮음
401·402 **환락의 집** 이디스 워튼 · 전승희 옮김
403 **달려라 메로스** 다자이 오사무 · 유숙자 옮김
404 **아버지와 자식** 투르게네프 · 연진희 옮김
405 **청부 살인자의 성모** 바예호 · 송병선 옮김
406 **세피아빛 초상** 아옌데 · 조영실 옮김
407·408·409·410 **사기 열전** 사마천 · 김원중 옮김 서울대 권장도서 100선
411 **이상 시 전집** 이상 · 권영민 책임 편집
412 **어둠 속의 사건** 발자크 · 이동렬 옮김
413 **태평천하** 채만식 · 권영민 책임 편집
414·415 **노스트로모** 콘래드 · 이미애 옮김
416·417 **제르미날** 졸라 · 강충권 옮김
418 **명인** 가와바타 야스나리 · 유숙자 옮김 노벨 문학상 수상 작가
419 **핀처 마틴** 골딩 · 백지민 옮김 노벨 문학상 수상 작가

세계문학전집은 계속 간행됩니다.